Havana

Paul Monette

Havana

D'après un scénario de Judith Rascoe et David Rayfiel
Histoire par Judith Rascoe

Traduit de l'anglais
par Patrick GADOR

Presses de la Renaissance
37, rue du Four
75006 Paris

Si vous souhaitez recevoir notre catalogue et être
tenu régulièrement au courant de nos publications,
envoyez vos nom et adresse en citant ce livre aux :

Presses de la Renaissance
37, rue du Four 75006 Paris

et pour le Canada à

Édipresse
945, avenue Beaumont
Montréal H3N 1W3

HAVANA, roman de Paul Monette d'après un scénario de Judith
Rascoe et David Rayfiel. Histoire de Judith Rascoe.

ISBN 2-85616-592-3   H 60-3640-4

A la mémoire de ma mère
(1923-1990)
Une femme courageuse

On appelle cette croyance « maturité des chances », et j'aurais voulu avoir un dollar pour chacun des joueurs dont elle a causé la perte. C'est tout bonnement une ineptie, et voici pourquoi : les dés n'ont pas de mémoire.

Nick le Grec.

La lune des tropiques, couleur banane, se brisait en
mille éclats sur les vagues qui déferlaient doucement. Là,
au cœur des Caraïbes, une légère suavité chevauchait la
brise, mélange d'odeur de fleurs de citronnier et de sucre
brûlé. Cet air parfumé attestait que vous n'étiez jamais
bien loin d'une île. Des îles qui étaient disséminées le long
des eaux du Sud comme autant d'émeraudes au soleil et
de promesses que la prochaine serait véritablement vierge,
intacte et digne de Robinson Crusoé.

Et pourtant, cette voie océane-là — Key West-La
Havane en une nuit — était aussi fréquentée qu'une auto-
route. Le ferry-boat pansu qui fendait pesamment la petite
houle, laissant un sillage bouillonnant qui luisait comme
la neige au clair de lune, effectuait la traversée deux fois
par jour. *Suzi*, ainsi s'appelait-il : un nom de fille de joie
peint au pochoir, en lettres qui rouillaient, des deux côtés
de sa proue. Le *Suzi* n'avait rien des goélettes à quatre
mâts, les hauts bâtiments qui avaient vogué comme un

rêve sur ces flots, depuis l'époque de Christophe Colomb. Le gros ferry-boat avançait tel un bœuf, labourant les vagues, dans l'unique souci d'arriver.

De quelque part à l'intérieur, une musique banale flottait vers les ponts, tapageuse et sentimentale. Une version cha-cha-cha de *Vive le vent*. Une semaine avant Noël, le ferry regorgeait de touristes en quête de quelque chose d'un peu plus exotique que la dinde et la tarte au potiron, et de nombreux Cubains qui retournaient chez eux pour les vacances, pour une messe de Noël dans une minuscule église paroissiale, à la lisière d'une plantation de canne à sucre. L'orchestre du bateau attaqua *Mon beau sapin*, sans rompre le rythme du cha-cha-cha.

L'itinéraire du *Suzi* n'avait pas varié depuis trente ans : aller-retour de Key West à La Havane. Mais l'île sur laquelle il avait mis le cap n'était pas du tout la même, en ce Noël 1958. Sous la lune jaune des tropiques, Cuba s'étirait, tel un géant endormi, nerveux, convulsif. Sur d'innombrables collines se tenaient des soldats solitaires, berçant des mitraillettes dans leurs bras. Tout au fond de la jungle, un guérillero concentrait son attention sur le cadran d'un émetteur radio. Il parlait dans sa barbe, comme si les singes perchés au-dessus de lui dans les arbres étaient des espions.

A La Havane, dans une propriété digne d'un président, se déroulait une brillante réception : smokings, robes du soir parisiennes, cous ruisselants de perles. Des ventilateurs brassaient l'air humide tandis que d'élégants colonels, en grand uniforme et toutes médailles dehors, se mêlaient aux invités de marque. Le buffet ployait sous les mets délicats, importés de New York et de Miami.

Personne ici n'avait le moindre lien avec l'homme qui remontait la rue en courant comme un fou, à quelques pâtés de maisons de là, pourchassé par une voiture vert olive aux vitres teintées. Personne d'ailleurs n'entendrait les coups de feu : criblé de balles, l'homme traqué s'était effondré dans le caniveau sans vie. A La Havane, en 1958, la consigne était de ne pas gâcher la réception. On apprenait à ne pas entendre les coups de feu. On apprenait à les couvrir par des rires.

Et pendant ce temps, le ferry poursuivait sa route, tanguant sur les flots éclairés par la lune, et se rapprochant d'un pays luxuriant et tropical qui continuait à ressembler à une affiche touristique : mi-jungle, mi-casino. Et qui était prêt à exploser.

Dans le salon du bateau, une petite formation musicale passait allégrement du cha-cha-cha à la samba et vice versa. Sur le périmètre enfumé de la piste de danse, une foule de couples cubains et américains se côtoyaient sans réticence, dans une atmosphère de fête qui préfigurait le réveillon du Nouvel An. On se pressait autour du bar, et on buvait force rhums-Cola ou negroni. Certaines femmes étaient bichonnées et diablement séduisantes, aussi belles que des mannequins. Au bar du *Suzi*, elles fourbissaient leurs armes avant d'aborder les riches casinos de La Havane.

Au milieu de la foule, installée à une table jouissant de la meilleure vue sur la piste de danse, une famille de touristes américains semblait droit sortie d'un dessin de Norman Rockwell. Le père affichait un large sourire et la sueur ruisselait le long de ses joues. Il arborait une chemise hawaiienne à la Harry Truman, et sa femme, toute rose et toute blonde, portait une robe bain de soleil verte et pimpante. Quatre enfants, dont deux encore bambins, geignaient autour d'eux, le plus jeune sur le point de s'endormir contre l'épaule de son père. Des poupées et des ours en peluche s'entassaient sur la table. Toute la famille avait l'air exténuée, mais en même temps farouchement déterminée à profiter de chaque minute de vacances.

Bien plus bas, dans les entrailles du bateau, une centaine de voitures étaient alignées en rangs serrés, grosses Chrysler et Cadillac voisinant avec des camionnettes cabossées. Deux hommes à forte carrure, munis de puissantes lampes de poche, allaient lentement d'un véhicule à l'autre, éclairant des plaques d'immatriculation de Floride, de New York, du Nevada. Les deux hommes procédaient à une inspection méthodique, s'arrêtant ici et là pour soulever un capot ou donner de petits coups sur une aile.

Une Buick massive à ailerons en forme de queue de canard portait les plaques d'immatriculation jaunes de Cuba. L'un des hommes s'accroupit et se glissa sous le châssis, promenant le faisceau de sa lampe autour des essieux. Rien. Il poussa un grognement d'impatience.

Là-haut, dans la cabine du capitaine, derrière la timonerie, M. Potts, le patron du *Suzi*, faisait rouler un gros cigare d'un côté à l'autre de sa bouche, le regard brillant, vigilant, comme s'il étudiait la route à travers des eaux ennemies. En fait, il jouait au poker, et rien n'aurait pu l'en distraire.

Il leva les yeux, souriant d'un air imperturbable, aussi serein que s'il avait été maître à bord du *Queen Mary*.

De l'autre côté de la table, deux mains rudes mais manucurées restèrent immobiles un moment. L'une tenait une Pall Mall avec une cendre de plus d'un centimètre. L'autre, cinq cartes en éventail, avec légèreté, sans la moindre tension. Une voix bien timbrée dit avec netteté : « Je relance de dix. »

Le capitaine Potts eut du mal à dissimuler sa satisfaction. Ses propres mains tremblaient, et ses cartes donnaient l'impression d'être poisseuses. « Tes dix, plus vingt », rétorqua-t-il avec calme.

L'homme à la Pall Mall tira une lente bouffée. Malgré une sorte d'indifférence arrogante, il avait du charme. Les cheveux blondis par le soleil d'un athlète, les yeux bleu acier d'un tireur d'élite, il était habillé avec recherche, trop de recherche, auraient dit certains. Veste de soie beige, chemise feutrée noire, cravate à motif de damier presque trop voyante. Un soin méticuleux assurait la cohésion de l'ensemble, un choix exigeant de la qualité supérieure, propre à ceux qui ont connu des périodes moins fastes.

Jack Weil sourit lentement au capitaine. Sous un certain éclairage, ce visage donnait l'impression d'avoir traversé beaucoup de mauvaises passes, mais le sourire était toujours prêt à s'épanouir, enfantin, passablement suffisant, mais aussi plein de séduction. Au premier abord, certains le prenaient pour un duc appartenant à l'aristocratie terrienne, d'autres pour un mercenaire, un soldat d'occasion, ou même un espion.

« Auriez-vous par hasard des informations que j'ignore, vous autres ? » fit Jack, donnant l'impression de s'amuser énormément. Il promena un regard désinvolte autour de la table. « Vingt-cinq de mieux », dit-il presque comme s'il s'excusait.

Potts battit des paupières. Il fixa à nouveau ses cartes couvertes de sueur, déconcerté. Billy, qui avait déjà jeté les siennes, le regarda avec quelque chose comme de la pitié. Puis, tout d'un coup, on entendit frapper avec force à la porte. « Qui, bon Dieu... » tonna le capitaine. « Entrez ! » aboya-t-il.

C'était Gomez, le second, l'air nerveux et même paniqué. « Désolé, capitaine, dit-il, mais le barman, il a vu deux types dans la cale, en train de forcer les voitures...

— Attends un instant », glapit Potts pour toute réponse. Et il se tourna vers Jack : « Qu'est-ce que vous disiez, mon vieux ? »

Le sourire de Jack s'élargit. La main qui tenait les cartes ne bougea pas, et il ne la regarda pas. « J'ai dit plus cinquante. »

Gomez donnait l'impression d'être au bord de la crise de nerfs : « Capitaine, je leur ai dit qu'ils n'ont pas le droit de faire ça. Mais ils prétendent qu'ils sont du SIM*, et que... » Le second haussa les épaules, n'ayant rien à ajouter. Les gars du SIM — la police secrète de Batista, ceux qu'on appelait les SS cubains — agissaient comme bon leur semblait.

---

* Servicio de Inteligencia Militar (NdT).

13

Potts fit celui qui n'avait rien entendu. Il lança un regard inquiet vers les cartes de Jack. « Cinquante ? répéta-t-il d'une voix blanche.

— Prenez votre temps, capitaine », dit Jack d'un ton traînant, adressant à Gomez son sourire indolent.

Potts avait son compte. « Bon Dieu de bon Dieu, grogna-t-il, je vois. »

Il étala ses cartes, légèrement gondolées d'avoir été tenues si serrées. Un full aux rois par les neuf. Potts partit d'un éclat de rire qui tenait de l'aboiement, tandis que les autres, autour de la table, manifestaient à mi-voix leur admiration. Tous à l'exception de Jack. Tandis que Potts avançait la main vers la cagnotte, trois ou quatre cents dollars entassés, Jack étala avec aisance ses cartes disposées en éventail. Un carré.

Potts se leva brutalement en bousculant les joueurs qui avaient suivi l'épilogue de la partie. L'espace d'un instant son visage fut si convulsé par la fureur qu'on aurait cru qu'il allait saisir une arme. Jack Weil, impassible, ramassa tranquillement ses gains et rangea avec soin les billets en une liasse. « Je reviens tout de suite », dit le capitaine avec brusquerie, posant pesamment la main sur l'épaule du second et sortant de la pièce à sa suite.

Pierre le Haïtien prit la bouteille de rhum sur le bureau du capitaine. « C'est quoi le SIM ? » demanda-t-il.

Les Cubains qui se trouvaient là le regardèrent comme s'ils avaient eu affaire à un enfant de chœur. Puis l'un d'eux dit d'une voix blanche : « Le service de renseignement de l'armée.

— Ils n'ont pas de compétence ici, fit observer Billy d'un air obtus, tout en battant les cartes. Nous sommes sur un bateau américain. Pas vrai, Jack ? »

Jack Weil sembla avoir à peine entendu la question. Puis il dit doucement, s'adressant à lui-même plutôt qu'à Billy : « Pas la moindre idée. Ce que j'aime dans le poker, c'est que la politique n'a rien à y faire. Au poker, il n'y a que les cartes et moi. Pas besoin de saluer le drapeau. »

Potts se tenait à côté du bar en forme de boomerang, dans le salon du bateau, la tête haute, ayant pour une fois l'air d'un officier. « Enregistré à Miami, messieurs, précisa-t-il avec fierté. Vous êtes donc en territoire américain ! »

Un amiral en grande tenue n'aurait pu mieux dire. Pourtant les deux malabars, portant des costumes de mauvaise coupe et des lunettes noires, manifestaient la plus totale indifférence. Un instant plus tôt, munis de lampes de poche, ils fouinaient dans la cale. A défaut de se moquer ouvertement du capitaine, ils ricanaient.

« L'accès du pont-garage est interdit, sauf aux membres de l'équipage, poursuivit sèchement Potts. A moins que vous ne puissiez me montrer un quelconque mandat de perquisition, je vais signaler vos agissements à l'ambassade des États-Unis dès notre arrivée à La Havane. »

Les deux hommes échangèrent un regard. Le plus grand des deux procéda aux présentations, tirant un portefeuille de la poche intérieure de son veston et l'ouvrant d'une chiquenaude. Gomez avait raison. Noir sur blanc, sans équivoque possible, la carte d'identité révélait que son porteur était un lieutenant de la police secrète cubaine. La Gestapo de Batista.

« Il y a des armes sur ce bateau, capitaine, affirma froidement l'agent du SIM. Nous allons peut-être vous épargner le souci d'une fouille complète dans l'enceinte du port. Ça prendrait des journées entières... pas vrai, Eduardo ? » Il fit un sourire glacial à son camarade.

Potts ne se démonta pas. « Avez-vous *trouvé* des armes sur ce bateau ? » demanda-t-il.

L'homme répondant au nom d'Eduardo sortit un mouchoir blanc de sa poche. En l'ouvrant, il découvrit un pistolet. « Dans la boîte à gants d'une de vos voitures, *señor* », dit-il, donnant à ce dernier mot une inflexion moqueuse, pour bien marquer qu'il se refusait à appeler son interlocuteur capitaine.

L'autre ouvrit un calepin crasseux et montra à Potts un numéro de plaque d'immatriculation inscrit dessus. Il haussa les épaules. « Vous voyez bien, capitaine, nous avons la preuve de ce que nous avançons. Nous pourrions être amenés à retenir votre bateau à La Havane.

— Pour un pistolet ! » Potts était au bord de l'apoplexie. « Vous ne pouvez pas faire ça. »

Les passagers commençaient à s'agglutiner autour du bar, attirés par le raffut. La petite formation musicale cessa de jouer et les danseurs s'éloignèrent de la piste. Les joueurs étaient discrètement entrés par la porte de la timonerie, et parmi eux Jack Weil. Tous observaient le face à face du capitaine avec l'agent dont la froide supériorité indiquait qu'il pouvait agir à sa guise.

Tout le monde, sauf Jack, occupé à scruter la foule des passagers, cherchant à déterminer à qui appartenait le pistolet.

Tout d'un coup, son regard croisa celui d'un homme corpulent d'une cinquantaine d'années, à l'extrémité du bar, un Cubain vêtu d'un costume fripé d'homme d'affaires. Jack jaugea de sang-froid et dans l'instant sa proie tenaillée par la peur : la montre en or, les chaussures italiennes. Puis il tourna brusquement les talons et s'approcha d'un air décidé du capitaine et des deux agents.

« Il est à moi », fit-il calmement, souriant comme s'il avait encore un carré en main.

« C'est votre voiture ? » demanda le plus grand des deux agents, sortant son calepin miteux.

Jack jeta un coup d'œil sur les chiffres qui étaient griffonnés dessus, puis secoua la tête. « Je crains que vous n'ayez mal relevé le numéro, *amigo*. Mais pour ce qui est du pistolet, c'est bien le mien. Où est le problème ? J'ai un permis. » Il plongea la main dans la poche de sa veste, prêt à en sortir son portefeuille.

L'agent du SIM referma d'un geste brusque son calepin, agacé. Il se rengorgea et, l'air pugnace, précisa : « Il est interdit de faire entrer une quelconque arme à Cuba, *señor*. Et il n'y a pas de permis qui tienne. »

Jack lança un regard inquiet en direction de la foule qui les entourait, comme s'il éprouvait de l'embarras. Le capitaine, qui venait de perdre trois parties consécutives contre Jack, fit de son mieux pour ne pas sourire de contentement. L'homme au complet fripé qui se trouvait à l'extrémité du bar paraissait déconcerté. « Pardonnez-moi, suggéra Jack d'un air de s'excuser, est-ce que nous pourrions parler de ça dehors ? » Puis, s'adressant à Potts : « Désolé pour toute cette histoire, capitaine. Je suis sûr de pouvoir dissiper le malentendu. »

Avec la bonne grâce d'un duc, Jack fit une inclination de tête à l'adresse des deux agents, leur donnant l'impression qu'ils étaient très importants. Ils encadrèrent le joueur et se dirigèrent avec lui vers les doubles portes conduisant au pont principal. Tandis que les trois hommes se glissaient dehors, la petite formation musicale attaqua *Frosty the Snowman* sur un rythme de samba. Dans le salon, le soulagement fut manifeste, et les couples regagnèrent la piste de danse.

A l'autre bout du bar en forme de boomerang, une femme se tenait assise dans l'ombre, sous une palme en papier crépon. Elle était follement séduisante dans son corsage de soie blanche et sa jupe de shantung : sensuelle, avec des yeux de biche et des lèvres charnues fardées de rouge cerise. Un feu intérieur transparaissait dans ses traits irréprochables qui reflétaient pourtant une réserve, une certaine indifférence au spectacle clinquant qu'offrait le salon du bateau et à sa musique bon marché. Elle avait peut-être trente ans, mais l'expression de ses yeux était celle d'une personne plus âgée. On ne l'aurait pas prise pour quelqu'un de candide.

Elle secoua sa lourde chevelure auburn parsemée de mèches dorées et leva son verre pour boire une gorgée de café glacé. Peut-être n'était-elle qu'une riche dame de

Palm Beach, avec deux divorces derrière elle, et qui allait passer un agréable week-end avec des amis à La Havane. Elle était trop impénétrable pour qu'on se risquât à parier sur son passé.

Elle n'avait rien manqué de l'échange entre Jack et les agents cubains. Sitôt que les trois hommes eurent quitté le salon, ses yeux verts pailletés d'or trahirent une légère anxiété.

« Madame Duran ? »

Interloquée, la femme se retourna. Un homme d'une cinquantaine d'années était penché vers elle, un sourire aimable aux lèvres. Son blazer de toile de chez Brooks Brothers était quelque peu râpé, mais il respirait la bonne éducation acquise à Exeter et à Yale. « Marion Chigwell, dit-il, avec une inflexion roucoulante. Nous nous sommes rencontrés la dernière fois que j'étais à La Havane. Chez Nettie Greenfield ! » Il souriait avec optimisme.

« Mais oui, fit d'un ton vague Bobby Duran, qui ne s'en souvenait pas le moins du monde. Bonsoir », ajouta-t-elle sans enthousiasme, et pourtant, il n'y avait rien en elle de froid ni de hautain.

« J'écris un papier, dit Chigwell avec fierté. Pour le magazine *Gourmet*. Sur la cuisine dans les Caraïbes.

— Vraiment ? répondit-elle distraitement.

— Oui, et j'étais en train de me demander... » Il témoignait d'un empressement de retriever doré. « Je crois savoir que votre belle-mère a le meilleur chef de Cuba. » Son talent pour s'insinuer dans la confiance des gens fonctionnait à plein régime.

Bobby fixa sur lui des yeux graves. « Que va-t-il arriver à cet homme ? » demanda-t-elle comme si elle n'avait rien entendu de ce qu'il venait de dire. Et quand il prit un air interloqué, elle ajouta avec impatience : « Celui à qui appartenait le revolver. »

Chigwell émit un bruit de soufflerie en essayant de changer de vitesse. « Eh bien, j'imagine qu'ils sont en train de lui faire passer un mauvais quart d'heure, dit-il en partant d'un rire idiot. On n'a jamais intérêt à trop se frotter à la police. Je peux vous offrir un verre ? »

Bobby Duran se laissa glisser en bas du tabouret du bar. « Excusez-moi », dit-elle sans se montrer impolie, et elle contourna Marion Chigwell sans l'effleurer. Elle traversa la piste de danse, se dirigeant sans hâte, d'une démarche languide et souple, vers les doubles portes qui ouvraient sur le pont. Elle ne laissait deviner aucune anxiété, aucune tension, ce qui donnait la mesure de ses capacités de comédienne. A la regarder, ce n'était qu'une belle femme parmi d'autres, et rien de plus.

Sur le pont arrière du ferry, à côté du tas que formait la chaîne enroulée de l'ancre, Jack faisait face aux deux agents du SIM qui examinaient ses papiers. Il semblait presque amusé par leur zèle. Il plongea les mains dans les poches de sa veste, donnant du bout de sa chaussure de petits coups contre la chaîne rouillée.

« C'est loin d'être une plaisanterie », fit remarquer le plus grand des agents, prenant le visa des mains de son collègue et le glissant à nouveau dans le passeport de Jack. « Passer un pistolet en fraude, c'est un délit très grave. Vous seriez citoyen cubain, vous iriez en prison pour de nombreuses années.

— Je ne vois pas de permis », fit Eduardo, avançant le menton avec pugnacité.

Jack sourit. « Je l'ai peut-être ici », dit-il à mi-voix sans sourciller, et il porta la main à la poche intérieure de sa veste. Eduardo sortit aussitôt son revolver, le dirigeant vers le crâne du joueur. Toujours imperturbable, Jack fit un geste apaisant, puis ressortit la main qu'il avait dans sa poche. Elle serrait une liasse de billets. « Je dois avoir besoin d'un nouveau permis », dit-il.

Calmement, il retira de la liasse cent dollars en billets de vingt. Il les tendit au plus grand des deux agents qui prit le pot-de-vin sans broncher, rendant à Jack son passeport en échange. « Maintenant que je suis en règle, dit Jack d'un ton sec, est-ce que je peux récupérer mon pistolet, s'il vous plaît ? »

L'agent fit glisser l'arme hors de sa poche, accompagnant son geste d'un sourire. Jack avança le bras pour la prendre. Rapide comme l'éclair, l'autre la lança alors d'une chiquenaude par-dessus le bastingage. « Je regrette, *señor*, fit-il, nous ne délivrons plus de permis. »

Il s'éloigna avec une moue, suivi par Eduardo. Jack les considéra en souriant, nullement décontenancé. Il respira à fond la brise marine embaumée, puis tourna les talons et se dirigea à nouveau vers le salon. Il était plutôt surprenant qu'un homme aussi vigilant, doté d'un radar affiné par mille et un jeux dangereux, n'eût pas remarqué la silhouette dans l'ombre du canot de sauvetage numéro 4. Mais Jack passa près d'elle sans la voir, et il réintégra le salon d'un air aussi dégagé que s'il eût été à Monte-Carlo.

Il s'immobilisa et alluma une cigarette. Une foule compacte occupait la piste de danse, trois ou quatre couples passablement éméchés s'efforçant de former une farandole de conga. Tout augurait d'un marathon de danse qui se prolongerait la nuit entière, comme si ces couples éprouvaient le besoin d'assouvir leur fringale de fête avant d'arriver à La Havane. Une dérisoire rage de vivre semblait les stimuler.

Jack traversa la pièce jusqu'au bar et commanda un anejo. Il ne fit pas l'effort de regarder autour de lui, paraissant plutôt content d'être enfin seul. Les hommes avec qui il avait joué dans la cabine du capitaine avaient épuisé soit leur argent soit leur chance. Personne ne l'approcha pour une autre partie.

Au bout d'un long moment, les portes du salon s'ouvrirent une nouvelle fois, et Bobby Duran se glissa à l'intérieur. A supposer qu'elle fût consciente du regard des hommes qui suivaient sa progression autour de la piste de danse en direction du bar, elle n'en montra rien. Une femme comme elle était habituée à ce qu'on la fixe, après tout. Elle ne remarqua que celui qui ne parut pas s'apercevoir de sa présence.

Elle reprit sa place à l'extrémité du bar, sous la palme en papier crépon, juste en face de Jack Weil, qui remuait nonchalamment son cocktail. Bobby se tourna vers l'homme quelque peu débraillé qui, à côté d'elle, griffonnait quelque chose dans un carnet. « Alors, dit-elle d'une voix traînante, parlez-moi de votre article. »

Marion Chigwell leva les yeux, surpris, et son visage s'empourpra quand il constata qu'elle était de retour. Il écarta ses cheveux broussailleux de ses yeux et fit une sorte de courbette, haletant à nouveau à la façon d'un retriever. Il saisit d'un geste vif son grand verre posé sur le bar et le lui proposa avec empressement. « Goûtez-moi ça », lança-t-il d'un ton enthousiaste.

Elle prit délicatement le verre, l'approcha de ses lèvres et en but une goutte. Elle secoua sa chevelure et se mit à rire. « J'adore ça », dit-elle, rendant à Chigwell le verre et inclinant à son tour le buste.

« Une pincée de café moulu ! » s'exclama le journaliste. Puis, grandiose, il fit claquer ses doigts pour appeler le barman qui était du genre armoire à glace. « Un autre pour la dame, *por favor*. »

Elle rit encore, pour son propre plaisir, de ce rire qui pouvait rendre fous certains hommes. Elle continuait de regarder le joueur, de l'autre côté du bar, mais sans jamais le fixer. Les danseurs s'acharnaient de plus belle, et la farandole comptait à présent quinze ou vingt personnes. Tout d'un coup, Jack Weil repoussa son tabouret et leva les yeux vers l'orchestre. L'homme d'affaires au complet fripé, à la montre en or et aux chaussures en lézard se recroquevilla sous l'intensité du regard de Jack.

Ce dernier lui adressa un signe de tête quasiment imperceptible, après quoi il alla droit vers les toilettes.

« Vous retournez souvent aux États-Unis ? » demanda Chigwell, se penchant plus près de Bobby. Il n'y avait

21

toutefois dans son attitude aucune implication sexuelle. L'homme cherchait seulement à entrer dans ses bonnes grâces.

« Pas très souvent », répondit-elle de façon vague, les yeux rivés à la porte des toilettes pour hommes où le joueur venait de s'introduire. Quelques instants plus tard, l'homme d'affaires le suivit, en regardant autour de lui d'un air inquiet. A ce moment-là, le barman posa devant Bobby Duran un verre qu'elle considéra avec une petite moue de dégoût.

« Seulement pour faire vos courses, hein ? » demanda Chigwell, plein d'entrain.

Elle plissa les yeux comme si elle ne l'avait encore jamais vu, puis lui répondit d'un hochement de tête inexpressif. Elle donnait l'impression d'avoir passé sa vie à fuir ce genre de banalités.

Plus loin, dans les toilettes pour hommes, le joueur passait méthodiquement d'une cabine à l'autre, ouvrant grandes les portes pour s'assurer qu'il n'y avait personne. Le Cubain se tenait à côté des lavabos, grattant nerveusement le sol de sa chaussure, ne sachant trop ce qu'il venait faire dans cette galère. « Monsieur, je vous suis très reconnaissant, bien entendu, commença-t-il, tandis que Jack Weil se retournait pour lui faire face. Mais est-ce que je peux vous demander pourquoi...

— Trois cents, dit le joueur sèchement.

— Excusez-moi », repartit l'autre, s'en tenant au ton modéré d'un formalisme de bon aloi, comme entre des gentlemen.

Jack leva en l'air trois doigts, tout en clignant malicieusement de l'œil. Charmant comme toujours, mais les affaires sont les affaires.

« Putain ! fit le Cubain, renonçant du coup à toute prétention à la distinction. Mais c'est que c'est une grosse somme, *señor*.

— Alors, disons quatre cents. »

22

Le Cubain s'empourpra. « Mais vous venez de dire trois cents ! »

Jack Weil laissa échapper un gloussement qui exprimait un profond désappointement. « Mon ami, je crains fort que vous ne commenciez à jouer à l'ingrat.

— Trois cent cinquante », supplia le Cubain.

Le joueur secoua la tête. « Je crains fort que nous n'en soyons arrivés à cinq cents, *amigo*. »

Découragé et exaspéré, le Cubain donnait l'impression d'être sur le point d'exploser. Ses mains tremblaient tandis qu'il les tendait vers Jack, s'efforçant de mettre un terme à la hausse du prix. La porte des toilettes pour hommes s'ouvrit à ce moment-là, et l'agent qui répondait au nom d'Eduardo entra d'un pas lourd, se dirigeant vers l'un des urinoirs. Le Cubain blêmit et adressa à Jack un geste éperdu : il capitulait.

« D'accord », murmura-t-il d'un ton suppliant. Il en était presque à s'agripper à la veste du joueur. Ce dernier, hochant la tête avec vivacité, sortit le premier. La terreur du Cubain était réelle. Rien ne lui paraissait plus redoutable que d'être laissé seul dans ces toilettes sordides, en compagnie d'un agent du SIM.

Comme ils pénétraient dans le salon enfumé, le Cubain mit d'un geste brusque un tas de billets dans la main de Jack. Le joueur fourra l'argent dans sa poche sans même le compter. « C'est sympa de faire affaire avec vous, vieux, dit Jack, s'éloignant d'un pas tranquille.

— Hé, un instant ! protesta le Cubain. Où est mon pistolet ? »

Jack fit claquer ses doigts. « Oh ! je ne vous l'ai pas dit ? Les loustics du SIM l'ont donné à manger aux poissons. Vous aurez peut-être plus de chance la prochaine fois ! »

De l'autre côté de la piste de danse, à l'extrémité du bar, Bobby Duran se tendit en apercevant Jack Weil. Ses yeux flamboyèrent. L'Américain lourdaud assis à côté d'elle continuait à jacasser aimablement, n'ayant pas remarqué son revirement d'humeur. « Pourquoi ne pas me livrer le secret ? demanda-t-il d'un air fortement mélodramatique.

— Le secret ? répéta Bobby à voix basse. Mais bien sûr ! Ce n'est pas du tout le persil. Il le fait avec de la coriandre verte. »

Chigwell soupira de plaisir et se pencha pour griffonner le secret. Une nouvelle fois, Bobby se leva. « Pardonnez-moi encore », dit-elle de façon charmante. Elle l'avait si bien enjôlé qu'il ne lui serait pas venu à l'esprit de protester.

Jack Weil se tenait nonchalamment en bordure de la piste de danse, l'air plutôt satisfait de lui-même. Il n'avait perdu aucune partie de cartes dans la cabine du capitaine, et il venait d'empocher un bénéfice sur l'affaire du pistolet. Pas mauvaise, la soirée. Il ne remarqua même pas la femme élégante qui se dirigeait vers lui d'une démarche légère. Et tout d'un coup, elle était là, en face de lui, levant les bras et tâchant d'avoir l'air dégagé. « Vous dansez, matelot ? » demanda-t-elle, presque taquine.

Une fraction de seconde, son visage perdit toute expression, comme s'il avait du mal à croire que sa présence avait pu lui échapper jusque-là. Il n'était pas habitué à voir les jolies femmes — et du reste n'importe quelle femme — se jeter à sa tête. Mais ce qu'il ne manqua pas de remarquer sur-le-champ, c'était son sourire forcé, qu'elle ne parvenait pas à garder longtemps sur les lèvres. Il eut en fait la très curieuse intuition que, derrière le masque de son visage souriant, elle n'avait envie que d'une chose : pleurer. Il ne tarda pas à passer un bras autour de sa taille, et ils se mirent à danser.

« Vous me paraissez bien surpris, dit-elle avec un petit mouvement de tête désinvolte. Les femmes ne vous invitent donc jamais à danser ?

— Celles qui le font, répondit Jack Weil, s'en tirent beaucoup plus facilement que vous. »

Ses yeux ne quittaient pas le visage de Bobby Duran,

aussi bleus que la mer autour d'une île déserte. Elle détourna la tête pour échapper à l'implacable fixité de ce regard, mais son corps était agile entre ses bras, car c'était une admirable danseuse. La samba sifflait dans l'air, entraînante, chaude comme les boîtes de nuit courues de La Havane. Ils se balançaient, en parfaite synchronisation. Elle murmura doucement quelque chose contre son épaule.

« Comment ? demanda-t-il, approchant l'oreille de ses lèvres ensorcelantes.

— Je disais... que d'histoires pour un pistolet de rien du tout !

— Oh ! » Il semblait avoir besoin de changer de vitesse, un peu comme s'ils s'étaient trop rapidement rapprochés. Elle avait envie de bavarder. « Ils disent qu'on les a renseignés.

— Vous croyez que l'affaire va en rester là ? »

Il sentait sa tension, sous le voluptueux drapé du corsage de soie blanche. Il percevait l'intonation implorante de sa voix, qui exerçait sur lui un étrange pouvoir désarmant. « Comment ça, en rester là ?

— Je veux parler de la fouille, dit-elle, tressaillant d'anxiété.

— Probablement pas, fit-il. Pourquoi ? Vous transportez quelque chose d'illicite ? »

Ses yeux cillèrent brièvement, puis elle haussa les épaules d'un air indifférent, affectant un ennui suprême. « Rien qu'un peu de parfum. »

Jack eut un petit rire. « Je ne crois pas que vous ayez à vous en faire le moins du monde. Cette chose-là, on ne la passe en fraude que dans l'autre sens. » Il voulait dire par là que La Havane est un port franc, alors que la douane existe en Floride. Son rire paraissait sous-entendre qu'elle ferait une piètre contrebandière. « A le sentir, je dirais pourtant que ce parfum est sacrément dangereux », ajouta-t-il, logeant la tête au creux de son épaule et respirant à fond.

25

Ils s'étaient remis à danser, avec un léger décalage par rapport au rythme de l'orchestre, ayant choisi une allure plus lente. Les autres couples donnaient l'impression de danser sur une autre musique. Elle respira, s'apprêtant à dire quelque chose, puis hésita. Il avait envie de la serrer plus fort, de lui dire qu'elle pouvait lui faire confiance. Et pourtant il attendit, gardant légèrement ses distances. Elle finit par dire, de façon mal assurée : « Ce n'était pas votre pistolet, n'est-ce pas ? »

Il commençait à la voir venir, à deviner ce qu'elle lui voulait. Brusquement, il s'arrêta de danser. Ils étaient à présent immobiles au milieu des autres couples. Elle fixa sur lui des yeux interrogateurs. Son regard s'était fait dur : celui d'un joueur qui sait à quel moment jeter ses cartes. « Je vais vous prier de m'excuser, mademoiselle », dit-il avec une courtoisie qui ne se démentait pas, malgré son désir de s'éloigner au plus vite. « Des amis m'attendent », ajouta-t-il, faisant un geste vague en direction du bar. Il chercha à lui faire quitter la piste de danse. Elle tint bon et lança, d'un ton de défi : « Cinq cents dollars. » Il la regarda et laissa s'écouler quelques instants avant de répondre : « Non, merci. » Mais il n'aurait pas dû attendre.

L'émotion faisait étinceler ses yeux. « Je ne vous ai même pas dit ce que...

— Laissez-moi deviner, fit Jack, l'interrompant. Quand nous serons à La Havane, vous êtes censée sortir votre voiture du bateau. Mais elle se trouve avoir un petit problème : une surcharge sur les essieux. Et je ne sais trop pourquoi, vous vous figurez que je suis un peu mécanicien. Juste ? »

Elle ne parvenait pas à soutenir son regard. Se détournant, elle fixa avec amertume le petit orchestre insouciant. Il agrippa fermement son bras et l'entraîna hors de la piste. Sans protester, les épaules affaissées sous l'effet du découragement, elle se laissa faire. Mais au lieu de la reconduire vers le bar, il lui fit franchir les doubles portes et ils se retrouvèrent sur le pont. Tandis que les portes se refermaient derrière eux, elle se raidit.

Il lui lâcha le bras et secoua doucement la tête. « Impossible que vous gagniez votre vie comme ça, remarqua-t-il sèchement. Vous n'êtes vraiment pas très douée ! » Elle regarda par-dessus le bastingage, les bras serrés autour d'elle, sans relever la raillerie. Il fronça les sourcils, cherchant à se faire une idée précise sur son compte. Il demanda à tout hasard : « On vous connaît à La Havane ?

— Je vis là-bas, répondit Bobby Duran avec circonspection. Écoutez, je suis prête à payer ce qu'il en coûtera. Huit cents dollars. » Puis, comme si l'affaire était déjà conclue, elle ouvrit son sac couleur chamois, en sortit un trousseau de clés et le lui tendit, une lueur de défi dans les yeux.

Il la considéra longuement, tandis que l'éclat froid et argenté de la lune se reflétait dans sa lourde chevelure. Son délicieux parfum au muguet se communiquait à la brise nocturne. Et il se surprit à lui demander : « Vous avez votre carte grise ? »

Elle fouilla dans son sac et en sortit une enveloppe pleine de papiers. Elle la lui remit, avec le trousseau de clés. Jack les soupesa, comme pour essayer d'évaluer jusqu'où il se laissait entraîner. Il n'avait pas l'habitude de se surprendre lui-même : en général, c'était l'autre qui encaissait la surprise. Il fourra l'enveloppe dans la poche de sa veste sport et mit les clés dans celle de son pantalon, d'où il sortit ses propres clés. Il les secoua dans sa main comme une paire de dés, souriant à Bobby, puis il ouvrit sa paume et la laissa les prendre.

« Pourquoi est-ce que je fais ça ? » demanda-t-il d'un ton badin, sans attendre de réponse.

Elle avait déjà sorti un portefeuille, et comptait des billets de cent dollars. Cette réponse laissait présupposer qu'il le faisait pour l'argent, purement et simplement. Quand elle eut compté huit billets, elle les plia soigneusement en deux et s'apprêta à lui donner la somme. Jack redressa la tête et sourit largement, comme pour lui signifier qu'elle était vraiment novice. « La moitié maintenant, la moitié plus tard : voilà comment ça marche, précisa-t-il. Pour diminuer les risques que je prenne le large avec votre... parfum. »

Avec un sérieux d'enfant, elle reprit quatre billets et les fourra dans son sac. L'air grave, elle donna à Jack le reste et il le prit avec une solennelle inclination de tête, retenant cette fois son ironie.

« Le Lido », dit-il calmement.

Elle parut ne pas comprendre, ce qui la rendit plus belle encore. « Je vous demande pardon ?

— C'est là que j'emmènerai votre voiture.

— Oh, bien sûr. » Elle secoua sa chevelure et releva le menton, affectant une assurance qui donna le change sous le clair de lune. « Pourquoi ne pas décider de nous retrouver au casino à dix heures pour... » Sa voix faiblit.

« Le règlement définitif, acheva Jack avec un bref mouvement de tête, aussi élégant que Chigwell.

— Eh bien, bonne nuit alors », dit-elle, soulagée que tout fût terminé. Tandis qu'elle se retournait pour se diriger à nouveau vers les doubles portes, la brise souleva une boucle de ses cheveux à la hauteur de son épaule et la ramena en arrière, découvrant un pendant d'oreille rouge sang qui oscillait contre son cou gracile. Jack la laissa faire les trois pas qui la séparaient des portes et avancer la main vers la poignée avant de parler. Il semblait avoir prémédité cela : l'interpeller à la dernière minute.

« Vous avez l'intention de me dire quel genre de voiture c'est ? demanda-t-il. Ou bien faudra-t-il que je les essaie toutes ? »

Elle avait déjà ouvert la porte et se tenait sur le seuil. « Une Town & Country* blanche, dit-elle, tandis que la fumée qui s'échappait du salon l'entourait de volutes, la faisant ressembler à une naïade égarée dans les brumes.

---

* Break à usage familial (NdT).

— La mienne est une Cadillac verte. Décapotable. »
Bobby Duran s'autorisa une brève revanche. Elle darda
sa langue et effleura sa lèvre supérieure. « Comme de bien
entendu », observa-t-elle, pétillante d'ironie, un petit sourire enjoué illuminant son visage. Après quoi, elle pénétra dans le salon, laissant la porte se refermer derrière elle.

Jack Weil la suivit. La suavité de son parfum continuait d'imprégner l'air nocturne. Elle contourna la piste
de danse, se dirigeant une fois de plus vers le bar. Chigwell l'opiniâtre se leva de son tabouret, tout frétillant, pour
saluer son retour.

Jack inspecta attentivement la pièce bondée, passant
froidement en revue les passagers un par un. Il ressemblait en tout point à l'œil du destin. Il sourit lorsque son
regard s'arrêta sur la pittoresque famille de touristes américains dont les membres s'étaient affaissés autour de leur
table placée aux premières loges, ayant dépassé de beaucoup l'heure à laquelle ils se couchaient habituellement.
L'homme à la chemise hawaiienne et son épouse toute
rose et toute blonde, et la ribambelle d'enfants avec leurs
jouets en peluche. Voilà exactement ce qu'il lui fallait.

A part ce sourire de satisfaction, rien ne trahit les pensées du joueur, qui se dirigea vers le milieu du bateau
et franchit une porte sur laquelle on pouvait lire :
RÉSERVÉ À L'ÉQUIPAGE. Il descendit l'escalier en
colimaçon conduisant à la vaste cale où se trouvaient les
voitures. Il sortit une lampe de poche de la Cadillac et
chercha la Town & Country blanche.

Dès qu'il l'eut trouvée, il ouvrit la portière côté conducteur et monta dans la voiture. Lentement, il y promena
le faisceau lumineux, l'immobilisant pour finir sur la portière côté passager dont il força le panneau. Celui-ci joua
facilement sous sa main, provoquant de sa part un ricanement devant le caractère grossier du travail. Dans
l'espace vide derrière le panneau se trouvaient plusieurs
paquets enveloppés dans de la toile cirée et ficelés avec
du fil électrique.

Jack s'extirpa avec effort de la voiture de Bobby et se remit à rôder, promenant sa lampe de poche à droite et à gauche tandis qu'il remontait le long de la rangée de voitures. Tout d'un coup, il fixa le faisceau lumineux sur un break à flancs de bois. Il avança pour l'examiner de plus près. Les fenêtres poussiéreuses étaient couvertes d'autocollants ramenés de vacances dans les grottes de Luray et sur le mont Rushmore. En se penchant pour balayer de sa lumière l'intérieur du véhicule, Jack aperçut un hochet de bébé jeté sur la plate-forme arrière, entouré d'un fatras de jouets, de puzzles et de vêtements d'enfants. Il alla jusqu'à la fenêtre arrière dont la vitre n'était pas entièrement remontée. La fente était assez large pour lui permettre d'introduire une main à l'intérieur et d'ouvrir la porte.

Il y avait un bel espace sous la plate-forme arrière, à l'endroit où était rangé le pneu de rechange. Jack afficha le sourire satisfait d'un homme dont la chance s'obstinait. Il lui restait encore beaucoup à faire pour transporter les paquets depuis la Town & Country, mais cela ne paraissait pas le préoccuper le moins du monde. Bien qu'il s'en fût défendu devant Bobby, il était bel et bien un fameux mécanicien.

2

Le soleil du matin rayonnait déjà dans une brume de chaleur, tandis que le *Suzi* pénétrait poussivement dans ce port du chaos appelé La Havane. Les quais engorgés étaient le théâtre de mille et un commerces. Ce n'étaient que camions rouillés crachant leurs gaz d'échappement, charrettes traînées par des ânes, taxis klaxonnant à tout-va pour progresser le long des quais jonchés d'ordures. Une foule de gens se pressaient en tous sens : marins et vieux pêcheurs burinés, fonctionnaires, pirates, escrocs et aussi quelques types aux abois, prêts à tout et à n'importe quoi pour s'en sortir.

Le port était encadré de fortifications d'un autre âge : des murs de pierre massifs surplombant l'eau. Les rats grouillaient depuis des siècles dans les bâtisses lépreuses blotties à l'ombre de ces murs, et pourtant des affaires continuaient de s'y traiter. Derrière les bâtisses rudimentaires qui s'alignaient sur les quais se trouvaient les rues espagnoles du XVIIIᵉ siècle, étroites et pavées, avec des constructions au stuc écaillé et aux balcons en fer forgé. La vie était brutale et de peu de prix, dans ce lieu auquel les touristes trouvaient moyen de prêter charme et pittoresque.

Les rues tortueuses du port espagnol montaient ensuite en direction du centre ville, magnifique avec ses boulevards bordés de maisons au style rococo décadent. L'âge d'or de La Havane, c'était cela, cette architecture française d'époque Louis-Napoléon. Mais ce secteur de La Havane était à son tour dominé par quelque chose de plus grandiose : les grands hôtels en pleine expansion qui semblaient sortis de Miami et qui accrochaient les nuages gorgés d'humidité du Gulf Stream.

La ville comptait à présent un million d'habitants et continuait de commander la chatoyante mer des Caraïbes. Mais le violent contraste entre sa folle richesse et sa misère insensée avait quelque chose de terrifiant. Mendiants et Cadillac parcouraient les rues, en une promiscuité explosive. Personne ne savait plus ce qui, du port remontant à Christophe Colomb, de l'avant-poste colonial ou de la mégalopole faite de tours, constituait l'authentique La Havane. Personne ne pouvait plus assurer la cohésion de cette ville, qui se donnait au plus offrant.

Le *Suzi* avançait en ahanant sur l'eau huileuse, contournant un porte-conteneurs dominicain qui déchargeait des armes. Des dockers vêtus d'un simple caleçon remontaient le long de la jetée, chargés de caisses à claire-voie pleines de munitions, jusqu'à une file de camions qui attendaient paresseusement. Tous les quelques mètres, des soldats armés de mitrailleuses surveillaient implacablement les dockers. Toute la puissance de feu était destinée au généralissime et à son armée : il ne s'agissait pas d'en perdre la moindre miette.

Tout de suite après le porte-conteneurs, le *Suzi* s'amarra, faisant bouillonner l'eau contre sa coque, semblable à un cheval sauvage dans un enclos. Sur le large ruban d'asphalte du quai attendait la foule des passagers du matin, encore mal réveillés et prêts à embarquer pour le voyage de retour. Une longue file d'autos serpentait entre des barrières à chevalet, attendant de prendre la place des véhicules qui allaient sortir quand la rampe de débarquement s'ouvrirait avec un bruit métallique. Policiers et fonctionnaires des douanes grouillaient sur le quai, aussi déplaisants et agressifs que les soldats sur la jetée adjacente. La paranoïa était à l'ordre du jour.

A l'intérieur de la coque du *Suzi*, sur le pont-garage, deux haut-parleurs couvraient chacun le son de l'autre, dégoisant en anglais et en espagnol. Jack Weil, qui ne paraissait pas affecté outre mesure par le manque de sommeil, se fraya un chemin entre les files de voitures américaines hérissées de chromes et d'ailerons. Il parvint jusqu'à la Town & Country blanche et se glissa sur le siège du chauffeur, ne tournant pas une seule fois la tête vers Bobby qui attendait quelques voitures plus loin, dans la Cadillac verte. La jeune femme regardait droit devant elle, les deux mains crispées sur le volant.

La rampe de débarquement s'ouvrit comme un pont à bascule, et la première voiture quitta le bateau et s'engagea dans la zone sous douane. Elle fut aussitôt entourée par une escouade d'inspecteurs dont l'un, levant en l'air sa carabine, ordonna au conducteur cubain de sortir du véhicule. Une file commença à se former, sortant peu à peu du bateau, tandis que les inspecteurs se pavanaient, l'air important, griffonnant des numéros de plaques d'immatriculation et les aboyant dans leurs talkies-walkies.

Deux cents mètres plus loin, de l'autre côté du port, à l'endroit où la route conduisant au bassin faisait un coude, au-delà des vieux remparts du fort, un jeune homme à mince moustache et lunettes regardait les voitures qui sortaient du *Suzi*. Tout d'un coup, il grimaça. Une Cadillac verte décapotable attendait dans la file, avec Bobby Duran au volant. Elle secoua son épaisse chevelure et mit une paire de lunettes noires, s'appuyant en arrière comme si elle s'ennuyait.

33

« Mais ce n'est pas la voiture ! » s'exclama le jeune homme, tapant du plat de sa main contre le capot d'une Buick rouillée garée sur le trottoir. Il s'appelait Tomas. Son compatriote, à moitié endormi dans la Buick, dressa la tête avec vivacité et dirigea son regard vers l'endroit que Tomas montrait du doigt. « Qu'est-ce qu'elle peut bien foutre dans une Cad, putain de bordel de merde ? »

Ricardo ouvrit d'un geste brusque la portière de la Buick et se mit auprès de son ami qui continuait de jurer comme un charretier. Ricardo était plus soigné, plus dandy que Tomas l'érudit. Les cheveux lissés en arrière en deux mèches qui se croisaient sur sa nuque, il portait une chemise de gigolo. Il était beaucoup trop jeune pour le pistolet qui saillait sous sa chemise, à la hauteur de sa taille. L'air tendu, il scrutait la Cadillac verte. Les fonctionnaires des douanes s'avançaient pour interroger Bobby Duran.

Pendant que Tomas exprimait sa déception en donnant des coups de pied dans le pneu avant de la Buick, Ricardo approcha deux doigts de ses lèvres et émit un sifflement strident qui, une cinquantaine de mètres plus haut, sur la route, alerta un barbu qui se tenait à côté de sa Vespa et mangeait une goyave. Il balança la pelure du fruit et bondit sur son scooter, avançant en faisant des embardées le long de la chaussée pavée jusqu'à parvenir à la hauteur des deux hommes postés à côté de la Buick.

« Trouve Arturo, glapit Ricardo. Dis-lui que quelque chose a dû arriver. Elle n'est pas dans la bonne voiture. »

L'homme à la Vespa opina de la tête, raide comme pour un salut militaire et, faisant demi-tour, s'éloigna à toute allure. Ricardo et Tomas ne quittaient pas la Cadillac des yeux : un inspecteur se pencha pour interroger Bobby, puis lui fit signe de passer. Elle démarra devant plusieurs autres voitures toujours retenues, et se fraya un passage dans le maelström du trafic.

« La voilà ! » s'écria Tomas, saisissant le bras de son ami et faisant force gestes.

La Town & Country venait en effet d'émerger de la cale du *Suzi*, un inconnu blond au volant. La Cadillac avait déjà disparu au milieu de la cohue d'où partaient des coups de klaxon. Ricardo regardait alternativement les deux voitures, délibérant sur la marche à suivre. Puis il lança d'un ton sec à Tomas : « On reste avec elle ! » Les deux hommes remontèrent dans la Buick qui dévala la côte pour se retrouver dans le suffocant embouteillage du port.

Sur le quai, la voiture qui précédait immédiatement la Town & Country fut invitée à continuer sans même avoir été immobilisée. Un douanier en uniforme marron fit signe à Jack d'avancer, puis de s'arrêter. Son acolyte muni du talkie-walkie entreprit aussitôt de faire le tour du véhicule, annonçant le numéro minéralogique dans un aboiement et passant une main sous les ailes. L'homme à l'uniforme marron, qui tenait une écritoire à pince, s'approcha du conducteur et tendit la main pour réclamer les papiers. Jack s'exécuta.

L'inspecteur jeta un œil sur les documents, puis il dit : « Sortez de la voiture, *señor*, je vous prie. »

Jack s'exécuta à nouveau, ne trahissant aucune anxiété tandis qu'il se tenait sur l'asphalte, face au douanier. Il ne cilla même pas lorsque l'autre douanier ouvrit la portière côté passager et regarda dans la boîte à gants. Ou lorsque, quelques instants plus tard, celui-ci constata que le panneau de la porte avait du jeu et siffla à l'adresse de son camarade à l'écritoire. La tension monta de façon perceptible, mais Jack arborait toujours le même sourire aimable, et cela même quand l'inspecteur ouvrit le panneau en faisant levier, et chercha de la main à l'intérieur. Il y eut un moment d'incertitude, puis l'inspecteur fronça les sourcils d'un air irrité, n'ayant rien trouvé. Il referma la portière en la faisant claquer.

Le fonctionnaire à l'écritoire eut une moue de dédain et se tourna vers Jack. « Et qu'y a-t-il dans ces boîtes, *señor* ? »

Le trouble du joueur fit cette fois ciller ses yeux bleus. Il suivit le regard de l'inspecteur. Derrière le siège du conducteur étaient empilées plusieurs boîtes marron foncé, à moitié recouvertes par un plaid. Jack ne les avait pas vues et l'homme à l'écritoire s'aperçut bien de sa surprise. Jack s'efforça de masquer son embarras par un petit rire, haussant malicieusement les sourcils tandis qu'il répondait d'une voix traînante : « Des grenades à main, évidemment.

— Ouvrez-les, s'il vous plaît », ordonna l'autre froidement.

Jack se pencha et sortit l'une des boîtes. Du coin de l'œil, il voyait l'inspecteur qui se trouvait de l'autre côté de la voiture prêt à toute éventualité, la carabine à la main. Jack posa la boîte sur le capot de la Town & Country et, avec un imperceptible tressaillement, il en retira le couvercle.

Il eut envie d'éclater de rire. Des décorations pour arbre de Noël. Faisant de son mieux pour ne pas montrer son soulagement, il y plongea la main et en ramena un Père Noël en verre soufflé. Il le fit pendre à l'extrémité de son doigt, souriant jovialement au fonctionnaire de la douane qui, lui, partit d'un grand éclat de rire.

« Écoutez, mon ami, dit Jack Weil gentiment. Pourquoi ne pas en prendre deux ou trois pour vos enfants ? Nous avons tous droit à notre petit Noël, non ? »

L'humeur de l'inspecteur changea du tout au tout. Les yeux brillants comme ceux d'un enfant, il fit signe à son collègue à la carabine d'aller harceler la voiture suivante. Puis il délaissa son écritoire et choisit avec soin un ange et un bonhomme de neige. « Vous voulez que je vous raconte quelque chose de complètement insensé ? dit-il à Jack, adoptant un ton de camaraderie. Les rebelles, ils demandent à tout le monde de ne pas fêter Noël cette année. Pas d'arbres. Pas de cadeaux. *Nada.* » Il se mit à rire, railleur.

« Sans blague, répondit Jack, avec un gloussement qui

exprimait sa désapprobation. C'est donc ça le genre de pays que veulent ces rebelles ? Un pays où on n'aurait pas le droit de fêter Noël ? Quel monde ! »

L'inspecteur fourra précautionneusement les ornements dans la poche de sa veste, puis rendit à Jack sa carte grise. En souriant, il fit signe au joueur qu'il pouvait repartir, et les deux hommes se quittèrent en se souhaitant mutuellement un joyeux Noël. Comme Jack était sur le point de remonter dans la voiture, il aperçut le break tout cabossé qui émergeait de la coque du *Suzi*, des enfants braillards à moitié penchés hors des fenêtres.

Pendant que la Town & Country se glissait en douceur dans le flot de la circulation, un groupe de trois inspecteurs faisait passer un mauvais moment aux deux infortunés paysans à bord de la camionnette qui se trouvait juste derrière elle. Les inspecteurs furetaient partout, soumettant les deux hommes à un feu roulant de questions, comme s'ils venaient de débusquer une cache de terroristes. Entre-temps, le break était arrrivé dans la zone d'inspection. L'enfant âgé de sept ans bondit du siège avant au siège arrière, et s'acharna contre sa petite sœur qui se mit à crier comme un putois. La maman changeait la couche du bébé, sur le siège avant. Penaud, l'homme à la chemise hawaiienne sourit à l'inspecteur à l'écritoire qui jeta un regard sur ces Américains dignes d'un zoo et leur signifia avec rudesse qu'ils pouvaient s'en aller.

Tandis que le break crasseux se fondait allégrement dans le trafic — aucune indication secourable ni d'un côté ni de l'autre, aucun kiosque où le touriste pouvait trouver à s'informer —, les Américains en vacances paraissaient déjà perdus. Ils n'avaient d'autre solution que de suivre le flot des voitures qui klaxonnaient, en espérant que les néons d'un chapelet de motels seraient bientôt en vue, et ils ne remarquèrent pas la Town & Country qui s'insinuait derrière eux.

A très petite allure, faisant de brusques écarts aux feux, les deux voitures quittèrent le port pour remonter à travers le secteur colonial aux façades défraîchies et écaillées. Jack voyait les enfants attelés à leur propre guérilla sur le siège arrière. Des marchands ambulants se penchaient aux fenêtres des voitures, proposant tout ce qu'on pouvait imaginer, depuis des statues de la Vierge jusqu'à des poulets vivants. Les Américains étaient effarouchés par cette agressivité tapageuse et cette ambiance de fête foraine, alors que le joueur donnait l'impression de n'en pas perdre une miette, comme s'il se retrouvait chez lui.

Ils finirent par tourner pour emprunter l'Avenida del Jesu, plus large et plus commerciale, où même en plein jour clignotaient des enseignes voyantes. Les Américains durent se sentir rassérénés en apercevant le grand panneau *Coca-Cola* surmontant un immeuble de bureaux. Jack vit la femme qui indiquait avec force gestes un grand motel à main gauche, le Casa del Sol, dont l'aspect criard avait ceci de réconfortant qu'il évoquait à s'y méprendre la Floride. Le break se gara sous l'enseigne, et Jack arrêta la Town & Country en bordure du trottoir.

Le mari et la femme cherchaient désespérément le portefeuille de monsieur quand Jack s'approcha d'eux à grandes enjambées. « Pardon de vous déranger », dit-il avec une exquise politesse. Ils le regardèrent de façon inexpressive, mais il devina qu'ils étaient contents d'entendre parler anglais. « Je fais partie de l'ambassade des États-Unis », poursuivit-il, et les Américains bombèrent aussitôt la poitrine. « On nous a signalé que votre voiture a servi à faire passer des objets en contrebande. »

Les Américains blêmirent. Des gouttes de sueur perlèrent au front de l'homme qui se mit à postillonner.

« Bien entendu, *vous* n'y êtes pour rien, se hâta d'ajouter Jack. Ces bandits n'éprouvent aucun scrupule à exploiter d'innocents touristes comme vous. Ne vous inquiétez pas, votre nom ne sera absolument pas mêlé à cette affaire. »

Leur panique sembla refluer quelque peu, comme Jack se dirigeait vers l'arrière de la voiture. Les enfants conti-

nuaient de se bagarrer à l'intérieur et, dans un rugissement, leur père leur intima de se taire. Sous le coup de
l'énervement, l'inflexion était si terrifiante qu'ils se cal-
mèrent instantanément. Jack fit signe à l'homme d'ouvrir
la porte arrière, puis il écarta le fouillis de jouets et souleva le tapis recouvrant l'emplacement du pneu de
rechange. Les paquets enveloppés de toile cirée étaient là.
Les Américains poussèrent un cri d'horreur, reculant
comme si quelque chose pouvait exploser. L'épouse se
dirigea, toute vacillante, vers la portière côté conducteur
et ordonna à ses enfants de sortir de la voiture. Jack
commença à rassembler les paquets, les entassant dans
ses bras. Les touristes se regroupèrent, serrés les uns contre
les autres comme pour une photo de famille. Ils regardaient bouche bée.
« Conseil d'ami, fit Jack d'un ton sévère. A votre place,
je ne soufflerais pas un mot de tout ça avant de retourner
aux États-Unis. On n'a pas intérêt à mettre ces gens en
rogne, si vous voyez ce que je veux dire. » Ils opinèrent
de la tête, abasourdis. « Et bonnes vacances quand même,
hein ? »
Il repartit, lourdement chargé, en direction de la Town
& Country, et laissa tomber les paquets sur la banquette
arrière, à côté des boîtes contenant les ornements de Noël.
Il remonta dans la voiture, fit ronfler le moteur et s'éloigna du trottoir en virant, pour rejoindre le flot du trafic.
Les Américains le suivirent du regard avec un effroi mêlé
de respect, comme s'ils venaient d'avoir affaire à une sorte
de héros national. Ils n'avaient encore jamais vécu pareille
aventure, et le petit portant des couches aurait déjà quitté
le lycée qu'ils la raconteraient encore dans les dîners en
ville.

Après avoir slalomé au milieu du trafic le long de plusieurs rues, le barbu à la Vespa venait de ralentir pour
enfiler la ruelle où il espérait trouver Arturo. Au coin,

une mule attachée buvait indolemment à un abreuvoir. Le pied du barbu racla le trottoir tandis qu'il négociait le virage en regardant dans son rétroviseur : il remarqua pour la première fois la présence de la voiture vert olive derrière lui. Dangereusement proche, elle tourna dans son sillage.

Le barbu oscilla sur sa Vespa en cherchant à accélérer, les immeubles élevés qui l'encadraient donnant l'impression d'être sur le point de s'effondrer sur lui. La voiture vert olive adopta la même allure. Il savait que ce n'était pas par hasard que les deux véhicules roulaient à la suite l'un de l'autre, de même qu'il savait que la petite rue tortueuse conduisait à une placette en impasse. Il n'y avait pas âme qui vive sur le trottoir, et personne aux fenêtres. Tout se passait comme si l'ensemble du voisinage était prévenu, par un sixième sens, du moment précis où il s'agissait de ne rien voir.

Les yeux du barbu étaient élargis par la panique tandis qu'il roulait, pourchassé par la brute. La placette sans issue ne se trouvait plus qu'à quelques mètres.

Dans le quartier de Malecon, tout brillait. Les hôtels clinquants de style Art déco exhibant avec fierté leurs séductions s'élevaient sur des jardins tropicaux aux fontaines jaillissantes, parcourus par des flamants roses à la démarche raide. Le Lido représentait le summum du chic à La Havane, avec ses deux ailes élancées d'une éblouissante couleur corail, ornées de balcons bleu turquoise. L'explosion des lumières blanches de Noël, entourant les piliers du hall comme une châsse de diamants, n'était pas spécialement du genre modeste, mais dans le quartier de Malecon, on n'en faisait jamais trop. Il s'agissait d'en mettre plein la vue, point à la ligne.

Le portique du Lido accueillait un défilé ininterrompu de Cadillac et de Continental, le produit américain d'importation dont on était le plus fier. Des femmes de

La Havane, en toilettes vaporeuses et arborant des bijoux achetés à New York, paradaient au bras de magnats du sucre et de gangsters en exil. Ici, rien n'indiquait qu'il y eût le moindre trouble dans le pays. Les gens qui fréquentaient le lieu avaient de l'argent à ne savoir qu'en faire. Et ils traitaient bien leurs domestiques et les ouvriers qui travaillaient dans les plantations. Si quelque chose allait mal à Cuba, les gens qui fréquentaient le Lido auraient été les premiers à le savoir : ils en étaient les maîtres.

La matinée était à peine commencée quand Jack Weil, au volant de la Town & Country, franchit le portique du Lido. En uniforme de velours à soutaches dorées, Carlos, le portier, sourit en ouvrant la portière et en reconnaissant le joueur. Ils se saluèrent comme de vieux amis, mais Carlos savait qu'il ne fallait pas demander à Jack comment il allait et d'où il arrivait. Cela ne lui aurait pas porté chance. Ici et maintenant : c'était la règle d'or du Lido.

Plein d'assurance, Jack traversa à grandes enjambées le hall doré décoré de palmiers d'appartement, passant à côté d'une grande cage à perroquets et d'un bassin bordé de mousse où luisaient les milliers de pièces qu'on avait jetées là en formulant des souhaits. Quand il pénétra dans le casino clinquant, on aurait pu croire qu'il était minuit. Des hommes en smoking et des femmes hautaines en robes pailletées allaient nonchalamment d'une table à l'autre. Mais Jack vit d'emblée que l'endroit n'était qu'à moitié plein et qu'il manquait d'entrain, même pour neuf heures du matin. Sur l'estrade, un petit orchestre de six musiciens s'efforçait vaillamment d'apporter du tonus, interprétant avec beaucoup de conviction une version endiablée d'un célèbre mambo de Perez Prado.

Jack cherchait quelqu'un des yeux, tout en adressant des saluts amicaux à la ronde. Au blackjack, un croupier plein de bagou lui fit un clin d'œil en le voyant passer : « Hé, Jack, ça fait un bail ! »

Jack répondit par un vague sourire, puis aperçut un

41

homme à l'allure lasse du côté des tables de baccara. Il se glissa vers lui et le poussa du coude. « Alors, comment ça va, Ramos ? demanda-t-il de façon enjouée. Où en est ton article ? »

Julio Ramos se retourna. Le journaliste devait avoir dans les quarante-cinq ans, mais il en paraissait dix de plus : « Mon article ? J'ai ce qu'il faut pour le faire ici même », répondit-il, sans manifester la moindre surprise bien qu'il n'eût pas vu Jack depuis des mois. « Je n'arrête pas d'interviewer tous tes compatriotes américains. Et sais-tu ce que je trouve stupéfiant, Jack ? Aucun d'eux n'a peur.

— Et de quoi faudrait-il qu'ils aient peur ? rétorqua Jack, continuant de scruter nerveusement la pièce.

— Vous ne prenez rien de tout ça au sérieux, n'est-ce pas ? » On n'aurait pas pu dire que Ramos était en colère. Peut-être était-il trop fatigué pour se fâcher. « Pour vous, il ne s'agit que de pesos, n'est-ce pas ? Vous vous foutez complètement de notre monnaie exotique. Tout ce qui n'est pas le roi dollar, c'est de la merde. » Il ne paraissait pas s'adresser à Jack, mais plutôt rédiger mentalement son éditorial. « Crois-moi, Jack, c'est une vraie révolution qui se prépare. »

Jack Weil donna une petite bourrade au journaliste. « Je t'en prie... c'est encore trop tôt. Je viens d'arriver. Ça ne t'ennuie pas que nous fassions la révolution *après* que j'aurai pris mon petit déjeuner ? Où est Joe Volpi... tu ne l'aurais pas vu, par hasard ? » A cet instant précis, son regard se figea, précis comme la mire d'un fusil. « Allons, Ramos, dit-il, nous en reparlerons plus tard. »

Il s'éloigna sans hâte, se dirigeant vers la double volée de marches, tout au fond du casino. Sur le palier se tenait un homme de haute taille, vêtu d'un complet d'homme d'affaires. Joe Volpi passait en revue son petit royaume avec, à n'en pas douter, des yeux de propriétaire. Si Meyer Lansky était le roi de La Havane, Joe Volpi en était le Premier ministre. Et pourtant, dans cet aquarium criard plein de poissons arc-en-ciel, l'homme semblait plutôt terne, dans son complet gris de comptable tatillon du Middle West. Ses lunettes à monture noire lui donnaient l'air terriblement appliqué d'un professeur en train de surveiller un examen.

Tandis que Jack gravissait les marches pour le retrouver, un sourire acerbe se dessina sur son visage. Il n'était pas précisément avenant, Joe Volpi. Plutôt du genre monstre froid, il aimait à tourmenter et persifler, comme un gosse qui arrache leurs ailes aux mouches. « Salut, Jack, dit-il d'une voix traînante. Comment ça va ? » Volpi lui tendit une grosse paluche. « On ne te voit plus guère ici. Pourquoi ? Ton argent nous manque, Jack. »

Le joueur serra la main du gérant du casino, mais avec circonspection, comme s'il craignait de perdre sa montre. « Hé, Joe ! Où sont donc les gens ?

— Mais c'est encore tôt, Jack.

— Ah oui ? J'ai entendu dire qu'il commençait à se faire assez tard par ici ; et même que vous étiez en pleine révolution. » Jack partit d'un rire très naturel qui écartait tout souci politique. « Alors, je me suis dit que l'argent coulerait à flots, avec tous les gens qui soldent leurs comptes dans les banques... » Il jeta un regard sur les tables de jeu, comme pour jauger le menu fretin.

« Ouais, c'est vrai qu'ils vident leurs comptes, reconnut Volpi. Et tu sais ce qu'ils font, Jack ? Ils donnent l'argent à leurs épouses. Et les épouses en question achètent des statues à la noix aux religieux. Ils en mettent quelques-unes sous le cul de saint Antoine, et ils embarquent dans l'avion pour Miami. » Le ton de sarcasme de Volpi laissait clairement entendre l'estime qu'il réservait à ces réactions dérisoires.

« Connerie de révolution ! Ce n'est que de l'hystérie, poursuivit Volpi. Ça se passe tout à fait à l'autre bout de l'île. A mille kilomètres d'ici. » Il fit un vague geste de la main en direction de l'est, trois émeraudes scintillant à son auriculaire. « Voilà où sont les rebelles, Jack. En tout deux douzaines.

— Hem. » Jack continuait à regarder la salle, en bas, où s'agitaient des joueurs fébriles comme des rats dans un labyrinthe. « Laisse-moi *te* dire une chose que j'ai apprise dans le Pacifique. Il n'y a rien de tel que des coups de feu pour mettre un peu d'ambiance.

— Vraiment, Jack ? » Volpi eut un hochement de tête empreint de solennité, tandis qu'il méditait ces sages paroles. « Dans ce cas, où sont les gros joueurs aujourd'hui, hein ? Parce que quelqu'un a fait sauter un dépôt de munitions à Cojimar, hier soir. Ça a fait beaucoup, beaucoup de bruit. Dans ce cas, pourquoi ils ne sont pas ici à jouer ?

— Oh, ils sont par là-bas, répondit Jack avec calme, se parlant à moitié à lui-même. C'est simplement qu'ils… n'ont pas senti l'odeur du sang. » Il détourna ses yeux de la salle pour les fixer sur Volpi. « Et là-haut, comment ça se passe ? demanda-t-il, faisant un signe de tête qui indiquait le dernier étage. » Il gardait un souvenir vivace de ces parties privées dans les suites luxueuses situées sur le toit de l'immeuble.

« J'ai fermé, fit Joe Volpi avec un grognement qui exprimait du dégoût. Crois-moi, Jack, personne ne pense à jouer gros au poker. La situation est trop confuse. »

Jack se mit à frapper la rampe de la main. « Joe, c'est *pour cette raison* qu'ils viennent jouer. Ils cherchent quelque chose dont ils puissent avoir la maîtrise. » Il parlait comme un animateur de radio croyant dur comme fer au produit qu'il vante. « Écoute, ils savent que la fête ne va pas tarder à prendre fin. Les gros joueurs par là-bas… je te promets qu'ils sont prêts. »

Joe Volpi regarda le joueur en affichant le même sourire acerbe, et pourtant l'étonnement se lisait dans ses yeux. Volpi se tenait derrière cette rampe depuis maintenant des mois, à regarder les joueurs qui misaient au compte-gouttes, et les donneurs pratiquement endormis.

Il était homme à croire aux brusques changements de temps, mais cela faisait longtemps qu'il n'avait pas plu pour Volpi.

« Ma parole, Jack, on dirait que tu as envie de faire un poker qui ne soit pas de la guimauve.

— Hem », répéta Jack sur le même ton neutre, caressant négligemment de la main le cuivre de la rampe, comme s'il se fût agi d'une lampe d'Aladin. « J'étais en train de penser... Je pourrais bien organiser une partie dans mon appartement. Mais il me faudrait alors engager un cuisinier, deux serveurs, et puis aussi avoir recours aux services d'un sbire. » Il soupira avec lassitude à l'idée de tant de frais. Puis il dit d'une voix égale : « Bon Dieu ! Je céderais bien une partie de mes bénéfices pour éviter tout ça ! »

La négociation était enfin ouverte.

Les deux hommes gardèrent le silence quelques instants. Ils jouaient à ce jeu-là depuis longtemps, et il était bien normal que leurs routes finissent par se croiser. Mais cela ne signifiait pas qu'ils éprouvassent un quelconque sentiment l'un pour l'autre, bon ou mauvais, ni surtout qu'ils se fissent mutuellement confiance. Tout au plus pouvait-on parler d'une prudente estime.

« Je les rameuterai, Joe, déclara Jack Weil, faisant preuve d'une belle assurance. Et, une fois qu'ils seront au Lido, ils n'échapperont pas à tout ça. » De sa main manucurée, il fit un geste qui embrassait toutes les tables de la salle située un niveau plus bas. « Ça réchaufferait sérieusement l'ambiance, si j'organisais une partie sérieuse là-haut. »

Volpi répondit au boniment du joueur par une inclination de tête assez longue à venir. Il finit par renifler et par plisser son nez cassé, un nez rond, retroussé, vestige d'un vieil accident. « Je l'ai toujours dit, fit Volpi d'une voix traînante : si tu pouvais seulement imaginer autre chose que la petite arnaque et le poker, tu serais un vrai génie. » Jack continuait à regarder fixement du

côté des tables du casino, et il ne releva pas la plaisanterie. Le sourire acerbe de Volpi reparut sur son visage,
lui donnant à nouveau un air de chien errant. « J'y réflé-
chirai, ajouta-t-il sans intonation particulière.

— Il y a d'autres casinos, repartit Jack avec désinvolture, plaçant la barre plus haut.

— Je ne trouve pas l'idée bien fameuse, Jack. N'oublie
pas que Lansky est toujours maître de cette ville. »

Le joueur le regarda, plus insinuant que jamais, comme
si cette menace voilée ne revêtait aucun sens pour lui. « Ne
réfléchis pas trop longtemps, Joe, dit-il doucement. La
révolution pourrait nous filer entre les doigts. »

Comme il se retournait pour descendre l'escalier recouvert d'une épaisse moquette, il se figea quelques instants
avant de poser le pied sur la première marche. Bobby
Duran venait de pénétrer dans la salle, passant d'une
démarche légère entre les joueurs du matin, belle et apparemment énervée. Elle n'avait pas eu le temps de se changer et s'était contentée d'enfiler une veste de soie couleur
pêche par-dessus son corsage blanc. Elle n'en donnait pas
moins l'impression d'être aussi fraîche que si elle avait
passé un mois à quai dans une baie tranquille, en des eaux
paisibles comme du verre et profondes comme du saphir.
En la regardant évoluer entre les tables, Jack Weil parut
oublier que ce lieu était sa chasse gardée. Il eut brièvement l'air perdu, comme s'il ne savait pas quelle carte
jouer.

Elle s'arrêta devant une table de blackjack désertée,
essayant de gagner du temps, et tendit vingt dollars au
donneur pour avoir des jetons. Celui-ci commença à distribuer les cartes : un quatre pour elle, un six pour la banque, un dix pour elle, et puis une carte cachée pour la
banque. Il attendit qu'elle prenne une initiative et l'on
put alors, tout d'un coup, lire l'hésitation sur son visage,
comme si la mise était bien plus importante que vingt dollars. Le donneur leva les sourcils, dans une attitude
d'expectative. Elle paraissait au bord des larmes.

« Ne bougez pas, dit quelqu'un juste derrière elle.

— Comment ? demanda-t-elle, s'alanguissant de soulagement en constatant qu'il était là, et en sentant son haleine sur son cou.

— Ne demandez pas d'autres cartes », expliqua-t-il, avec la patience qu'il aurait déployée face à un enfant.

Elle sourit et secoua la tête d'un air songeur à l'adresse du donneur. Il se servit un neuf et se retira.

Beau perdant, il poussa vivement les jetons de Bobby vers elle, ajoutant dix dollars à ses vingt dollars. Ses joues s'empourprèrent : sous l'effet de l'embarras ou du plaisir ?

« Permettez-moi de vous offrir un verre », dit Jack, et elle rassembla ses jetons et le suivit aveuglément. Tandis qu'ils s'éloignaient du casino, où la nuit précédente ne prenait jamais fin, ils eurent la discrétion de laisser entre eux une distance de quelques centimètres, ne permettant même pas à leurs manches de s'effleurer. Peut-être s'agissait-il d'un réflexe de prudence, pour le cas où ils auraient été surveillés. Peut-être savaient-ils l'un et l'autre tirer parti de la distance qu'ils mettaient entre eux. Toujours est-il qu'ils traversèrent le hall sans hâte et pénétrèrent dans le bar comme s'ils n'étaient que de vagues connaissances, comme si chacun n'était pour l'autre qu'une personne rencontrée sur un bateau au cours d'une traversée et dont il ne parvenait pas à retrouver le nom.

Même à neuf heures du matin, il régnait plus d'animation au bar qu'au casino, mais, bien entendu, c'était une nuit d'une autre sorte qui ne prenait jamais fin ici. Jack fit un signe de tête au barman puis entraîna Bobby vers un compartiment d'angle bleu turquoise, en gardant les distances. Ils se laissèrent glisser chacun d'un côté de la banquette, et c'était seulement à la façon dont elle agrippait son sac que se devinait son degré de nervosité.

« Que prendrez-vous ? » demanda Jack, cherchant le serveur du regard. Bobby tâtonna pour ouvrir le sac, comme si elle voulait en finir au plus vite avec la question d'argent. « Allons, posez donc ça, détendez-vous », dit-il, et il chercha à enlever le sac de sur la table pour le poser sur la banquette.

Mais elle crispa la main sur la bandoulière, et le contenu du sac se répandit par terre, sous la table. A nouveau, elle donna l'impression d'être sur le point de pleurer d'épuisement. « Ce n'est rien », fit Jack d'un ton rassurant, et il plongea sous la table. Tel un magicien faisant apparaître des lapins, il remonta les objets l'un après l'autre, les étalant sur la table, devant elle. « Clés, briquet, cigarettes, portefeuille », annonça-t-il, enjoué, tenant le sac ouvert afin qu'elle pût les y remettre. Aucun dégât. Il y a des choses faciles à réparer, n'est-ce pas ? »

Elle ne put s'empêcher de sourire, tandis que le serveur s'avançait vers eux, inclinant la tête à l'adresse de Jack. « Que diriez-vous d'un daïquiri ? » demanda le joueur, mais Bobby secoua sa chevelure et dit au serveur : « Un ginger ale, s'il vous plaît. »

Elle aperçut une silhouette familière, assise au bar : Marion Chigwell. L'écrivain vaniteux les salua de façon désinvolte, faisant grimacer Bobby. Elle se raidit légèrement en regardant Jack, fortement contrariée d'être vue en public. « Je crois que je ferais mieux de vous remettre votre argent », dit-elle, donnant l'impression de brûler d'impatience. Elle ouvrit à nouveau son sac et chercha de la main à l'intérieur. Elle extirpa le ticket du parking du Lido. Puis elle parut troublée, car il était clair que quelque chose manquait.

Elle leva les yeux. L'air de rien, Jack sortit le reste de la somme d'une enveloppe. « ... Deux, trois, quatre, annonça-t-il, comptant les billets de cent dollars. Ouais, c'est bien ça. »

Elle le fixa, sidérée. Il eut un large sourire et avança la main, comme pour écarter de son visage une mèche rebelle. Mais c'était pour faire claquer ses doigts à côté de son oreille et lui montrer une pièce de cinquante cents qui luisait sur la paume de sa main. « Impressionnée ? s'enquit-il d'un ton sec. Qu'est-ce que vous croyiez ? Que je n'étais qu'un pauvre type qui essayait de vous draguer ? »

Elle ne prit pas les cinquante cents. « Et pourquoi faudrait-il que je pense autrement, M. Weil ?

— Appelez-moi Jack. Quel est votre nom ?

— Millicent Smith », repartit-elle aussitôt. Il secoua la tête mais elle ne fit pas mine de s'apercevoir de son incrédulité. C'était elle qui menait le jeu. « Qu'est-ce que vous *faites* dans la vie, M. Weil ? demanda-t-elle. Un homme aussi pourri de dons ? Vous ne seriez pas magicien professionnel ? » Elle étira l'épithète avec une certaine malice.

« Des investissements, répondit-il laconiquement. Marsha ? Shirley ? Non, vous n'êtes pas une Shirley ! » Il paraissait réellement ennuyé de ne pas trouver un nom qui lui convenait. Puis son visage s'éclaira. « Catherine... j'y suis.

— Roberta », corrigea-t-elle, au moment précis où le serveur arrivait avec leurs verres. Il posa le ginger ale devant elle, et le daïquiri devant Jack. Bobby retira délicatement l'ombrelle de papier qui décorait son verre et la fit tourner entre ses doigts.

« Alors, qu'est-ce qu'il y a dans les paquets, Roberta ? »

Elle se leva et reprit son sac. « Je crois que tout est en règle entre nous, M. Weil, dit-elle. Vous n'avez pas besoin de savoir quoi que ce soit d'autre. » Et elle se dirigea majestueusement vers le hall, ignorant une fois de plus les vagues signes que lui adressait Chigwell depuis le bar.

Jack la rattrapa comme elle passait à la hauteur de la cage du perroquet dont les ailes chatoyantes et le babil évoquaient la jungle. Il avançait à grandes enjambées à ses côtés, continuant de maintenir entre eux une très légère distance. « J'aimerais vous revoir à l'occasion », dit-il.

Ses yeux ne cillaient jamais. « Je vous ai dit que j'étais mariée. »

Jack Weil sourit comme ils arrivaient à l'entrée du hall. « Vous voulez savoir ? demanda-t-il en riant. Vous ne me l'aviez pas dit. »

Elle baissa les yeux et, l'espace de quelques instants, la fière façade se craquela et laissa filtrer un peu de lumière. « Je suis désolée, dit-elle calmement. Je ne l'avais pas fait exprès.

— C'est vraiment trop bête », répondit le joueur avec gravité. Ils se tenaient debout du côté de la file de voitures qui entraient au Lido, près d'un talus planté d'orchidées et d'une fontaine aux eaux bouillonnantes. Là aussi, tout évoquait une clairière au milieu de la jungle. « Mais, voyons, on ne vit pas ici comme aux États-Unis, n'est-ce pas ? Les gens à La Havane savent prendre du bon temps. Je crois que c'est une question de climat, pas vous ? »

Bobby Duran ne répondit pas. Elle fit tourner l'ombrelle de papier entre ses doigts, perdue dans ses pensées.

« Ce que je voulais dire, poursuivit Jack de façon insinuante, c'est que j'ai ici un pied-à-terre. Un simple appartement, mais dans l'un des immeubles les plus anciens de la ville. Avec un charme fou, qui rappelle Paris à certains. Et tout ce qu'il y a de discret. »

Cette fois, elle fixa sur lui son regard : ni surprise, ni dégoûtée. Peut-être soulagée. « Vous n'y allez pas par quatre chemins, c'est bien ça, M. Weil ?

— Oh, je suis capable d'y mettre les formes, croyez-moi, Roberta. Ça vous ennuie que je vous appelle Bobby ? C'est simplement que j'imagine que vous devez déjà connaître tout un tas de types qui y mettent les formes. Et que je n'aurais pas l'avantage contre eux. » Il eut un sourire malicieux. « Mais, voyons voir, combien de types crus connaissez-vous ? »

Elle se mit à rire, du rire le plus spontané qu'il ait eu l'occasion de lui entendre jusque-là. Elle donnait alors l'impression d'être libre, parfaitement maîtresse d'elle-même, comme si personne ne lui avait jamais fait de mal, en tout cas pas un homme. Et cette liberté abritait une beauté si totale qu'il en eut le souffle coupé. Il était légèrement en retrait par rapport à elle quand elle posa une main sur son bras. « Il est essentiel, M. Weil, que personne ne soit mis au courant de notre arrangement au sujet des voitures. Strictement personne. » Elle le regarda droit dans les yeux, terriblement sérieuse. Tout se passait comme si leur badinage confinant au flirt de l'instant précédent n'avait jamais eu lieu.

« Si cela compte autant pour vous, répondit le joueur d'une voix rauque, cela comptera aussi pour moi. » Et, après avoir fait un signe de tête et s'être apprêté à partir, il ajouta, bredouillant, afin de la retenir encore : « Je suppose que... vous savez ce que vous faites.

— Absolument, répondit-elle avec un sourire plein de sérénité, cherchant déjà des yeux le voiturier.

— Jolie veste de soie... et ces diamants que vous avez aux oreilles ne sont pas faux. En quoi une révolution peut-elle vous intéresser, Bobby ? Dites-le-moi. »

Son visage s'empourpra, et elle se cabra, comme un pur-sang enfermé dans une stalle. « Écoutez, M. Weil, vous m'avez rendu un service et je vous en suis reconnaissante. » Elle ne pouvait s'empêcher d'avoir une intonation de mépris. « Mais vous êtes arrogant, et égoïste, et beaucoup trop sûr des choses. Que savez-vous au sujet de Cuba ? »

Il était toujours aussi doucereux. « Je sais qui est aux commandes, répondit-il avec emphase. Et je sais comment éviter les ennuis. » Il haussa les épaules, donnant toutefois le sentiment d'être plutôt penaud qu'indifférent. « En général, c'est tout ce que j'ai besoin de savoir sur n'importe quel endroit. » Il prit l'ombrelle de papier d'entre ses mains. « Pour me porter chance... je peux ? »

Le voiturier arriva, et elle lui tendit son ticket, sans détourner un seul instant ses yeux de Jack. « Vous croyez à la chance ? demanda-t-elle, d'un ton presque plaintif.

— Non, répondit-il avec un sourire triste, faisant tourner la petite ombrelle.

— Il faut que je m'en aille », dit-elle de façon abrupte, comme si la conversation commençait à devenir aussi risquée que des sables mouvants. Elle passa d'une démarche légère à côté de lui, bien déterminée à ne pas se retourner, puis elle s'arrêta, son visage virant au cramoisi.

Le voiturier était en effet de retour avec la Cadillac verte, ce qui n'avait rien de bien étonnant puisque c'était la voiture qu'elle lui avait confiée. Il souriait poliment, lui tenant la portière ouverte.

« Merci, c'est la mienne », dit Jack, effleurant à peine l'épaule de Bobby en s'avançant pour pénétrer dans la voiture. D'un geste vif, il sortit de sa poche un ticket et le tendit au voiturier interloqué, en même temps qu'un billet de vingt dollars. « Amenez la voiture de Madame maintenant, s'il vous plaît », dit-il avec autorité. Le voiturier acquiesça d'un signe de tête, vingt dollars étant le tarif convenable pour qu'il s'abstienne de poser des questions.

Jack monta dans la voiture et mit en marche le moteur. Comme il sortait en douceur du portique, il passa à la hauteur de Bobby Duran. Il lui adressa un clin d'œil d'homme en veine et lui dit doucement : « A un de ces jours, hein ? »

Elle fit semblant de ne pas entendre. Et, sur ce, il s'éloigna.

3

La Cadillac verte suivait un itinéraire sinueux, qui lui fit contourner un bus en panne et un marché en plein air. Les marchands criaient au milieu d'une grande animation, invitant les ménagères du voisinage chargées de leurs filets à provisions à constituer sans attendre des stocks pour Noël, car savait-on seulement s'il y aurait encore des poulets et du plantain sur les éventaires à la fin de la semaine ? Partout se profilait à présent la sourde menace de perturbations et de pénuries. Dans les marchés du quartier colonial, les rumeurs étaient aussi nombreuses que les mouches.

Jack Weil eut un large sourire en tournant au coin de la rue et en se faufilant au milieu d'une bande de garnements. Il était comme intoxiqué par le remue-ménage et la trépidante énergie du quartier, et contemplait le soleil qui dardait ses rayons sur les tons pastel des vieux stucs craquelés. Il passa à côté d'une conduite crevée, d'où l'eau jaillissait vers le ciel en grosses gerbes que des enfants à demi nus traversaient en tous sens en sautillant. Un homme était accroupi sur la véranda d'un café fermé, un coq sous le bras, cherchant à attirer des parieurs.

Jack gara la Cadillac tout près du trottoir, devant un grand immeuble de couleur ocre, un hôtel particulier dans le vieux style colonial espagnol. Le stuc en était fissuré en mille endroits, des touffes d'herbe avaient poussé dans quelques-unes de ces fissures. Le rez-de-chaussée était à présent occupé par des commerces : une pharmacie et une blanchisserie. Mais la façade gardait une certaine noblesse, avec un alignement de fenêtres mauresques et des balcons en fer branlants, sur lesquels personne n'osait plus poser le pied. Le grand portail à battants de bois, assez large pour laisser passer une voiture, s'ouvrit majestueusement, découvrant une cour intérieure envahie par une végétation broussailleuse.

Deux garnements bruns, encore mouillés par l'eau du conduit crevé, arrivèrent à toutes jambes tandis que Jack sortait de la voiture. Il les laissa se battre pour s'emparer de ses bagages et ils les traînèrent derrière lui, cependant qu'il refermait la porte massive. Ses porteurs et lui étaient à peine parvenus à l'escalier, à la sortie de la cour, qu'une silhouette surgit pour lui souhaiter la bienvenue, respirant dans un bruit de soufflerie et faisant cliqueter un trousseau de clés. La Polaca, ainsi l'appelait-on, c'est-à-dire la Polonaise, bien qu'en réalité elle fût hongroise, avec un peu de sang grec. Elle tirait sur une cigarette roulée à la main et considérait son locataire d'un air sceptique.

« Alors, pourquoi vous n'écrivez pas ? demanda-t-elle, blessée dans son orgueil. J'aurais nettoyé l'appartement.

— Non, vous ne l'auriez pas fait, rétorqua Jack avec un sourire charmant. Il y a de l'eau chaude ? »

La Polaca haussa les épaules, comme si la réponse à une telle question n'était pas évidente. Ils montèrent jusqu'au palier, la Polaca cherchant péniblement sa respiration tout en tirant d'un air de défi sur sa cigarette. Elle étudia attentivement son trousseau de clés, en choisit une avec soin et ouvrit la lourde porte en chêne de l'appartement de Jack. Les gamins s'y précipitèrent les premiers, portant les valises de Jack qu'ils posèrent par terre, au beau milieu de l'entrée.

Les lieux étaient dans l'état où il les avait laissés, des mois plus tôt. La Polaca se baissa pour ramasser quelques enveloppes jaunies qui se trouvaient derrière la porte, tandis que le joueur donnait toute la menue monnaie qu'il avait dans les poches aux gamins qui se mirent à pousser des cris de joie comme s'ils venaient de faire fortune. Sur la table centrale se trouvait une tasse de café avec un reste de breuvage coagulé. Une fine couche de poussière semblait tout recouvrir, et cette poussière était en suspension dans l'air, bien visible là où le soleil filtrait, entre les fentes des volets.

« Je pensais que vous ne reviendriez jamais, dit la Polaca, écrasant son mégot.

— Et pourquoi donc ? répondit-il d'un ton désinvolte. Ils sortiraient une loi contre le poker ?

— Non... mais il y a tout le reste. » Et elle mit un doigt sur ses lèvres, pour signifier que le sujet était tabou. Elle lui tendit le courrier qu'elle avait ramassé par terre, et il le lança dans une corbeille à papiers, sous la table.

« Le professeur est toujours là-haut ? demanda-t-il, se dirigeant vers les volets pour les ouvrir.

— Toujours là, confirma-t-elle dans un joyeux gloussement. Toujours à baiser des veuves au Nacional. Des *jumelles*, cette fois, des jumelles de Chicago. Il dit que c'est moitié moins barbant. » La Polaca haussa les épaules. « Moi, je crois que c'est *deux* fois plus barbant. »

Le soleil entra à flots quand Jack ouvrit grandes les fenêtres à battants. Il enleva sa veste et en tapota la poche, d'où il sortit l'ombrelle en papier qu'il avait prise au Lido. Il parut surpris de l'avoir encore sur lui. Il la plaça dans une coupe ébréchée, sur la table, tandis que la Polaca allait jusqu'à la fenêtre, et regardait la rue de façon soupçonneuse.

« Comment je me débrouillerais à Miami, Jack ? Quelles seraient mes chances là-bas ?

— Nulles, rétorqua-t-il cavalièrement. Qu'est-ce qu'une brave dame hongroise irait faire à Miami ? C'est si mal que ça, La Havane ? »

Quand elle répondit, ce fut un peu comme si elle racontait un rêve. « Vous savez le bruit que ça fait, un tank ? demanda-t-elle, presque en chuchotant. Ce grincement terrible quand il descend la rue ? Je n'arrête pas d'entendre des tanks. » Elle se tut, s'éloignant de la lumière crue de la fenêtre.

Jack continuait à s'affairer dans la pièce, arrangeant les coussins et jetant les plantes en pot toutes desséchées. « Hé, Polaca, tout de même, nous ne sommes pas à Budapest ! »

Elle lui adressa un sourire indulgent où entrait quelque chose comme de la pitié. « Pour vous, ça va, Jack, dit-elle, sincèrement contente de le voir de retour. Ils gardent les fenêtres fermées, au casino. Le seul bruit qu'on entend là-bas, c'est celui des cartes qu'on bat et des jetons qui tintent. Vous vous fichez pas mal de ce qui se passe dans la rue, n'est-ce pas ? » Ce n'étaient pas des reproches. La Polaca entendait plutôt le protéger. Elle alla jusqu'à la porte et lui adressa un sourire plein de coquetterie. « Je vais chercher le balai », dit-elle, et elle disparut en bas des marches, sa toux sèche résonnant dans la cage d'escalier.

Jack referma la porte et se dirigea indolemment vers la fenêtre. Il sortit une Pall Mall, l'alluma, jeta d'une chiquenaude l'allumette par la fenêtre et la regarda tomber en flottant. Son regard fut accroché par un paquet de cartes posé sur l'appui de la fenêtre. Il le prit machinalement et retourna au centre de la pièce en traînant les pieds. Il posa d'un geste brusque le paquet sur la table, comme s'il attendait qu'un partenaire fantôme vînt le couper.

Il ferma les yeux en grimaçant, comme la volute de fumée ennuageait l'air autour de sa tête. Il retroussa ses manches. Puis il fit quelque chose de très curieux. Il leva son avant-bras gauche et passa les doigts sur sa peau, en caressant les veines proéminentes. Pour attirer la chance, peut-être, sauf qu'il ne croyait pas à la chance.

Il s'adressa à la pièce déserte. « Jack Weil est de retour », dit-il, avec une intonation de défi dans la voix.

Personne n'était là pour le contredire.

Dans le quartier de Malecon, le vent soufflait continûment de l'ouest et les vagues se brisaient contre la digue, faisant monter des embruns qui se déployaient en éventail et qui scintillaient dans la lumière de la mi-journée. De l'autre côté de l'avenue qui longeait la mer, deux membres apathiques de la police nationale étaient assis d'un air morne sur un tas de sacs de sable, leurs carabines posées à côté d'eux. Ils fixaient d'un regard vide la mer couverte de moutons, comme s'ils étaient postés là pour surveiller des pirates. Tout à côté, d'une fenêtre d'un des hôtels délabrés de la plage, une radio dégoisait les chansons du hit-parade, en provenance directe de Miami.

« *Drinking rum and Coca-Cola*, roucoulaient les Andrews Sisters. *Go down Point Couva-Mana...* »

Cette radio beuglait si fort qu'on pouvait l'entendre à cent mètres à la ronde. Au-delà des policiers et de leur bunker de sacs de sable, au-delà de l'hôtel suivant aux volets clos, la musique dérivait le long d'une ruelle recouverte de sable charrié par le vent depuis la plage toute proche et qui faisait penser à un saupoudrage de neige. Un entrepôt en tôle se dressait au bout de la ruelle, sa façade barrée par cette injonction inscrite à la peinture rouge, en caractère irréguliers : *FUERA YANQUIS*!* La musique faisait vibrer les parois de l'entrepôt, qui miroitaient comme un tambour basque.

---

* Yankees dehors *(NdT)*.

57

Les Andrews Sisters allaient crescendo, forçant leur tapageuse harmonie : « *Both mother and daughter... Working for the Yanqui dollar !* »

Une lumière grise filtrait à travers les fenêtres crasseuses de l'entrepôt. A l'intérieur, il n'y avait pratiquement que des pièces détachées entassées, les unes graisseuses, les autres rouillées, et qui donnaient l'impression de ne plus se souvenir des machines auxquelles elles étaient destinées. Mais, au milieu de cet endroit encombré, aussi reluisante que dans une salle d'exposition, se trouvait la Town & Country blanche, coffre grand ouvert. Ricardo, le gigolo révolutionnaire, poussait des gloussements en en retirant les paquets enveloppés de toile cirée. Il les remettait au fur et à mesure à un homme plus âgé, un manchot dont la manche était retroussée sur le bras valide.

A côté, sur un établi, les pièces d'un émetteur-récepteur radio portatif attendaient d'être assemblées. Monica, une jeune femme très maigre, avec une expression exaltée et des cheveux noirs assez quelconques, étudiait le plan d'assemblage. Tomas, l'érudit à lunettes, marchait de long en large devant la fenêtre crasseuse. Il était apparemment le seul à entendre la chanson répétitive, du moins était-il le seul à être excédé par son rythme.

Tomas se retourna et lança sèchement à l'adresse des autres. « Il est cinq heures ! Mais qu'est-ce qu'il fait ? »

Personne ne répondit, pour la bonne raison que personne n'en savait rien. Ricardo et le manchot posèrent les paquets sur une extrémité de l'établi. En prenant mille précautions, Ricardo entreprit de retirer la toile cirée. Monica s'occupa d'adapter la galène au boîtier de zinc, aussi attentive et circonspecte que si elle fabriquait une bombe.

« Il y a quelque chose qui cloche, fulmina Tomas. Où est-il donc ? » Toujours prompt à s'énerver, Tomas. Il continuait de marcher de long en large, hors de lui, aussi furieux qu'une panthère. Et les autres continuaient de manifester la même placidité. Ils ne voulaient pas trop s'en faire au sujet des choses dont ils ignoraient tout, car àutrement la révolution risquait de se terminer avant d'avoir commencé.

A la tombée de la nuit, il s'était mis à pleuvoir, une de ces grosses averses tropicales, qui survenait avec des allures de fin du monde et poursuivait nerveusement sa course, s'abattant sur une île après l'autre. La zébrure blanche d'un éclair illumina la Cadillac verte qui essuyait la pluie battante en bordure du trottoir, l'eau tourbillonnant sous elle dans le caniveau avec la force d'un torrent de montagne. Quelqu'un avait été assez prévoyant pour rabattre la capote, dont le vinyle laissait néanmoins passer l'eau en plus d'un endroit.

A l'intérieur de son appartement, dont les croisées étaient grandes ouvertes face à la pluie, Jack Weil était assis à l'écouter tomber, comme s'il s'agissait d'une symphonie. Sous une affiche gondolée qui représentait un torero, il distribua pour la quinzième fois les cartes d'une partie de poker, jouant contre deux fantômes. Il posa toutes les cartes face tournée vers le haut. Avec deux neuf, il perdait. Une superstition de bonne femme lui revint confusément en mémoire, selon laquelle il était vivement déconseillé de jouer pendant un orage.

Tandis qu'il rassemblait les cartes, le tir lointain d'une mitraillette se fit entendre, plus faible que le tonnerre, mais plus insidieux. Il se redressa et attendit. Il n'y eut pas de rafale en réponse à ce tir. En bas, dans la rue, une voiture accéléra et ses pneus crissèrent sur la chaussée mouillée. A nouveau, Jack Weil passa la main sur la face intérieure de son avant-bras gauche.

Il posa le paquet de cartes et prit l'ombrelle de papier dans la coupe. Il l'ouvrit et la referma, puis la remit à sa place. Pour finir, il saisit le téléphone et composa un numéro, sa tension nerveuse donnant toute sa mesure tandis qu'il faisait tourner le cadran comme s'il se fût agi d'un jeu de roulette. Celui qui décrocha, à l'autre bout du fil, eut à peine le temps de dire bonjour.

« J'ai un message pour Joe Volpi, dit le joueur dans un ricanement. Dites-lui que Jack Weil en a assez d'attendre. Je sors jouer aux cartes. »

En reposant le combiné, il se rendit compte tout d'un coup que le gros de l'orage était passé. Il enfila sa veste et glissa le paquet de cartes dans sa poche. Quand il se retrouva dans la rue, la pluie avait diminué d'intensité jusqu'à n'être plus qu'une faible bruine. Si la légende disait vrai, c'était le moment ou jamais de jouer au poker.

Il conduisit droit vers l'est à travers le vieux quartier espagnol, aussi loin qu'il pouvait aller des grands hôtels. Il n'y avait aucune chance de rencontrer ici, mort ou vivant, qui que ce fût des habitués du Lido, mais les clients de tout poil ne manquaient assurément pas dans ce secteur minable, tape-à-l'œil, de bars à putains et de casinos à trois sous. Même après l'averse tropicale, la rue était bruyante, sale, et résonnait d'échos de querelles, semblable à un ivrogne désormais incapable de recouvrer sa sobriété.

Jack gara sa voiture dans une ruelle boueuse et parcourut à pied le trottoir luisant, se frayant un chemin à travers une foule vociférante de marchands de loterie. Tous les casinos miteux du secteur avaient le même aspect, leur porte ouvrant sur une petite salle sordide.

Les machines à sous avaient l'air truquées. La feutrine verte tapissant les tables donnait l'impression d'être moisie et de pourrir sous votre regard. Les joueurs aux yeux caves assis dans l'ombre n'en attendaient pas moins d'être en veine, mais la plupart d'entre eux avaient depuis longtemps joué leur dernière partie.

Peut-être l'avait-il choisi au hasard, peut-être y était-il déjà venu. Peut-être encore le néon était-il tout simplement un rien plus criard, et les deux putains qui s'attardaient dans l'embrasure de la porte un rien plus sensuelles. Jack Weil entra et se mit à étudier l'endroit. Une rangée de machines à sous, et deux tables de jeu de dés. C'était, pour l'essentiel, un bar. Un type au physique de lézard vint à la rencontre du joueur, se frottant les mains comme pour activer sa circulation. « *Señor* », fit-il avec une imperceptible courbette, mais Jack était déjà ressorti.

Il traversa la rue avec impatience, scrutant la vitrine d'un autre casino délabré et de mauvais goût. Un trio de guitaristes parcourait la salle, interprétant *Malagueña*. Là aussi, l'énergie était nulle : on y aurait joué aux cartes avec l'impression d'être dans un dépôt mortuaire. Jack Weil ne se donna même pas la peine d'entrer et descendit la rue en hâte, évitant de son mieux les ivrognes qui titubaient sur le trottoir.

Ce fut seulement une bonne demi-heure plus tard, après qu'il eut jeté un œil sur tous les tripots à vingt-cinq cents du quartier, que cela fit enfin tilt en lui : le casino se trouvait au coin d'une place, en face d'une vieille église de missionnaires catholiques. Il y avait un défilé ininterrompu de gens qui entraient et sortaient, marins et ouvriers pour la plupart, mais au moins n'étaient-ils pas complètement soûls. Un Père Noël efflanqué se tenait sur le seuil, faisant carillonner une cloche au-dessus d'une cheminée en papier mâché.

Jack vit bien à travers la baie vitrée que les choses étaient ici plus sérieuses : il y avait des tables de roulette et des ventilateurs au plafond. Il jeta une poignée de pièces de monnaie dans la cheminée du Père Noël et pénétra nonchalamment à l'intérieur. Derrière le bar, sur une estrade, deux strip-teaseuses exécutaient leur numéro en faisant légèrement tressauter leurs nichons. Jack repéra le propriétaire cadavérique à l'extrémité du bar, un Syrien qui s'assurait constamment que ses cheveux étaient bien lissés en arrière.

Jack Weil s'avança vers lui d'un pas lent et se présenta. Pendant qu'ils menaient rondement leurs négociations, les strip-teaseuses derrière eux ondulaient des hanches, faisant tout pour capter l'attention du joueur. Mais il suivait déjà le Syrien en direction d'une table où se jouait une partie privée, au-delà de la roulette. Et à peine avait-il sorti un paquet de cartes tout neuf que de vrais joueurs de poker commencèrent à se présenter, flairant l'action qui se préparait.

Un Cubain trapu coiffé d'un panama et un marin anglais s'approchèrent, comme attirés par un aimant, se dépêchant d'acheter des jetons au Syrien. Jack leur adressa un signe de tête et un sourire, tandis qu'ils prenaient place à la table. Un homme d'affaires chinois sortit une liasse de billets et régla au Syrien le prix d'une pile de jetons : les deux hommes faisaient penser à deux commerçants d'autrefois, sur l'ancienne route des épices. Jack eut un large sourire devant la tournure internationale que prenait la partie en train de se monter : ce poker allait réunir une véritable société des nations.

Un chauffeur de bus noir en uniforme bleu se tenait juste derrière le Chinois, mais semblait hésiter à se joindre à la compagnie. « Allons, vieux, asseyez-vous, lui dit Jack, d'un ton encourageant. La mise à dos pesos, *comprende* ? » L'homme se laissa aussitôt fléchir, et ils se retrouvèrent à cinq autour de la table. « Et en avant pour un poker ! » dit Jack, un léger trémolo dans la voix. Et la partie commença.

Quelques heures plus tard, la fumée était aussi dense que du gaz moutarde. Le volume du juke-box était trois crans au-dessus de la normale, pour essayer de maintenir éveillée la foule des noctambules. Deux nouvelles strip-teaseuses à la poitrine opulente faisaient leur numéro sur la plate-forme du bar, avec des mouvements estompés de nageuses, mais peut-être était-ce l'effet de l'héroïne. De toute façon, personne ne leur prêtait la moindre attention, celle-ci étant entièrement concentrée sur la table du poker.

Le Cubain au panama était en train de ratisser un joli

magot d'au moins un millier de dollars. Le Chinois et le conducteur de bus s'étaient depuis longtemps désistés, les poches vides, mais d'autres joueurs n'avaient pas tardé à les remplacer. En réalité, on faisait la queue pour entrer dans le jeu, car le donneur aux cheveux blonds et au sourire tranquille était en train de perdre gros.

« Vous m'avez bluffé, je le sais, fit Jack au Cubain, avec un haussement d'épaules traduisant son impatience. Comment dit-on "bluffer" en espagnol ? » demanda-t-il à la foule qui l'entourait.

Le Syrien le considérait avec une vive attention, ne sachant trop où il voulait en venir. Et pourtant, le propriétaire des lieux aurait eu mauvaise grâce à se plaindre, car il avait vendu plus de jetons au cours de cette seule soirée que pendant tout le mois.

Les gens continuèrent d'arriver de toutes parts jusqu'à ce que les premiers rayons du soleil eussent filtré à travers la vitrine poussiéreuse. Il n'y avait plus alors qu'une seule strip-teaseuse noire qui dansait toute seule. Elle avait pratiquement oublié de se délester de ses vêtements, faisant néanmoins de son mieux pour tous ces visages hébétés et non rasés qui dodelinaient au-dessus de leurs verres d'alcool.

Et la partie de poker se prolongea longtemps, avec trois rangées de spectateurs qui regardaient par-dessus l'épaule des joueurs. A la table, en face de Jack, il y avait deux musiciens d'orchestre qui avaient encore sur eux leur smoking bleu tocard, un touriste éméché dont on voyait, écrit sur son front, qu'il venait de Miami, et un marin américain au visage rubicond. Assise à côté du joueur se trouvait l'une des strip-teaseuses noires du milieu de la nuit, les bras sagement croisés sur ses seins.

Le sourire aussi frais que lors de la première heure de jeu, Jack Weil posa sur la table un full aux dames par les sept. Il avait fini par gagner gros. Il ratissa les billets devant lui, avec la gourmandise d'un gosse devant des friandises. Il compta avec soin quelques centaines de dollars et les tendit au Syrien : c'était ce qui revenait à la maison. « Tout ça, c'est pour vous, *amigo*, dit-il. Et pensez à m'apporter un café bien noir quand vous aurez une minute. »

Le marin prit les cartes pour les mélanger, et Jack passa indolemment le bras autour de la chaise sur laquelle était assise la strip-teaseuse. Il jeta un regard sur le cercle des spectateurs et son visage s'éclaira quand il repéra une connaissance. « Hé, ça doit commencer à devenir chic par ici, dit-il sans élever la voix. Baby Hernandez est des nôtres ! »

Hernandez tranchait nettement sur les noctambules à la mine décomposée. Le jeune roi du sucre était rasé de frais et poudré, habillé comme pour aller au Lido. Son eau de Cologne au citron vert traversait l'air fétide comme une bouffée de printemps. S'il faisait à Jack un sourire charmeur, c'était parce que Baby Hernandez aimait tout le monde, et tout le monde le lui rendait. « Alors, roucoula-t-il, la voix aussi moelleuse qu'un rhum titrant cent degrés, c'est vrai ce qu'ils disent, Jackie ?

— Quoi donc, Baby ?

— Que vous allez jouer n'importe où. » Le sourire de Baby n'était pas vraiment moqueur… pas vraiment.

« Partout où l'on voudra de moi », fit Jack d'une voix traînante. Puis une lueur de défi brilla dans ses yeux. « Vous jouez, Baby ? »

Il y eut un instant de flottement, puis le roi du sucre dit : « D'accord. Mais il faut d'abord que je téléphone. » Il tourna les talons et se dirigea vers le téléphone à jetons, du côté du bar. Un sourire sinistre marqua la satisfaction de Jack, tandis qu'il regardait Baby Hernandez composer son numéro.

Très peu de temps après, une grosse limousine blanche se fraya un chemin dans la rue étroite et se gara en bordure du trottoir, devant le casino au rabais. La limousine était encore plus déplacée dans ce contexte que Baby Hernandez qui, après tout, aimait certains soirs à s'encanailler. Le chauffeur obséquieux en livrée sortit d'un bond de la voiture et ouvrit la portière arrière. Joe Volpi sortit sur le trottoir, l'air plus revêche que jamais, donnant l'impression de marcher sur des crottes de chien. Jamais un homme de la qualité de Volpi ne condescendait à franchir la frontière pour se fourvoyer dans l'univers minable des perdants. De se retrouver là le rendait nerveux, comme si ce milieu pouvait être contagieux.

Talonné par son garde du corps, Volpi pénétra dans l'antre miteux. L'endroit grouillait de vie à sept heures du matin : il y régnait une bien plus grande animation qu'au Lido. La foule était si dense au-delà de la table de la roulette qu'on ne parvenait même pas à voir le petit groupe de joueurs installés à celle du poker. Le garde du corps de Volpi dégagea un passage, et ce dernier entendit le baratin du joueur avant même de le voir.

« Deux, trois... », annonça Jack Weil qui faisait son cinéma : pas rasé, les yeux rouges, mais plein de tonus. Il distribuait les cartes en les jetant d'un geste brusque sur la table. « De neuf à cinq, heures de bureau. Une paire de dames. Quatre de trèfle. Oh ! oh ! le roi suicidaire », dit-il, donnant l'as de pique au marin rubicond. Puis il se servit lui-même. « Sept et trois pour moi, gémit-il, et il fit un signe de tête au Cubain au panama, qui avait en main les deux dames rouges. « Honneur aux dames. »

Il regarda par-dessus la tête des joueurs et aperçut Volpi qui se tenait, l'air sombre, derrière le marin. « Eh bien, eh bien », dit le joueur d'un ton égal, puis il ouvrit les mains, comme pour donner à admirer l'élégance de sa situation. « Un jeu soutenu, une compagnie sympathique. Je n'en demande pas davantage, vieux. »

Il dirigea ensuite son regard vers les joueurs, le posant successivement sur chacun d'entre eux. « Dernière partie, les gars », leur précisa-t-il, et il saisit une pile de jetons. « J'ouvre à deux cents dollars. »

Volpi se retourna abruptement et se dirigea vers la sortie

en fendant la foule ; la promiscuité que cela entraînait lui faisait faire la grimace. Le Syrien se tenait à la porte, et il fit une courbette comme si le roi lui-même venait d'entrer dans son modeste établissement. Volpi ignora ses manières serviles et alla en hâte jusqu'à sa voiture. Quand il se fut calé contre la peluche rouge de la limousine, il poussa un soupir de lassitude et prit dans le bar son flacon de Maalox.

Quelques minutes plus tard, Jack Weil sortit du casino, aspirant à pleins poumons l'air du matin. Il secoua la tête, feignant l'étonnement devant la longue limousine blanche, puis il laissa le chauffeur-garde-du-corps lui ouvrir la porte. Il s'assit en face de Volpi, sur un des strapontins bien rembourrés, et croisa les mains derrière la nuque, s'étirant et s'autorisant enfin à gémir d'épuisement. La voiture démarra en douceur.

« Devine un peu, j'ai gagné cette partie, annonça le joueur, faisant un large sourire au gérant du Lido. Tu dois me porter chance, Joe. »

Le ton que prit Volpi était aussi froid que son regard. « Je n'ai pas apprécié le message que tu m'as laissé, Jack. »

Le joueur haussa les épaules. « Je me suis impatienté.

— Tu n'es pas en situation de pouvoir t'impatienter. L'impatience est un mauvais calcul en l'occurrence. » Ces mots contenaient un avertissement sans équivoque, et pourtant, il y avait quelque chose comme de l'abattement dans l'attitude de Volpi : il donnait l'impression de répéter un texte dont il était lassé depuis longtemps. Il se frotta les tempes et soupira. « Entendu, tu pourras organiser une partie au Lido. Dix pour cent, exactement ce que tu avais demandé. »

Jack tourna de côté sa tête appuyée contre le coussin et regarda la rue à travers la vitre fumée. La voiture s'était arrêtée à un feu, à la hauteur d'un groupe de travailleurs de jour qui prenaient leur petit déjeuner, apporté dans des sacs en papier. Même la bouche pleine, ils avaient apparemment encore faim.

« Pauvres imbéciles, dit Volpi placidement, suivant le regard de Jack. Ils vont troquer ce connard de Batista contre qui ? Un autre tyran, voilà tout. » Il laissa échapper un ricanement et enleva une peluche de poussière de sur son pantalon.

« Je veux davantage, Joe. » Le personnage assis en face observait un silence absolu. Jack sortit une cigarette en tapotant d'un geste désinvolte son paquet, et l'alluma. « J'ai fait tous les Elks Club et les Moose Hall, de Chicago à Miami. Et je me souviens de chacune des parties à vingt-cinq cents. Tu vois ce que je veux dire ?

— Tu veux quoi à la fin, Jack ?

— Je veux tenter le coup, répondit le joueur, expulsant la fumée. Tenter le coup... comme je n'ai jamais eu l'occasion de le faire. Avec des gars qui se fichent éperdument de la somme qu'ils ont misée. Tu vois ce que je veux dire, maintenant ? »

Du côté de Volpi, ce fut à nouveau le silence. Sur le visage du gérant du Lido se lisait pourtant clairement le sentiment qu'il était témoin de quelque chose de très rare : une honnêteté pure et dure dont il ne lui serait pas donné de faire à nouveau l'expérience. Vulnérable et dangereuse tout à la fois. A n'en pas douter, il écoutait là un homme qu'il ne lui était pas possible de manipuler à sa guise.

« Je voudrais que tu parles à Lansky, poursuivit Jack en détachant nettement les syllabes. Je veux que la maison me finance. »

Joe Volpi renifla, comme s'il se trouvait soudain en proie à une allergie. « Hier, tout ce que tu voulais, c'était organiser des parties au club. Et je t'ai accordé ce que tu demandais. Maintenant, tu cherches à te faire commanditer. » Il ouvrit ses paumes dans un geste d'impuissance, comme pour signifier qu'il était complètement fauché.

Jack écrasa sa cigarette dans le cendrier. « Tu sais ce qui m'est arrivé la semaine dernière ? » On sentait à sa curieuse intonation qu'il allait à nouveau faire son cinéma, qu'il s'apprêtait à raconter une blague. « J'ai compris que je ne n'allais pas mourir jeune. Pourquoi me duper moi-même ? Je ne vais jamais avoir ma chance avec l'un de *ces* jeux... sauf si je la saisis maintenant. » Il se pencha en direction de Volpi, les coudes posés sur les genoux. « Mon heure est venue, Joe. Et c'est la ville qui convient. L'Histoire ne se répète pas. »

Ils furent tous les deux légèrement secoués au moment où la limousine s'immobilisa devant l'appartement de Jack. Les gamins du quartier sautillaient déjà autour de la voiture. Joe Volpi secoua la tête : il n'était pas spécialement féru d'histoire. « Tu es fatigué, Jack, dit-il.

— Ouais, c'est ça, je suis fatigué... de certaines choses.

— Il faut y aller mollo, dit encore Volpi. Une soirée de jeu. Comme nous avons dit. Et voyons le résultat. » Il toussa légèrement. Peut-être commençait-il un rhume. « J'aurai besoin d'une journée au moins pour tout monter. Nous allons voir comment ça marchera. Pas plus d'un lièvre à la fois, Jack, d'accord ? »

Le chauffeur ouvrit la portière, laissant entrer dans la voiture l'aveuglante lumière du matin. La peluche rouge prit des allures de décor de bordel. Jack Weil hocha la tête et sortit de la voiture. « Repose-toi un peu ! » cria à son adresse Volpi, donnant presque l'impression qu'il se souciait réellement du bien-être du joueur.

Et la limousine s'éloigna, les gamins du quartier courant après elle en piaillant, comme un vol de mouettes. Le joueur bâilla et s'étira, ouvrant grands les bras. La matinée était toute scintillante après la pluie. Pour une fois dans sa vie, il avait l'air d'un homme qui a l'Histoire dans son camp.

Le crépuscule était tombé sur le secteur des jardins aux villas construites en retrait derrière de vieux murs en brique, aux coteaux recouverts de gazon vert et dru. Des palmiers royaux bordaient la rue sinueuse et, bien entendu, il n'y avait pas de trottoirs, car aucun des authentiques habitants du quartier ne se serait promené dehors comme le premier paysan venu.

La Chevrolet bleu acier prit le virage et s'engagea dans une allée pavée. Au volant, il y avait Bufano, le révolutionnaire manchot qui, cette fois, portait un pantalon blanc convenable et un blazer dont la manche vide était fourrée dans sa poche. Il avait la distinction d'un militaire. Du côté passager allait sortir Monica, la magicienne de l'émetteur-récepteur radio, vêtue d'une robe bain de soleil très légère.

Tandis qu'ils traversaient sans hâte la cour, se dirigeant vers la maison, on aurait pu les prendre pour des gens du voisinage : aristocrates sans problèmes matériels, ennuyeux comme la pluie. Mais, de l'autre côté de la rue, à partir de la vaste véranda de la villa d'en face, un homme et une femme les observaient. L'homme hocha la tête pardessus son journal, et la femme se leva de sur la balançoire et pénétra d'un pas vif dans la maison, avec une intention bien arrêtée. Tout cela évoquait le son émis par un système d'alarme silencieux, trop aigu pour l'oreille humaine. Le genre de son propre à La Havane.

4

Le Florida Bar & Café, situé au coin d'une rue chic du centre de La Havane, entouré de joailliers et de boutiques proposant des articles de Paris, était le point de ralliement des gens de la haute. L'élégante façade du Floridita, ainsi que l'appelaient les initiés, était tout en bois de teck lustré et ornements de cuivre. Ç'aurait pu être un bistro huppé de la Rive gauche, et il faisait vraiment l'impossible pour s'en donner l'apparence. Même un soir de semaine comme celui-ci — alors que l'air était tout bruissant de mille échos sibyllins faisant état de bombes artisanales et d'une possible irruption des rebelles —, il n'y avait rien d'étonnant à voir la file des limousines garées en bordure du trottoir, devant le Floridita. Contre vents et marées, il s'agissait de continuer à mener la belle vie.

L'intérieur du bistro était bondé, tous les gens qui comptaient à La Havane se bousculant, échangeant des commérages, répandant des rumeurs. Ils avaient la bougeotte et passaient leur temps à aller d'une table à l'autre, ne s'asseyant pratiquement jamais. Ils évoquaient des enfants en train de jouer aux chaises musicales, cependant qu'un trio de musiciens interprétait dans le bar-salle à manger un arrangement frimeur de *Volare*. Les femmes étaient bien bronzées et incroyablement minces, vêtues de petites robes de cocktail volantées et portant leurs diams avec désinvolture. Les hommes étaient tous un peu plus âgés, s'efforçant de ne pas paraître déphasés, dopés par des martinis commandés en série.

Marion Chigwell, écrivain yankee poids léger, partageait ce soir une table avec Julio Ramos, reporter dur à cuire. Une bien curieuse association que celle de ces deux-là ; du moins avaient-ils en commun les doigts tachés d'encre et le foie hypertrophié qui sont l'apanage des membres de leur profession. Le nœud papillon de Chigwell s'agitait tandis qu'il exposait avec volubilité ses opinions hâtives.

« Mais qui il est, après tout ? fit Chigwell, de l'air de parler d'un moins que rien. Castro qui ? Il n'est qu'une voix à la radio. »

Ramos prit une petite gorgée de son bourbon et haussa les épaules. « Écoute, personne ne sait ce qui va se passer. Pas même les rebelles. Ils ne sont pas tous pour Castro. Il y en a qui veulent Prio. » Il fit un mouvement de balancier avec les mains. « La seule chose qu'ils savent, c'est qu'ils veulent du changement. » Puis il hocha la tête d'un air narquois, indiquant le verre de Chigwell sur la table. « Ici, on est censé boire du daïquiri, mon ami. Le mojito, c'est au Bodeguita qu'on le boit. Mais où donc prends-tu tes tuyaux ? Auprès des paysans ? »

Chigwell et Ramos tournèrent la tête en même temps, comme Jack Weil s'avançait vers le bar. Le joueur fit un signe aux hommes de plume, puis s'arrêta à une ou deux tables. Il paraissait tout à fait reposé ce soir, et arborait une veste en lin blanc. Il avait une allure de vainqueur. Rien en lui ne laissait deviner dans quel tripot minable il avait passé la nuit précédente. Il avait cette remarquable faculté de se délester du passé, comme un serpent se débarrasse de sa peau. Il était un homme nouveau ce soir, prêt à toutes les aventures, et particulièrement si les femmes y étaient partie prenante.

A peine était-il parvenu jusqu'au bar et avait-il eu le temps de commander un anejo qu'elles vinrent l'assaillir. Deux filles sexy en vacances, à la recherche du plaisir. Patty était blonde, coiffée en caniche, vêtue d'une robe à la Marilyn au décolleté plongeant. Sa copine Diane était brune, avec une queue de cheval et rien sous son tricot de cachemire blanc. Elles étaient manifestement en chaleur, et fières de leur état. Elles devaient être, l'une comme l'autre, tout juste sorties du lycée. Aux États-Unis, on leur aurait demandé leurs papiers à la porte.

« Hé ! fit Diane, tapotant l'épaule de Jack. Vous parlez anglais ? » Elle était championne pour briser la glace, Diane.

« Tout le temps, répondit le joueur en souriant.

— Je t'ai dit qu'il était américain », claironna-t-elle, faisant entrer en scène Patty. Puis, s'adressant à Jack, sérieuse comme une écolière : « Écoutez, nous n'arrivons pas à comprendre...

— Ce qu'il vous faut, c'est un daïquiri », dit Jack, l'interrompant et faisant claquer ses doigts pour appeler le barman.

Diane fit la moue. « Et si je n'aime pas ça ? »

Jack passa le bras autour de sa taille. « Vous aimerez ça, fit-il, rassurant. Je m'appelle Jack, soit dit en passant. »

Diane sourit, étirant son corps tendu à la façon d'un chat, tandis qu'elle présentait Patty et se présentait elle-même. Tout aussitôt, Ramos se glissa vers eux, entreprenant une petite mission de braconnage. Le sourire du buveur de bourbon lui plissait le visage, et son nez se contractait comme celui d'un chien pour gibier à plume. « C'est la première fois que vous venez à La Havane, mesdemoiselles ? s'enquit le journaliste.

72

« — Hé, Ramos, où en es-tu donc de ton article ? » demanda Jack d'un ton persifleur.

Le journaliste inclina courtoisement la tête à l'intention de Diane et de Patty. « Ces deux ravissantes jeunes filles en fleur, voilà le sujet de mon article, roucoula-t-il. Bienvenue au bar favori de Hemingway. »

Patty se mit à haleter. « Nous le savions, dit-elle, le souffle court tant elle était excitée. Nous espérions avoir l'occasion de le voir. »

Le journaliste pencha la tête en direction de Jack, fronçant les sourcils d'un air perplexe. « Comment ? Il ne vous l'a pas dit ?

— Dit quoi ? demanda à mi-voix Diane, donnant dans le panneau.

— Espèce de fripouille, gloussa Ramos, donnant une petite bourrade au joueur. Ce bon vieil Ernie, timide et frileux comme une débutante !

— Ernie ? » la voix de Patty tremblait à présent. Elle était incrédule, et pourtant...

Ramos hocha la tête avec solennité : « Ernest Jack Hemingway. »

Diane se mit à ricaner car, pour sa part, elle n'était pas née de la dernière pluie. « Ah oui ? Et où est sa barbe, dans ce cas ?

— Chut ! répondit le journaliste, un doigt sur ses lèvres. Il voyage incognito. »

Et ils se mirent tous les quatre à rire joyeusement, tandis que Jack donnait aux jeunes filles leurs daïquiris. Chigwell se montra derrière Ramos et s'éclaircit la gorge, affichant un sourire plein d'optimisme. Si Ramos lui accorda de se joindre à leur petit cercle, ce fut seulement parce que cela lui permettait de se serrer davantage contre Patty. « Moi, c'est Chigwell. J'écris pour *Gourmet* », dit le journaliste pétillant d'entrain, et qui donnait toujours l'impression de chercher à placer quelques abonnements. Il fit un signe de tête à Jack. « Vous étiez sur le ferry de Key West il y a deux soirs, n'est-ce pas ?

— Hem, dit Jack pensivement, comme s'il cherchait à s'en souvenir. Je portais une barbe ?

— Non... non, pas de barbe. »

Le joueur secoua la tête. « Alors, ce n'était sûrement pas moi. » Les deux minettes se tordirent de rire à cette réplique, Diane se trémoussant de façon aguicheuse contre le bras de Jack.

« Vous êtes là pour combien de temps, mesdemoiselles ? demanda Ramos, qui semblait sur le point de mordiller l'épaule de Patty.

— Jusqu'au jour de l'an, répondit Diane d'une voix traînante. Hé, qu'est-ce qu'il faut penser de Castro et des autres ? Est-ce que tout ça est vraiment dangereux ?

— C'est sympa de vous revoir, Jack, fit Chigwell, se joignant à la conversation et regardant sa montre avec fébrilité. Écoutez, j'ai trois restaurants à essayer avant minuit. Je ferais bien de me magner le cul. A un de ces jours, Ramos. Bonsoir, mesdemoiselles. » Et il s'éloigna, louvoyant au milieu de la foule, son nœud papillon agité de secousses.

Diane prit une grande gorgée de sa boisson, le problème politique lui étant déjà sorti de l'esprit. « Oooh ! mais c'est que c'est vraiment bon, ça ! » gémit-elle, comme pour donner un avant-goût de ses performances dans l'obscurité.

Ramos se pencha pour se rapprocher de Jack. « Vous croyez que c'est une tapette ? Qu'il faudrait l'appeler Miss Marion ? »

Le joueur le regarda par en dessous, réfléchissant à la question. « Je ne sais pas, répondit-il au bout d'un moment. Mais ce qui est sûr, c'est qu'il y a un chapitre sur lequel il est en train de mentir. » Puis il fit une grimace de dégoût, signifiant clairement par là qu'il ne voulait pas gâcher avec trop de spéculations du genre sérieux une soirée vouée au sexe. Il exerça une pression sur la hanche de Diane qui cambra le dos, attendant la suite. « Fort bien, mesdemoiselles, faisons des plans pour notre soirée avant que l'envie de passer du bon temps ne nous quitte.

— Non, protesta Ramos, c'est moi qui vais faire les plans. Après tout, l'enfant du pays, c'est moi. » Il bomba le torse, sympathique de paraître ainsi pénétré de sa propre importance, donnant l'impression de plastronner dans ce rôle comme un personnage de Hemingway. « Nous allons commencer par un endroit où les touristes ne vont pas. Suivez-moi ! »

Il leva le bras comme pour conduire une charge de cavalerie, puis se tourna afin d'ouvrir un passage à travers la cohue tapageuse qui entourait le bar. Patty et Diane regardèrent d'un air interrogateur Jack qui leur fit un signe de tête, les engageant à mettre leurs pas dans les pas du journaliste. « Destination : la salle de lecture de la Science chrétienne* », leur précisa-t-il, entourant leurs épaules de ses bras, tandis qu'ils se dirigeaient vers la sortie.

Ils parcoururent tous les quatre le trottoir en riant, passant à côté du parc de limousines, puis s'entassèrent dans la Cadillac verte. Dans la nuit d'une irrésistible douceur et fleurant le jasmin, ils suivirent un itinéraire tortueux, à travers des rues décorées de guirlandes de lampions multicolores. Diane se blottit contre Jack, sur le siège avant. Quant à Ramos qui avait pour voisine Patty, sur le siège arrière, il gesticulait comme un politicien en représentation.

« Vous, les Yankees, vous êtes tous les mêmes, gueulait le journaliste dans la nuit. Nous nous faisons tuer des années entières en Espagne en combattant pour l'indépendance, vous venez à la fin y passer vingt minutes, et vous appelez ça la guerre hispano-américaine ! » Il leva d'un air olympien un doigt à l'adresse de Patty, qui battit des paupières, ne sachant trop quelle opinion se faire. « Vous nous avez toujours traités en colonie américaine !

---

* La Science chrétienne *(Christian Science)* a été fondée au XIXᵉ siècle *(NdT)*.

75

— Je viens tout juste de faire votre connaissance »,
rétorqua Patty, légèrement blessée dans son amour-
propre. Elle baissa de deux centimètres sa jupe sur ses
genoux.

« Ne vous occupez pas de lui, fit Jack depuis le siège
avant. Sa grand-mère a fait ça avec Teddy Roosevelt. Les
Ramos ont une peur bleue d'être un peu épiscopaliens. »

Il tourna et emprunta une avenue pleine d'animation
où des airs de cha-cha-cha s'échappaient d'innombrables
bars et boîtes à strip-tease. Ils étaient, à n'en pas douter,
au cœur de la fête. Les arbres de Noël étaient partout,
dans des pots alignés sur les trottoirs ainsi que dans les
vitrines des bars, toutes lumières clignotantes. Souteneurs
et putains se pavanaient, sur leur trente et un. Un renne
de plastique au nez rouge était en équilibre instable sur
un feu de signalisation.

Le Bodeguita del Medio offrait un contraste frappant
avec le Floridita, mais il était aussi couru, et peut-être
même plus élégant, dans le contexte du quartier commer-
çant. Ce n'était rien d'autre qu'un petit café dans une
rue étroite qui prenait dans l'avenue, mais les clients faisaient la queue pour y entrer. Ramos indiqua à Jack une
ruelle voisine où il pouvait se garer, puis il conduisit ses
compagnons au premier rang de la queue. Le videur
hocha la tête et les laissa entrer comme s'ils bénéficiaient
de l'immunité diplomatique. Les filles furent favorable-
ment impressionnées.

L'aménagement intérieur était encore plus soigné qu'au
Floridita, mais sans rien du chic français qu'on trouvait
là-bas. L'ambiance était hispano-cubaine, non frelatée par
l'élégance quelque peu recherchée du centre ville. Des lanternes vénitiennes oscillaient contre les murs, et la musique était assurée par trois guitaristes dont la formation
avait nom Carlos Pueblo et Cie. La clientèle était plus
jeune, beaucoup moins manucurée. Non pas en grande
toilette, mais dans des tenues informelles : plutôt que des
jaquettes, on voyait des guayaberas. Les gens s'amusaient

bruyamment, d'une part parce que c'était Noël, et d'autre part parce que le monde était sur le point de s'effondrer.

Jack entourait les deux filles de ses bras au moment où Ramos alla saluer le propriétaire. Il pencha la tête et murmura dans la queue de cheval : « Vous voulez tâter du mojito ?

— Bien sûr ! dit-elle en riant. Je veux tâter de tout ! »

Le joueur sourit et se pencha de l'autre côté, disant à l'oreille de la blonde coiffée en caniche : « Et vous, Diane ?

— Je suis Patty.

— Je vous mettais simplement à l'épreuve, fit Jack, et ils partirent tous d'un éclat de rire. Vous voulez tâter de tout vous aussi, Patty ? » Il promena sa main le long de son bras, l'effleurant à peine, et elle émit un petit grognement qui signifiait selon toute apparence oui.

Tout d'un coup, deux hommes baraqués dans des costumes de mauvaise qualité se frayèrent un chemin à travers la foule, venant du fond du café. Les fêtards semblèrent s'écarter comme une vague et un silence inquiétant tomba comme une chape sur la salle, l'espace de quelques instants, cependant que les requins se dirigeaient vers la sortie. Une fois qu'ils furent dehors, tout se passa comme si une sirène signalait une fin d'alerte. La gaieté reprit tous ses droits et, s'il y avait là quelque chose d'artificiel, personne n'aurait consenti à le reconnaître.

Ramos revint vers Jack et les filles. « Vous avez vu ces types ? C'est la police de Batista. Le SIM, voilà comment on l'appelle.

— Mais qu'est-ce qu'ils voulaient ? » demanda Patty, continuant à se trémousser contre Jack.

Ramos sourit. « Ils veulent empêcher quelque chose de se produire. »

Diane poussa Jack du coude de façon badine. « Hé, je croyais vous avoir entendu dire que La Havane est un endroit sûr ! »

Le joueur eut un sourire. « Je n'ai pas pu dire ça, chérie. Pour moi, aucun endroit n'est sûr ! »

N'en pouvant plus, Ramos agrippa le dos de la chaise, comme s'il allait avoir un infarctus. « Mon Dieu, fit-il dans un souffle, trahissant un sentiment d'effroi mêlé d'admiration. Voilà Duran qui s'amène. »

Jack avait remarqué un remue-ménage du côté de la porte, une pause dans le tohu-bohu, mais l'homme qui venait d'entrer était pratiquement dissimulé par la foule. Il avança le cou pour mieux voir mais, en fait, cela lui importait assez peu. En outre, avec ses deux compagnons, ils avaient de quoi faire pour l'instant.

« Jack ! » L'excitation faisait vibrer la voix du journaliste. « C'est Duran... Arturo Duran. » Et quand Jack posa sur lui un regard vide, Ramos se déchaîna sous l'effet de l'impatience. « Cet homme est quelqu'un de tout à fait exceptionnel, dit-il avec une sorte de respect religieux.

— Ah, vraiment... », répondit d'un ton vague le joueur, qui ne passait jamais à côté d'une église sans retenir sa respiration.

« Il était dans les montagnes », poursuivit Ramos, s'approchant tellement de Jack que son haleine qui empestait le bourbon donna un haut-le-cœur à ce dernier. « On dit qu'il est avec Fidel. Duran est peut-être le seul qui puisse jouer au rassembleur et rapprocher toutes les factions. » Ce moment d'intense émotion ne laissait pas de doute possible sur le camp auquel étaient acquises les sympathies du journaliste. Au diable l'objectivité requise par l'exercice de sa profession ! Il était aussi passionné que le premier guérillero venu.

Jack tourna à nouveau la tête en direction du remue-ménage qu'il y avait à l'entrée et, cette fois, il vit l'homme qui suscitait toute cette ferveur. Un séduisant Cubain d'environ quarante-cinq ans, manifestement aristocrate, avec de grands yeux expressifs et une moustache taillée avec soin. Mais, malgré son allure follement élégante et la coupe impeccable de ses vêtements européens, il y avait en lui quelque chose d'indéfinissablement ascétique. On devinait l'homme qui avait appris les vertus de l'abnéga-

78

tion et qui savait au plus profond de son être pour quelle cause il y avait lieu de se battre.

Diane et Patty, n'y tenant plus, entraînaient déjà le joueur vers le bar, et il s'était à moitié détourné d'Arturo Duran quand la foule qui se trouvait à l'entrée se sépara en deux une nouvelle fois. Une femme vint rejoindre Duran, et le cœur de Jack Weil s'arrêta de battre un instant. C'était Bobby. Le joueur retira en hâte ses bras de sur les épaules des deux allumeuses. Il agrippa le coude du journaliste. « Hé, dit-il, la bouche sèche tout d'un coup, qui est... qui est cette femme ?

— C'est sa femme, répondit Ramos, les yeux toujours fixés sur son héros. C'est Roberta. »

Arturo Duran et son épouse essayaient d'arriver jusqu'au bar, mais ils étaient sans cesse arrêtés en chemin par des admirateurs inconnus qui serraient vigoureusement la main de Duran. Ces effusions le mettaient passablement dans l'embarras, mais il les subissait néanmoins de bonne grâce. Le propriétaire du Bodeguita s'avança pour faire des salamalecs. Et ce fut à ce moment-là que Bobby, secouant son épaisse chevelure, jeta un regard circulaire sur les lieux.

Quand elle aperçut Jack Weil, elle donna l'impression de vaciller, comme si une douleur lancinante provenant d'une ancienne blessure l'avait vrillée. Pendant quelques secondes le joueur et elle, les yeux dans les yeux, furent comme pétrifiés. Puis son mari se détourna du propriétaire du Bodeguita pour prendre à nouveau son bras, et le corps de Bobby se détendit et retrouva sa souplesse. Elle s'appuya contre Arturo et lui murmura quelque chose à l'oreille, et il n'était alors pas difficile de deviner l'étroite intimité qui les liait. Duran sourit.

Il longea alors le bar d'une démarche déterminée, se dirigeant vers Ramos, Jack et les filles, sa femme le suivant de près. Tandis que Ramos regardait Duran s'approcher, son visage laissait transparaître une sorte de béatitude extatique, qui se mua en une expression de surprise non dissimulée quand Duran tendit une main amicale vers le joueur. « Ça alors ! Bonjour ! s'exclama l'aristocrate, accompagnant ces mots d'un sourire chaleureux. Ça fait un bail ! » La poignée de main était solide. « Vous avez un moment ?

— Pour *vous* ? demanda Jack. Vous voulez rire ? »

Cependant qu'Arturo le conduisait vers l'extrémité du bar, on n'aurait pu dire avec certitude ce qui faisait le plus plaisir au joueur. Il y avait d'une part l'expression du pauvre Ramos : absolument impayable. Il y avait ensuite la soudaine proximité de Bobby, qui avait déjà grisé Jack Weil plus que n'auraient pu le faire une demi-douzaine de mojitos. Il donnait l'impression d'avoir été tout juste invité à rallier une partie de cartes dont la première mise aurait été de dix mille dollars.

Bobby s'avança avec grâce pour faire diversion au trouble du joueur. « Je suis Roberta Duran, dit-elle de façon charmante, adoptant un comportement d'hôtesse en train de recevoir ses invités.

— Je ne savais pas que votre mari connaissait Jack Weil, fit Ramos que l'étonnement laissait bouche bée.

— Mais oui, mais oui, dit-elle, faisant un sourire aux jeunes Américaines.

— Je m'appelle Diane, et elle, c'est Patty », dit la fille à la queue de cheval. Elles avaient plus que jamais l'air de deux lycéennes, surtout à côté de Bobby. Elles donnaient l'impression de se demander si elles devaient faire la révérence.

A l'extrémité du bar, Arturo Duran jaugeait le joueur d'un regard de connaisseur à demi amusé. Il paraissait mesurer d'instinct à quel point Jack était indifférent aux problèmes politiques. « Vous ne savez pas qui je suis, n'est-ce pas ? demanda-t-il, faisant en sorte de dire cela sans la moindre vanité ou la moindre arrogance.

— Je sais seulement que Ramos est tout chose quand il parle de vous », répondit Jack. Il se livrait à sa propre évaluation de son interlocuteur.

Arturo Duran eut un haussement d'épaules. « Vous connaissez les Latins », dit-il avec, dans la voix, une intonation sèchement dépréciative. Puis, tout d'un coup, avec davantage d'enthousiasme : « Je voulais vous remercier pour ce que vous avez fait. Ma femme m'a dit que vous avez été d'une stupéfiante habileté. »

Jack ne put s'empêcher de poser son regard sur Bobby, en grande conversation avec Patty et Diane. Son élégance sans recherche et son comportement sans affectation étaient en quelque sorte aussi perceptibles que son parfum au muguet. Il faillit ne pas entendre ce que Duran lui dit ensuite : « J'espère que vous pourrez dîner avec nous.

— Euh, merci, fit le joueur, troublé, quoique sans trop savoir pourquoi. Je ne peux pas. Mes amis sont... hem...

— Si, si, je vous en prie, insista Arturo, sur un ton particulièrement engageant. Nous mangerons un morceau rapidement, à l'américaine. » Et il fit claquer ses doigts en riant, attestant sa profonde affection pour le vaste pays qui s'étendait plus au nord. « Vous pourrez toujours rejoindre vos amis quelque part. Ils ne vous en voudront sûrement pas. Ce n'est pas que Ramos me déplaise, voyez-vous. C'est quelqu'un de très bien, mais après tout, ce n'est qu'un reporter. » Jack ayant gardé le silence, bien en peine de soulever d'autres objections, la question du dîner parut à tout le moins réglée. « Je vous en prie, répéta Arturo, tenant la chose pour acquise, cela nous ferait à tous les deux très plaisir. »

Jack fit un signe de tête affirmatif, attiré malgré lui dans le champ de forces d'Arturo par l'intensité magnétique de celui-ci. Ils se joignirent brièvement aux autres, Jack promettant de finir la soirée avec Ramos et les filles. Le journaliste s'assura que Diane et Patty consentaient à ce nouvel arrangement, et les entraîna habilement vers la sortie : il était prêt à tout pour complaire à Arturo Duran. Tout ce temps, Bobby et Jack avaient manifesté l'un pour l'autre une urbanité de bon aloi, sans plus : celle de deux passagers qui s'étaient rencontrés sur un bateau, mais ne parvenaient apparemment pas à se souvenir au cours de quelle traversée en particulier.

Le propriétaire du Bodeguita les conduisit tous les trois vers la partie réservée aux dîneurs, au-delà du bar. Il avait, on ne sait trop comment, réussi à faire surgir une table libre, car la salle était bondée. Sitôt qu'ils furent assis, un garçon se présenta avec une série de mojitos. « Je crois que vous aimerez ce qu'on sert ici », assura Arturo Duran à son hôte, puis il apporta cette précision : « Mais ce n'est, en fait, que de la nourriture paysanne. Ne vous attendez à rien de luxueux.

— Il m'est déjà arrivé de manger ici, répondit Jack, fixant les yeux sur son verre pour éviter de les fixer sur elle.

— M. Weil a un appartement à La Havane, expliqua Bobby, desserrant l'écharpe qu'elle avait autour du cou.

— Ah, fit Duran. Vous passez donc pas mal de temps à Cuba. » Ce n'était pas là vraiment une question. Manifestement, il continuait de jauger l'Américain, s'efforçant de déterminer quelle était la part du play-boy dans le personnage.

« Je viens ici pour jouer aux cartes », dit Jack d'une voix sans inflexion particulière.

Arturo hocha la tête. « Vous êtes donc un joueur.

— Eh bien, disons que je limite la chance au minimum indispensable. »

Arturo lui lança un regard perplexe. « Et comment faites-vous pour y parvenir ?

— En étant très bon joueur. »

Bobby eut un petit rire délicieux, et Arturo lui-même sourit. Le joueur ne pouvait plus s'empêcher de la regarder. L'écharpe, de fabrication parisienne, était peinte au pochoir d'un motif équestre et tranchait vivement avec la teinte corail clair de sa robe. Elle avait les joues roses, malgré l'absence de maquillage. C'était sans doute un petit coup de soleil qu'elle avait attrapé dans la décapotable verte.

Des plats commencèrent à leur être servis, bien que personne n'eût rien commandé. Haricots noirs accompagnés de riz, yucca et porc, un grand tas de tomates vertes : un menu paysan, ainsi qu'Arturo l'avait annoncé et, bien entendu, il n'y aurait pas d'addition à régler.

« Oui, un joueur, convint Bobby, exerçant une pression affectueuse sur le bras de son mari, sans chercher à dissimuler son geste. Un homme qui accepte de prendre des risques... c'est bien ça, M. Weil ? » Jack ne disait pas un mot, son silence étant la seule confirmation qu'il lui apportait. « Un homme qui sait comment réduire ces risques au minimum. Exactement le genre d'homme qu'il nous faut. »

Il y eut un froid dans la salle, et Jack regarda vers la gauche. Les deux hommes du SIM étaient de retour, et se tenaient dans l'encadrement de la porte. Leurs yeux étaient éteints derrière leurs lunettes noires, tandis qu'ils scrutaient les tables. Jack murmura dans sa barbe : « J'aimerais vraiment beaucoup être l'agent concessionnaire de ces lunettes de soleil. »

Le rire de Bobby ne trahissait nulle peur. Le joueur regarda Arturo, plus fascinant que jamais : « Ces gens ne vous inquiètent donc pas ?

— Non, pas tellement, répondit celui-ci, se penchant pour servir à la cuiller du porc à Jack. Non pas que je sois particulièrement courageux, se hâta-t-il d'ajouter. Mais, voyez-vous, M. Weil, il y a deux catégories de gens à Cuba, sous le régime de Batista. Ceux qui sont torturables, et ceux qui ne sont pas torturables. J'appartiens à une vieille famille castillane, très connue. Alors... »

Il eut un haussement d'épaules motivé par la modestie, presque un réflexe chez lui : comme s'il ne s'attribuait jamais que fort peu de mérite. En cet instant précis, il paraissait surtout préoccupé de voir son hôte manger avec appétit, et le joueur y allait d'un bon coup de fourchette, s'efforçant de ne pas retirer de tout cela l'impression qu'on était en train de l'engraisser. Le porc avait une saveur succulente, d'autant plus subtile et délicate qu'il était accommodé à la paysanne. Jack dit son sentiment là-dessus, mettant à profit l'occasion pour décerner ses compliments à la fois au chef du Bodeguita et à cette île riche et complexe qu'il considérait comme sa seconde patrie.

Arturo Duran sourit. Il trouvait de toute évidence plus facile d'accepter des paroles flattant son pays plutôt que le flattant lui-même. Il regardait ses deux compagnons de table manger avec plaisir et, quant à lui, touchait à peine à son assiette. L'ascète qu'il abritait se mettait toujours à l'épreuve, comme un saint qui lutte de toute sa foi.

« J'espère que vous vous rendez compte à quel point ce que vous avez fait était important pour nous », dit-il à Jack.

Le joueur jeta un regard à Bobby qui le lui rendit avec cette même franchise audacieuse et désarmante dont elle avait fait preuve en l'abordant sur le *Suzi*. Jack Weil était un bluffeur de première, mais il eut du mal à soutenir l'intensité, l'acuité de ces yeux. Les enjeux étaient trop élevés. Il posa à nouveau son regard sur Arturo, qui était occupé à inscrire un numéro de téléphone sur le rabat d'un paquet d'allumettes du Bodeguita.

« Non, mais je vous crois sur parole, répondit le joueur qui n'aurait pu manifester davantage d'indifférence.

— Vous êtes joueur, M. Weil, et de votre propre aveu bon joueur. » Arturo eut un sourire, et Jack se sentit tout d'un coup ravalé par comparaison au rang d'amateur, de joueur de bingo à vingt-cinq cents. « Vous évoluez dans le genre de milieu qui pourrait nous être grandement utile. Si je vous demandais de faire quelque chose de plus… ? »

Le visage de Jack s'empourpra. « Je ne joue pas aux cartes dans cette intention, rétorqua-t-il avec froideur. Ça, c'est de la politique. » Il prononça ce dernier mot avec un mépris achevé.

Arturo poussa le paquet d'allumettes en direction de l'assiette du joueur. « Pour le cas où vous changeriez d'avis.

— Je ne changerai pas d'avis. »

L'aristocrate eut un sourire encore plus large, et secoua la tête avec indulgence. « Votre réaction est terriblement américaine, M. Weil. La vie n'est faite que de politique, depuis les guerres jusqu'aux famines et aux révolutions. Et vous dites malgré tout que cela ne vous intéresse pas.

— Pas *ma* vie à moi », répliqua le joueur, mais il se rendit compte qu'il avait prononcé ces mots avec humeur, comme un gosse qui cherche à imposer ses caprices.

« La vie de tout le monde, dit Arturo, jetant un regard plutôt mélancolique sur la nourriture qui garnissait la table. Vous ne pensez pas que la politique est une sorte d'espoir ? »

Jack partit d'un grand rire. « Ne me demandez pas mon avis là-dessus, mon cher. Je n'en sais vraiment rien.

— Je crois que tu mets M. Weil mal à l'aise », fit Bobby, tirant sur les extrémités de son écharpe de façon à enserrer son cou.

Arturo observait le visage de Jack Weil. Il s'était déjà fait une opinion, quelle que fût la nature de celle-ci. Il paraissait à présent plus stupéfait qu'autre chose, comme s'il avait compris qu'il se trouvait attablé avec quelqu'un de radicalement différent de lui-même et qu'il devait mettre à profit l'occasion pour savoir ce qui se passait dans la tête de celui qui était dans le camp d'en face. Jusqu'à présent, tous les gens du camp d'en face à qui il avait eu affaire étaient ses ennemis mortels.

« Vous pensez peut-être qu'il est... inconvenant, dit Arturo, choisissant ses mots avec autant de soin qu'il aurait mis à traverser un champ de mines, que je charge ma femme de ces missions dangereuses.

— C'est *votre* femme », répondit le joueur, sans pour autant se montrer impoli ou critique. Il cherchait simplement à expliquer que cela ne le regardait en rien, et donnait plutôt l'impression qu'il aurait bien voulu que cela le regarde. Mais cela ne changeait rien à la situation.

« Nous avons un seul et unique objectif, voyez-vous,

poursuivit Arturo Duran : c'est de renverser Batista. Pour y parvenir, on ne peut faire autrement que de se salir les mains. » Sans s'en rendre compte, il fixait ses propres mains posées devant lui, sur la table, peut-être pour s'assurer qu'elles étaient suffisamment sales. C'était, une fois de plus, le saint qui se mettait à l'épreuve, qui n'arrêtait pas de se mettre à l'épreuve. « Si nous avions *plus* d'un objectif en vue, si nous voulions, par exemple, être séduisants et charmants... — il sourit à quelque vieux souvenir personnel — ... eh bien, à ce moment-là, Batista pourrait gouverner Cuba à jamais. Ne vous méprenez pas sur ce que je dis là, je vous en prie, M. Weil. Je ne me pose pas en justicier, face à vous. A beaucoup d'égards, j'envie les hommes dans votre genre. J'envie que vous puissiez sauvegarder une certaine innocence, envers et contre tout. »

Mais sa femme n'avait rien de son sang-froid ou de son tour d'esprit philosophique. Ses joues devinrent cramoisies, tandis qu'elle passait le bras autour des épaules de son mari. Il n'y avait aucune inflexion de colère dans ce qu'elle allait dire, et pourtant, ses mots furent décochés comme autant de flèches. « Mais il n'y a peut-être pas du tout lieu de parler d'innocence, dit-elle. Peut-être que M. Weil s'en fout pour de bon.

— Hé, je connais les hommes politiques », fit le joueur avec un haussement d'épaules, se montrant plus obstiné que jamais, et trouvant en un sens plus facile de réagir à sa dureté à elle, à son mépris non dissimulé. « Je joue aux cartes avec eux. Et *j'adore* ça, en fait, parce qu'ils sont faciles à battre. » Il se mit à rire, d'un rire bref et caustique. « Mais enfin, bon sang ! c'est la *seule* circonstance où M. Tout-le-Monde peut battre un homme politique ! » Il y avait une lueur de défi dans ses yeux, comme s'il attendait que quelqu'un dise qu'il n'était pas ce M. Tout-le-Monde dont il parlait. « Écoutez, je crois que je ferais mieux de rejoindre mes amis. »

Bobby hocha la tête avec grâce, la lumière de la lanterne vénitienne faisant un effet de vague sur sa chevelure. Elle reprenait là son rôle d'exquise hôtesse. « C'était très gentil à vous de nous consacrer un moment, M. Weil, dit-elle tout à fait sincèrement. J'espère que vos amis ne nous en voudront pas trop. »

Jack la regarda qui affichait un sourire serein, alors que son propre visage était tendu. Sa dureté et son mépris, tout cela allait tellement plus de soi ! Il donnait l'impression d'avoir perdu — égaré — cet air de ne pas y toucher, cette désinvolture avec laquelle il avait pris congé d'elle dans le portique du Lido. Cette fois, il disait au revoir. Le mot qui résumait l'existence d'un joueur, toujours sur le départ, et qui, néanmoins, lui restait maintenant en travers de la gorge.

Mais Arturo n'avait pas fini. « Pourquoi sont-ils faciles à battre ? » demanda-t-il, plus intéressé qu'il n'aurait voulu se l'avouer.

Jack se tourna pour lui faire face à nouveau, soulagé d'avoir un motif de ne plus regarder Bobby. « Parce que quelquefois, au poker, dit-il, il est habile de perdre avec de bonnes cartes, afin de pouvoir gagner plus tard avec des mauvaises. » Il énonça cet axiome avec une absolue autorité, comme s'il lui avait été transmis sur une tablette de pierre. « Mais un homme politique ne raisonne jamais de cette façon. Parce que ce qu'il lui faut toujours, c'est le pouvoir tout de suite. »

L'aristocrate le regarda en donnant l'impression de commencer à l'apprécier, et c'était d'autant plus remarquable qu'Arturo Duran n'était pas propre à se laisser facilement impressionner. Il avait passé trop de temps avec des hommes qui s'étaient accommodés de tyrans, ne les mettant jamais en cause, annihilés comme ils l'étaient par l'oppression.

La voix de Bobby était douce, mais son démenti sonna haut et fort : « Je crois que vous êtes beaucoup plus préoccupé de la marche du monde que vous ne voulez vous l'avouer, M. Weil.

— Ah, vraiment ? fit le joueur d'une voix traînante, presque persifleur, comme s'il voulait la pousser à en dire davantage.

— Il faut bien que quelqu'un prenne sur lui de changer les choses, dit-elle. Autrement, rien ne changera jamais.

— Peut-être », répondit-il avec un hochement de tête. Il regarda sa main, posée sur la table, sidéré de se surprendre à jouer avec la boîte d'allumettes. Il la mit au creux de sa main et referma le poing. « Mais je ne me sens pas vraiment qualifié pour déterminer qui devrait se charger de faire changer les choses.

— Alors, pourquoi nous avoir aidés ? demanda Arturo.

— J'avais passé un contrat. »

Arturo sourit. « Alors, pourquoi avoir rendu l'argent ? »

Heureusement qu'il ne s'agissait pas d'une partie de poker, car Jack Weil présentait un visage troublé, celui d'un homme qui venait de poser un as sur le tapis. Il lança un regard à Bobby, qui baissa les yeux et passa l'extrémité de l'écharpe sur ses lèvres.

Arturo poursuivit : « Elle m'a raconté qu'elle avait retrouvé l'enveloppe dans son sac en rentrant à la maison. J'ai comme l'impression que vous êtes autant magicien que joueur. »

Silence total de la part de Jack. Les trois guitaristes s'approchèrent nonchalamment, s'inclinant devant Bobby, tandis qu'ils raclaient une chanson d'amour andalouse. C'était Arturo qui avait à présent toutes les cartes en main, bien qu'il n'eût pas le moins du monde l'apparence d'un joueur. Son sourire était bon enfant, presque malicieux, sans la moindre trace de jalousie.

« Finalement, vous croyez peut-être à quelque chose, observa-t-il sèchement. Et c'est peut-être aux jolies femmes que vous croyez, M. Weil. »

Ce fut Jack qui se leva le premier, mais ils étaient maintenant tous prêts à partir. Le joueur enfonça les mains dans ses poches et murmura à l'adresse de son hôte des remerciements de pure forme pour le dîner. Sans doute s'apprêtait-il à dire ensuite quelque chose à Bobby, mais le propriétaire du Bodeguita s'approchait déjà, l'air affairé. Bobby et Jack échangèrent un regard, mais rien d'essentiel ne fut dit. Le volubile maître des lieux fit toute sorte d'embarras, cherchant à s'attirer des louanges et se répandant en compliments sur la dame. Jack fit un mouvement qui était pour moitié un haussement d'épaules et pour moitié un geste signifiant qu'il prenait congé ; en tout cas il ne fut pas obligé de dire au revoir.

Il s'éloigna et entreprit de se faufiler entre les tables, toutes occupées, se dirigeant vers la sortie. Il ne regarda pas en arrière, et personne ne le suivit, mais d'une certaine façon il ne donnait pas l'impression de quelqu'un qui prend le large. Les gens tournaient la tête pour regarder Jack Weil qui s'en allait, l'air éternellement dégagé, entouré de son aura de joueur invétéré. Mais il n'était plus entièrement libre, en tout cas plus comme il avait coutume de l'être. Il pénétra dans la ville toute scintillante — arbres de Noël et parfum de jasmin — et il ruminait de sombres pensées, comme un homme qui aurait été débusqué.

Dans sa poche, il y avait la boîte d'allumettes.

5

Il était minuit passé maintenant, et tout était possible. Le Floridita et le Bodeguita avaient fait le plein de fêtards, et personne n'aurait encore trouvé moyen de s'introduire dans l'une ou l'autre des deux boîtes. Mais, à présent que minuit, l'heure du crime, avait sonné, les viveurs allaient commencer à s'égailler à deux ou trois pour tenter d'explorer les mystères plus profonds de la nuit. Les casinos allaient commencer à tourner à plein régime, de même que les spectacles de strip-tease et les parties de plaisir privées. La nuit, à La Havane, était un royaume en soi, avec ses faveurs spéciales et ses rendez-vous secrets, toutes choses qui n'avaient pas droit de cité au milieu des activités diurnes.

Parmi les protagonistes remuants de ces équipées nocturnes se trouvait un homme en blanc qui avait tout l'air d'un épouvantail et qui poussait une voiture à bras de marchand de glaces aux parfums variés à travers les rues étroites du quartier colonial. Tandis que la voiture avançait en grinçant sur les pavés ronds, ses clochettes tintant pour attirer le chaland, des couples bras dessus bras dessous s'approchaient pour s'offrir un dessert, retrouvant tout d'un coup une âme d'enfant. L'épouvantail emplissait de glace pilée des cornets en papier, puis versait par-dessus chacun d'eux du sirop aux couleurs vives, jaune, vert et rouge.

Pendant qu'il tendait les cornets aux clients réjouis attroupés autour de la voiture, et fouillait dans une bourse fixée à sa ceinture pour leur rendre leur monnaie, un mendiant surgit d'une embrasure de porte voisine. Les mangeurs de glace tournèrent le dos et ignorèrent la main tendue dans un geste d'imploration, et l'épouvantail émit un chuintement, exhortant le mendiant à s'en aller.

Puis, tout d'un coup, la scène fut entièrement illuminée par l'irruption d'une voiture noire qui tourna en faisant une embardée et fonça dans la rue pavée au milieu d'un bruit d'enfer. Marchand de glaces, clients et mendiant, tous n'eurent plus d'yeux que pour la voiture noire qui s'immobilisa dans un crissement de pneus, à quelques mètres d'eux. On eût dit qu'un de ses occupants avait une irrépressible envie de glace à la cerise. La portière arrière s'ouvrit toute grande, et un corps fut balancé dans le caniveau où il tomba, raide, sous le regard horrifié des personnes présentes.

Les pneus crissèrent à nouveau : la voiture noire était repartie. Les mangeurs de glaces se dispersèrent en hâte, ne prenant même pas la peine de vérifier si le corps était celui d'un homme vivant ou mort. Poussant sa voiture, l'épouvantail s'éloigna aussi vite qu'il le put, disparaissant au coin de la rue. Seul le mendiant manifesta suffisamment de curiosité pour aller regarder de près le visage de l'homme qui était bel et bien mort et dont les yeux vides fixaient le ciel nocturne. C'était le barbu à la Vespa.

Tous ceux qui se trouvaient dans la rue partirent dans la direction opposée, et ceux qui étaient aux fenêtres regagnèrent l'intérieur de leur appartement. Le mendiant alla jusqu'au bord du trottoir et ramassa un journal. Il l'ouvrit et le déploya à la façon d'un linceul sur le visage du mort, puis se tourna et repartit vers son embrasure de porte en traînant les pieds. Cette nuit-là, à La Havane, le barbu n'aurait pu prétendre à mieux en guise de funérailles. C'était déjà plus qu'assez. Pour avoir droit à une cérémonie en bonne et due forme ces temps-ci, il vous fallait mourir dans votre propre lit.

Et puis, un cadavre de plus pouvait-il vraiment ajouter à la peur et à la nervosité qui s'étaient emparées de la ville ? Pas à proprement parler. Vivre somptueusement les heures de la nuit, c'était encore la seule façon de les conjurer. La violence était tapie dans l'ombre, et les fêtards recherchaient la lumière, attirés comme autant de phalènes par le néon réconfortant et les rues qui ne dormaient jamais.

Bras dessus, bras dessous, des couples éméchés parcouraient nonchalamment les avenues les plus fréquentées, encore trop excités pour aller dormir. Bobby et Arturo semblaient habités par la même allégresse que n'importe lequel d'entre eux, et elle appuyait avec indolence la tête contre son épaule, tandis qu'ils déambulaient, sans but précis. Il aurait fallu les observer avec attention pour voir à quel point ils étaient vigilants, une sorte de radar ayant déclenché en eux l'alerte rouge. Ils passèrent à côté d'un groupe de marins américains qui sifflèrent à la vue de la sensationnelle Bobby. Ils contournèrent une file d'attente bruyante où l'on se bousculait pour entrer dans une boîte de nuit.

Au coin de la place, ils passèrent à la hauteur de plusieurs taxis qui attendaient. Mine de rien, Arturo regarda par-dessus son épaule, s'intéressant au trafic des voitures dans la rue. Il n'y avait pas de voiture noire qui avançait au pas dans leur sillage, et personne ne les suivait à pied. Arturo donna l'impression de prendre aussitôt une décision, entraînant rapidement sa femme vers le premier taxi en stationnement. Il ouvrit la portière du véhicule et la poussa pratiquement à l'intérieur, puis il en fit le tour aussi vite qu'il le put pour monter de l'autre côté.

Le taxi traversa la place en trombe, tourna et s'engagea dans un boulevard où les voitures roulaient pare-chocs contre pare-chocs. De jeunes Cubains au volant de belles américaines rutilantes avançaient au milieu d'une musique tonitruante, reluquant des bandes de filles et sifflant à leur adresse. On entendait *Sweet Little Sixteen* interprété de façon plaintive comme un motet, et des marchands de cacahuètes et des vendeurs de journaux passaient à pied entre les voitures, proposant leur marchandise.

Le taxi franchit le croisement conduisant à l'avenue du Prado, la Via Veneto de La Havane. Un grand arbre de Noël s'élevait dans le jardin circulaire qui en formait le centre et, à son pied, se trouvait une crèche aux personnages grandeur nature. En dépit du trafic insensé, plusieurs jeunes dansaient en pleine rue, tambourinant de toute la force de leurs poings sur le capot des voitures qui passaient. Au moment où le taxi tourna, quittant l'avenue du Prado, il passa à côté d'une Cadillac verte décapotable qui avançait à très petite allure pour s'engager dans la file centrale. Mais, à cet instant précis, Bobby et Jack regardaient dans des directions différentes, et ils manquèrent ainsi leur ultime chance de la soirée. Ils étaient les uns et les autres semblables à des bateaux qui glissent dans la nuit.

Jack Weil était occupé à scruter les trottoirs, à la recherche de Ramos et des minettes. Il avait l'air plus motivé que jamais, aussi résolu qu'un marin qui bénéficie de sa première permission à terre depuis six mois. Il repéra le Tropicana tout en bas de la rue, le néon de son enseigne dominant ceux des autres clubs du Prado. Jack sourit et alluma son clignotant gauche, faisant confiance à son instinct.

Pendant qu'il attendait pour tourner, une femme bien habillée, la peau satinée, descendit du trottoir et se glissa vers la Cad. Elle avait tant d'assurance et une allure si

93

élégante quand elle se pencha pour s'adresser au joueur qu'on aurait pu croire qu'elle allait peut-être lui rappeler qu'ils s'étaient rencontrés sur un bateau, encore un, dans la catégorie cabines de luxe. Mais elle sourit, découvrant des dents écartées et de travers, seul indice qu'elle n'était pas la personne fortunée que sa tenue laissait subodorer. Elle demanda gentiment : « Une petite gâterie à l'américaine, *señor* ? »

Jack Weil eut un large sourire. On pouvait vraiment dire qu'il avait roulé partout sa bosse, mais il n'avait encore jamais entendu dénomination si précise. Apparemment, tout et n'importe quoi pouvait être fait à l'américaine. « Une autre fois, mon chou, répondit-il de façon charmante. J'ai déjà rendez-vous avec *deux* personnes ce soir. »

La putain haussa les épaules avec philosophie et lui dit au revoir d'un geste, lui souhaitant deux fois bonne chance, tandis qu'il fonçait dans la cour d'entrée du Tropicana. Il laissa le voiturier ouvrir sa portière, puis monta quatre à quatre les marches jusqu'à l'entrée cordée de velours. Il semblait avoir entièrement retrouvé son assurance de play-boy. Au moment où il pénétra dans le club dont les murs étaient couverts de moirures par la lumière d'une boule à facettes de miroirs qui pivotait sur elle-même au plafond, il avait l'air de se retrouver dans son élément et d'être prêt à tout.

Les femmes en robe longue, les hommes en smoking au visage congestionné et à la richesse ostentatoire avaient tous fait la même tournée des grands-ducs au cours de la soirée, allant du Floridita au Lido, pour finir au Tropicana. L'itinéraire des noctambules avait la précision invariable du chemin de croix, et personne n'aurait manqué le spectacle d'une heure du matin au Tropicana. Jack se faufila entre la foule de ceux qui plastronnaient au bar, tendant le cou pour voir à travers la paroi vitrée qui donnait sur le jardin.

Une main s'abattit sur son épaule, et il se retourna.

Il avait devant lui un homme d'une cinquantaine d'années aux cheveux poivre et sel bouclés, sapé à mort, les yeux aussi étincelants que les diamants qui cloutaient son plastron. « Santos, fit Jack chaleureusement, saisissant l'autre main de l'homme. Alors, comment ça se passe ?

— C'est le crépuscule des dieux, Jackie, répondit Santos, montrant d'un grand geste les gens huppés qui les entouraient. Tape-toi la cloche, bois et ne pense qu'à t'amuser, hein ? Parce que demain... » Il laissa sa pensée s'estomper, haussant les épaules puis clignant de l'œil et poussant doucement Jack du coude, comme pour l'inviter à profiter des privilèges de l'état présent des choses pendant qu'il en était encore temps.

Jack se rapprocha de la paroi vitrée, scrutant des yeux le jardin intérieur à la végétation luxuriante. Il aperçut tout d'un coup Ramos, assis en compagnie de Patty et de Diane à une table bien placée. Il les observa un moment à la façon d'un espion, ne faisant rien pour leur indiquer qu'il était là. Il paraissait se demander pourquoi il avait pris tant de peine pour les retrouver. Presque inconsciemment, il appuya son bras gauche contre son abdomen et se mit à passer les doigts sur son avant-bras, un peu comme s'il était en train de chercher son pouls.

Le dancing de l'Academia n'avait vraiment rien de rupin : c'était un mélange de bouge de front de mer et de maison de rendez-vous. Vu des quais, il avait l'air d'un entrepôt désaffecté, impression que seuls les étudiants qui faisaient la queue pour y entrer venaient démentir. Ils devaient avoir de très robustes constitutions, car la nauséabonde odeur de poisson qui s'échappait des conserveries était insoutenable : un chat se serait évanoui à moins. Par bonheur, ces jeunes-là étaient du genre bohème, aussi beatniks que leurs congénères de New York ou Paris, et se complaisaient dans des ambiances perverses et troubles.

L'intérieur était bondé, les étudiants se trémoussant au

rythme d'une petite formation musicale bon chic bon genre qui interprétait de façon assez plate *That'll Be the Day*. Les danseurs paraissaient n'avoir pas de plus haute ambition que de figurer dans l'*American Bandstand**. Des gens moins légers s'agglutinaient autour du bar : bérets noirs inclinés et visages couverts de barbe, selon l'image du Che qui serait bientôt célèbre. Les petites vendeuses qui cherchaient à accrocher leur regard n'étaient pas au fait des thèses de la guérilla, mais elles étaient séduites par leur allure et leur comportement.

Arturo Duran apparut dans l'encadrement de la porte, ne parvenant vraiment pas à passer inaperçu. Il avait un peu l'air d'un professeur venu chaperonner toute cette jeunesse. Ses yeux scrutèrent sans relâche le bar jusqu'à ce qu'il eût repéré Bufano, qui tenait un grand cabas de son unique main. Les deux hommes s'adressèrent un imperceptible signe de tête et se dirigèrent vers la cuisine en contournant les danseurs.

Au moment où ils disparurent derrière les portes battantes, l'un des couples s'arrêta de danser : c'étaient Monica et Ricardo. Ils prirent des directions différentes, Monica allant vers les toilettes pour dames et Ricardo sortant pour fumer. Ils ne voulaient pas qu'on les voie entrer à la suite des autres à la cuisine. Rien ne devait attirer l'attention sur ce lieu de rendez-vous, le seul endroit sûr où ils pouvaient tous se retrouver.

Quand Arturo Duran et Bufano pénétrèrent dans la cuisine exiguë et pleine de vapeurs de graisse, deux hommes portant des tenues blanches de chef toutes sales ainsi que trois serveurs débraillés étaient penchés sur une petite radio. Une voix qui émanait de la petite boîte lançait instamment un appel, à travers un tonnerre de parasites et de grésillements : « Ici la Radio des Rebelles, criait la voix dans la nuit. Nous entendez-vous ? »

---

* Émission de télévision lancée dans les années cinquante à Philadelphie et où l'on voit des lycéens danser sur des airs à succès (*NdT*).

Les cuisiniers et les serveurs bondirent de peur quand Arturo s'éclaircit la gorge, l'un d'eux faisant tomber la radio par terre. Ils se décontractèrent aussitôt qu'ils le reconnurent, donnant presque l'impression qu'ils allaient s'agenouiller et lui baiser la main.

Arturo et Bufano passèrent à leur hauteur, puis s'engagèrent dans un étroit couloir. L'aristocrate souleva le loquet de la porte de derrière qui donnait sur une ruelle, permettant ainsi à Monica et à Ricardo d'entrer. Tomas était juste derrière eux, clignant les yeux sous ses lunettes, les bras chargés d'un cabas aussi lourd que celui que portait Bufano. Monica sortit les clés de son sac à main et ouvrit la porte de la réserve. Elle alluma d'un geste vif une ampoule nue de faible intensité qui se trouvait au plafond. L'un après l'autre, les rebelles entrèrent, Arturo refermant la porte derrière lui.

Ils agirent alors sans perdre de temps. Bufano et Tomas déposèrent leur cabas sur la table à pétrir, au centre de la pièce. Avec mille précautions, ils en sortirent les pièces de l'émetteur radio ainsi que l'antenne en forme de spire. Arturo regarda l'heure, tandis que Monica s'occupait de connecter les divers éléments. Trois ou quatre minutes tout au plus allaient lui être nécessaires. Elle était leur géniale bricoleuse radio, la preuve vivante que les femmes pouvaient prétendre à occuper une place dans la hiérarchie révolutionnaire.

Il était minuit cinquante-neuf à la montre Cartier d'Arturo, un vestige ironique de la culture de l'oppresseur qui possédait les gens en possédant les montres. Ils établiraient la liaison et transmettraient à une heure cinq très exactement. Cinq minutes plus tard, ils seraient tous repartis, et l'aide-cuisinier en tablier blanc crasseux serait à sa table en train de travailler la pâte. Tout était calculé à la minute près, car la nuit n'était jamais assez longue quand il s'agissait de refaire le monde de fond en comble.

Le bruit des bongos emplissait l'obscurité. Un puissant faisceau de lumière vint balayer le feuillage exotique, comme s'il recherchait un jaguar perché sur les hauteurs. Les bongos forcèrent le rythme, tandis que le faisceau opérait une descente serpentine vers la scène du Tropicana et l'on vit une forme onduler à l'intérieur du rond de lumière blanche. Celle-ci, en se redressant, se révéla être une mulâtresse d'une beauté à couper le souffle, qui pouvait bien faire un mètre quatre-vingt-dix : une exceptionnelle Amazone. Une bande d'étoffe de couleur sombre était nouée autour de ses seins, et elle portait au-dessous une jupe en batik fendue au milieu. Le rond de lumière s'élargit tandis que les mouvements de la mulâtresse épousaient le rythme des tambours qui s'accélérait.

Elle fut bientôt suivie d'une autre, tout aussi majestueuse et élancée, et puis d'une autre encore. Elles se mirent à évoluer, glissant d'un pas léger d'avant en arrière au bord de la scène, en pâmoison devant leur propre beauté, et les lumières devinrent tout à coup aussi éclatantes que le soleil des Caraïbes à midi, quand il transforme l'eau en mercure.

A la table la mieux placée, un Cubain à forte carrure qui se trouvait être un roi du rhum applaudissait lentement et, tandis que les mulâtresses continuaient de se succéder, il paraissait sur le point de tomber de son fauteuil tant il prenait plaisir au spectacle. Un amiral cubain envoyait des baisers en direction de la scène. A côté de lui, deux officiers américains de haut rang étaient assis, raides, les yeux exorbités. Les mulâtresses se pavanaient pour tout ce petit monde de guerriers et de négociants nantis qui constituait le public de la boîte. Elles évoquaient à la fois des mannequins qui traînaient sur un podium, et des prêtresses qui présentaient des sacrifices à un dieu en colère.

L'équipe de mulâtresses du Tropicana était la huitième merveille du monde, à mettre au crédit de Cuba. Elles étaient vingt en tout, les femmes les plus exquises qu'on pût imaginer, avec des peaux dont les nuances présentaient un dégradé allant du ton crème le plus clair au café au lait le plus sombre, toutes sur scène à présent, et déchaînant l'enthousiasme de l'assistance. Et au moment où le magnétisme de leur présence atteignit des sommets, Jack Weil se glissa sur la chaise vide voisine de celle de Patty, dans le coin. Il sourit et lui pressa la main, hochant la tête de façon entendue, face aux danseuses, comme si c'était lui-même qui les avait mises sur scène.

De l'autre côté de la table, Ramos, qui avait trop bu, avait la tête à moitié appuyée sur l'épaule de Diane. Il posa sur le joueur un regard endormi, se ressaisissant tout de même assez pour lui lancer triomphalement : « Jack, te voilà ! »

Le spectacle commençait tout juste. Sur la scène centrale, les mulâtresses continuaient à caracoler de façon aguichante, repoussant leurs jupes en arrière et découvrant leurs longues jambes impeccables, avec une malicieuse invite à deviner qu'elles n'avaient rien en dessous. Les lumières avaient à présent gagné en intensité, révélant la présence d'une deuxième scène derrière la première, ainsi que d'un troisième niveau. Un orchestre afro-cubain était installé sur le deuxième niveau, steel band où intervenaient des cors plaintifs, et les bongos et les grosses caisses de la conga, occupant le troisième, jouaient de façon follement syncopée.

Le spectacle communiquait son alacrité au jardin aux allures de jungle, éden entouré de parois de verre et ouvert sur le ciel tropical. Des étoiles scintillaient dans les palmes et les branches d'eucalyptus, et des chanteurs interprétaient en duo une ballade d'amour passionnée à partir de cabanes construites dans les arbres et qui se faisaient face. Des danseurs tournoyaient sur chacun des trois niveaux, à la fois superbes et pervers, appelant de leurs vœux le plaisir plutôt que la guerre, image paroxystique de la jubilation née d'une sauvagerie païenne.

Au pied des arbres, des fontaines d'eau colorée se

mirent à danser, et les mulâtresses empruntèrent une allée qui passait au milieu du public, aussi mystérieuses qu'une de ces frises ornant les anciens temples grecs. Le public applaudit frénétiquement. Il y avait là ce que La Havane pouvait rassembler de plus convaincant dans l'ordre du prestige : fortunes américaines, cubaines, vénézuéliennes, brésiliennes. Tout l'argent que possédait le monde. On croyait voir des montagnes d'or sur toutes les tables.

Et tous ces plaisirs n'étaient dispensés que pour la classe au pouvoir. Jack Weil se pencha sur Patty et, se frottant contre ses seins, demanda, tâchant de couvrir le déferlement de décibels du steel band et des percussions : « Alors, ces dames passent un bon moment ? »

Les deux jeunes filles répondirent par de larges souris-res, le désir dilatant les pupilles de Diane. « Ça peut aller, on n'a pas à se plaindre, fit-elle, taquine, mais je n'ai pas encore vu la vraie Havane. Vous voyez ce que je veux dire ? »

Jack, le roi des noceurs, se mit à rire, en homme qui s'y connaissait. Les deux minettes étaient pantelantes, consumées par un feu érotique et emportées par la sauvagerie païenne. Et Ramos, le pauvre Ramos, dormait profondément sur l'épaule de Diane, manquant l'essentiel, comme à son habitude.

Quand la porte de service s'ouvrit sur la ruelle située derrière l'Academia, Ricardo et Tomas sortirent les premiers, fonçant dans l'obscurité comme deux chats. Quelques instants plus tard, Monica sortit avec Arturo Duran, et ils parcoururent la ruelle à pas lents, jouant au couple d'amoureux. Puis ce fut au tour de Bufano, qui referma la porte derrière lui et partit dans une troisième direction. Les accents de *Cerisiers roses et pommiers blancs*, qui s'échappaient à travers les cloisons minces du dancing, couvrirent la dispersion des rebelles.

Tandis qu'ils s'éloignaient des quais, Ricardo et Tomas

avait l'air aussi débraillés et bohèmes que n'importe quels autres étudiants. Ils passèrent devant un café du front de mer, dont le néon bleu vacillant balaya leurs visages, et ne prêtèrent pas d'attention particulière à l'homme d'un certain âge qui essuyait le comptoir à l'intérieur. Ni d'ailleurs à l'ouvrier à l'allure minable assis à la table donnant sur la rue en compagnie de sa femme, une paysanne vêtue d'une robe fleurie décolorée. Sitôt que les deux jeunes gens se furent éloignés, ils cessèrent l'un et l'autre de manger leur plat et plantains frits. L'ouvrier colla son nez à la fenêtre pour voir quelle direction Tomas et Ricardo avaient prise. Sa femme, pas aussi souillon qu'on aurait pu le croire, bondit de sur sa chaise et alla droit au téléphone à jetons.

La plupart des gens s'efforçaient de ne rien être du tout, bien entendu. Des milliers d'années durant, ils avaient fait de leur mieux pour ne rien voir, entendre et dire qui fût répréhensible. Mais là, à La Havane, la veille de Noël, l'accélération des événements avait ses propres exigences. Si vous n'étiez ni un rebelle ni un soldat au service du gouvernement, vous aviez tout intérêt à communiquer des renseignements à l'un ou l'autre des deux camps. Pour être vraiment neutre, il fallait être mort.

Une heure plus tard, dans une salle où s'alignaient des flippers, tout à côté de la Calle Santa María, Bufano le manchot avait totalisé quatre-vingt mille points. Les sonneries des flippers grelottaient de façon frénétique tandis que la bille d'acier filait et roulait entre les pare-chocs. Bien que les machines adossées au mur fussent toutes aux mains de joueurs, seul Bufano avait attiré un petit cercle de spectateurs qui lui prodiguaient des encouragements et qui l'applaudissaient.

Et tout d'un coup ce public se volatilisa, chacun s'éloignant en hâte pour se planquer. Trop absorbé par les performances de la bille, Bufano ne le remarqua même pas. Pas plus que les deux brutes en complet et lunettes noires qui se précipitèrent sur lui. Ces hommes l'empoignèrent et enfoncèrent leurs pistolets dans ses flancs, et la bille qui lui avait valu tant de points continua sa course époustouflante avant de tomber dans le trou. Pas un seul des autres clients du lieu ne prit la peine de regarder quand Bufano fut poussé dehors. Personne n'avait rien vu.

Dans le quartier colonial, à près de deux heures du matin, Monica était assise en robe de chambre à une petite table dans son meublé, les cheveux ramenés en arrière en un chignon. Elle potassait un manuel — *Physique des particules élémentaires* — car elle avait un examen à passer le surlendemain, révolution ou pas. Dans un coin du studio, sa grand-mère était profondément endormie, ses cheveux blancs nattés reposant sur l'oreiller, une chaîne avec une croix d'or autour du cou.

Il y eut un bruissement dans l'entrée, tout juste le bruit qu'aurait pu faire un rat, et la porte s'ouvrit avec violence. Trois types saisirent la jeune magicienne des dispositifs électroniques qui ne leur opposa aucune résistance. Elle leva les bras au-dessus de sa tête et les adjura de ne pas toucher à la vieille dame. Un des agents du SIM lui fit joindre les mains et lui passa avec brutalité des menottes. La grand-mère essaya de se mettre sur son séant, implorant les hommes au nom du Christ. Mais le Christ n'avait pas cours auprès de ces malabars, et l'un d'eux gifla avec force la vieille dame, la plaquant contre le dosseret.

Monica se battit alors bec et ongles, mais en vain. Deux des hommes la traînèrent dehors, et celui qui avait réduit au silence la vieille dame se pencha sur son corps inanimé et arracha la croix qu'elle avait au cou : de l'or, c'était toujours de l'or. Quelques instants plus tard, un silence de mort régnait dans le modeste studio. Le manuel aux formules désormais inutiles était par terre, et un filet de sang marquait le menton de la grand-mère. Les cadeaux de Noël qu'elle avait préparés pour sa Monica bien-aimée étaient cachés sous le lit, mais elles ne fêteraient pas Noël cette année.

Dans le bidonville qui se trouvait en bordure des quais, Tomas l'érudit courait à perdre haleine, sa chemise voyante trempée de sueur. Il avait réussi à fausser compagnie aux deux agents du SIM qui lui avaient tendu une embuscade à l'entrée de sa résidence universitaire et à prendre la fuite dans le quartier habité par les plus miséreux. Là, les rues n'étaient pas éclairées, il n'y avait d'ailleurs pas à proprement parler de rues, mais un fouillis de bicoques de fer-blanc, de chaume et de carton. Il avait perdu ses lunettes dans la mêlée, et il avançait au milieu d'une masse confuse d'ombres informes. Des chiens aboyaient de tous côtés, signalant constamment l'itinéraire qu'il suivait.

Il savait que ceux qui le pourchassaient étaient juste derrière lui et qu'il ne lui restait pas d'endroit où se cacher, mais il continuait de courir parce qu'il voulait mourir en courant. Chaque seconde de liberté était aussi précieuse que de l'or, quand bien même elle s'écoulait comme du sable dans un sablier.

Tandis qu'ils étaient tous maîtrisés et capturés, aucun d'entre eux ne savait que les autres avaient été pris. La dernière illusion de leur passion de révolutionnaires, c'était de croire que l'un ou l'autre avait réussi à s'échapper. Peu importait qu'ils fussent tous promis à la mort : quelque part, les secrets étaient préservés. Et si l'un d'eux avait une chance de s'en tirer vivant, ce serait sûrement Ricardo qui, radio beuglante, conduisait la vieille Buick dans la nuit tropicale. Vêtu d'un blouson de cuir et d'un jean, Lucky Strike pendante à ses lèvres, ses cheveux noir de jais flottant en arrière dans la brise nocturne, c'était le portrait tout craché de James Dean dont un poster ornait le mur de sa chambre, au-dessus de son lit. A cela près que, pour sa part, il était à n'en pas douter un rebelle *avec* une cause*.

---

* Allusion au titre original du film *La fureur de vivre*, *Rebel without a cause* : Rebelle *sans* cause *(NdT)*.

Il approchait du tunnel conduisant à Guanabacoa, l'esprit tout occupé par la fille à la sensualité brûlante qui l'attendait dans ce même lit. Une fille de la haute qui l'aimait parce qu'il était patriote, mais qui aimait par-dessus tout leurs rendez-vous clandestins figurant pour elle une réédition de ceux de Roméo et Juliette. Car son père était ministre et siégeait au cabinet de Batista.

D'une chiquenaude, Ricardo jeta la cigarette par la fenêtre et se regarda brièvement dans le rétroviseur, se sentant déjà à l'étroit dans son pantalon, coutumier de l'alliance du sexe et de la politique.

Mais, au moment où il s'engageait dans le tunnel, la voiture qui était devant lui freina tout d'un coup à mort. Ricardo fut projeté en avant en immobilisant sa voiture dans un grincement de pneus, évitant de justesse de heurter le pare-chocs. Dans une rage folle, il se mit à pester contre le crétin qui avait failli les tuer tous les deux et il s'apprêtait à ouvrir avec violence sa portière quand une autre voiture arriva à toute vitesse derrière la Buick, lui fracassant l'aile et la faisant voler contre le mur du tunnel. Une pluie d'étincelles évoquant un feu d'artifice s'abattit sur les lieux.

Ricardo continuait de jurer avec fureur, maudissant ces chauffeurs paysans, comme s'il avait oublié que son objectif le plus ambitieux était justement de libérer les paysans. Il se démena pour sortir de la Buick, prêt à faire, en macho, une démonstration de force, et ce fut seulement alors qu'il vit par qui elle se trouvait cernée. Des hommes en complet et lunettes noires, pistolet au poing. Ricardo comprit aussitôt qu'il ne reverrait pas Guanabacoa et la fille à la brûlante sensualité, que la force brutale avait une fois de plus eu raison des rebelles aussi bien que du sexe.

Le gigolo révolutionnaire allait faire les frais de l'Histoire.

Il était encore plus tard dans l'appartement de Jack, plongé dans l'obscurité, et seul l'éclairage de la rue laissait passer une lueur à travers les voilages. En bas, sur la chaussée, un homme et sa femme, complètement ivres, se querellaient bruyamment en rentrant chez eux, et cela semblait presque réconfortant dans une ville qui était à la veille de cette sorte d'explosion que vous n'auriez pu songer à éviter en rentrant chez vous faire un bon somme. Le joueur, torse nu, se mit à la fenêtre et laissa la brise nocturne le rafraîchir.

Quelqu'un, sur le sofa derrière lui, faisait du bruit en tâtonnant. « Hé, s'écria Patty en donnant un coup sur un abat-jour. Comment faire pour trouver la lumière ?

— N'allume pas », dit-il, fermement quoique sans dureté. Il donnait l'impression d'être une sentinelle surveillant dans la nuit les positions ennemies.

Patty se laissa retomber sur les coussins, tirant à nouveau une bouffée de sa cigarette de marijuana aussi épaisse qu'un panatela. « Hé, dit-elle encore, ça ne me fait absolument rien ! »

Diane émergea de la pénombre, valsant toute seule. Elle était complètement nue. Elle s'agenouilla à côté de sa copine sur le sofa et lui arracha le joint des mains. « Donne-moi ça, fit-elle avec une moue enjouée. Moi j'aime *tout*. »

Elle s'éloigna en dansant du sofa, l'extrémité incandescente de la cigarette décrivant des boucles comme une luciole, et Patty bondit et se lança à sa poursuite. La blonde coiffée en caniche était bien plus pudique, ayant gardé son soutien-gorge et sa gaine-culotte. Elles se mirent à courir l'une après l'autre autour de la table centrale, riant comme deux écervelées. Quand Jack se détourna de la fenêtre, réagissant enfin à leur chant de sirènes, il avait le visage étrangement figé, et il ne paraissait pas le moins du monde troublé. Il était trop occupé à réfléchir pour trois heures du matin, et beaucoup trop pour un joueur.

Les deux filles se précipitèrent dans la chambre, Patty

toute suppliante pour avoir droit à une autre bouffée du joint qui ne lui faisait aucun effet. Elles pouffaient sottement et se le passaient et repassaient, comme deux enfants qui se seraient cachés derrière une grange. Lorsque Jack les eut rejointes et qu'il passa un bras autour de la taille de Patty, celle-ci poussa un cri perçant, faisant mine d'être terrorisée et se débattant pour échapper à son emprise. D'une main experte, le joueur dégrafa son soutien-gorge et enfouit la tête entre ses seins. Elle cessa de se débattre, prête à se jeter sur le lit, à demi pâmée.

Il titilla avec les lèvres un de ses mamelons, et puis l'autre, jusqu'à ce qu'elle se mît à gémir, délirant de plaisir. Puis il murmura doucement contre son cou : « Tu es laquelle des deux ? »

Patty éclata de rire, nullement vexée. « Je ne sais pas au juste. C'est tellement important ? » Le joueur eut un large sourire et secoua la tête, ce qui parut drôle à Patty qui se tourna vers Diane, affalée de l'autre côté du lit, avec le joint. « Hé, tu es laquelle de nous deux ? »

Diane toussa légèrement. « Je n'en sais foutre rien », répondit-elle, et ils furent tous les trois pris d'un irrésistible fou rire, culbutant les uns sur les autres. A cette heure avancée de la nuit, il n'était question de jouer qu'au gré du donneur et chacune des cartes promettait d'être quelque chose. Pour ce genre de partie, peu importait qui était l'un ou l'autre, ils y trouvaient tous leur compte.

Les oiseaux avaient déjà commencé leur raffut des petites heures et, dans le quartier des jardins, leur chant était plus puissant que n'importe quelle mitraillette. Des zébrures corail et pourpre surimprimaient le ciel pommelé. Là, tout en haut de la tranquille rue montueuse, le panorama était exceptionnellement paisible, depuis le groupe d'hôtels aux tours élancées à l'est, jusqu'au port à l'ouest. Au-delà, des îles parsemaient la mer aux tonalités laiteuses. Tandis que les trois berlines grises américaines entreprenaient de gravir sans bruit la colline à la façon d'une procession funéraire, le chant des oiseaux se mit à chevroter, comme lorsque dans la jungle un jaguar s'élançait à pas feutrés, en quête de son petit déjeuner. Les trois voitures s'arrêtèrent au sommet de la colline, devant un grand bungalow de style caraïbe, construit à l'intérieur d'un petit parc qu'entourait une barrière passée au blanc de chaux.

A l'époque de la colonisation, la maison faisait partie des fortifications de la ville et servait de résidence à un général. Les allées étaient couvertes de coquillages concassés et un joli belvédère se dressait en bordure de la pelouse : l'océan commençait en contrebas. Cette maison n'avait jamais abrité qu'un train de vie des plus raffinés, avec en permanence une cohorte de domestiques aux petits soins.

Plusieurs hommes se précipitèrent hors des voitures, ayant ouvert toutes les portières à la fois, tous vêtus de complets sombres et portant des lunettes noires. Si semblables par leur aspect morne et leur absence d'expression qu'ils en étaient presque comiques, surtout que le soleil n'était pas encore levé. Mais les mitraillettes dont ils étaient armés n'étaient pas comiques du tout, non plus que la façon sinistre dont ils franchirent les grilles de fer forgé et se déployèrent en éventail autour du bungalow pour en bloquer toutes les issues. Quand ils eurent fini de cerner la maison sur la colline, les oiseaux s'étaient arrêtés de chanter.

Sans dire un mot, deux d'entre eux brisèrent les vitres des belles portes-fenêtres de la façade, et un violent fracas parvint en écho de l'arrière de la maison dont les autres avaient forcé la porte de service. Une fille de cuisine se mit à crier et, dans l'office, le majordome se faufila derrière un meuble de rangement. Mais les hommes du SIM n'avaient que faire des domestiques. Ils empruntèrent l'escalier de bois sombre en colimaçon pour se retrouver dans le hall d'entrée, et la maison entière fut aux mains des hommes malfaisants.

Deux d'entre eux, armés de mitraillettes, montèrent quatre à quatre les marches au moment précis où Arturo Duran approchait de la rampe, encore dans les brumes du sommeil et enfilant une robe de chambre.

Il ouvrit de grands yeux mais ne chercha pas à fuir tandis qu'ils l'empoignaient par les bras. Raidi comme il l'était, il les dépassait sensiblement par la taille. S'il avait besoin de se raccrocher à quelque chose, c'était bien à Bobby qui sortit en trébuchant de la chambre à coucher. Ses yeux se mirent à flamboyer, et elle se jeta comme une furie sur l'agent du SIM qui était le plus près d'elle, l'agrippant par le bras juste au-dessus de la crosse de la mitraillette. Elle se moquait de ne pas être elle-même armée, et d'être même ridiculement vulnérable dans un slip de satin, sa chevelure lui retombant sur les épaules. Elle émettait des sons qui n'avaient rien à voir avec un langage fait de mots. Ça avait plutôt un côté animal, élémentaire.

L'agent la saisit par les cheveux et lui tira la tête en arrière d'un coup sec, l'éloignant de lui. Elle se défendit comme un chat, en le griffant, si bien qu'il dirigea vers elle le canon de la mitraillette. Arturo Duran hurla, comme un animal en proie à la souffrance : « Bobby… non ! »

La puissance de sa voix, toute vibrante d'orgueil, les pétrifia tous, telles des statues. Bobby cessa de résister, laissant ses bras retomber, inertes. L'agent du SIM n'avait pas lâché ses cheveux, mais il détourna d'elle son arme, la pointant à présent vers le sol. Une demi-douzaine de ses collègues se trouvaient maintenant sur le palier, en nombre suffisant pour venir à bout de tout un peloton d'hommes sans armes. Ceux qui s'étaient chargés d'Arturo le conduisirent d'un pas énergique vers l'escalier.

« Elle aussi ! » aboya celui qui paraissait être leur chef et qui, ne portant pas d'arme lui-même, préférait de loin ordonner à l'un de ses hommes de tirer.

Arturo Duran se raidit et tourna brusquement la tête.

« Non ! » lança-t-il à nouveau mais, cette fois, le ton était plutôt implorant.

En vain. Ils le traînèrent en bas des marches et, lui qui n'avait jamais flanché, la peur lui faisait maintenant battre le cœur. Mais il ne s'agissait pas d'une peur qu'il éprouvait à son propre endroit. L'homme qui tenait Bobby la poussa vers l'escalier, et elle se retrouva aux mains de l'homme aux grosses bajoues qui était le chef.

« Pas avant que je m'habille ! » lança-t-elle d'un ton exacerbé, comme s'il n'était même pas digne qu'on crache sur lui. Et elle tourna les talons et rentra d'un air digne dans sa chambre, les mettant au défi de lui tirer dans le dos.

Deux d'entre eux attendirent, abasourdis, à la porte de la chambre, la regardant passer une robe et choisir en hâte une paire de chaussures. L'espace de quelques instants, leurs mitraillettes ne furent plus que des jouets, absurdes, malcommodes et sans utilité. Alors qu'elle n'avait même pas fini de boutonner sa robe, Bobby sortit majestueusement de la chambre pour suivre son mari, les agents lui emboîtant aussitôt le pas comme une escorte. Tandis qu'elle descendait les marches pour se retrouver aux mains de ses geôliers — tête haute, regard noir où se lisait son mépris —, c'était elle qui donnait l'impression de commander un bataillon.

6

L'après-midi, au Floridita, il n'y avait pas grand-chose à faire sinon laver le sol et faire reluire les verres du bar. On ne servait pas de déjeuner à la salle à manger parce que tous ceux qui en avait fait une sorte de bistrot de la rive gauche avaient généralement pris une cuite trop sérieuse pour avoir envie d'un repas. Bien entendu, il y avait toujours quelques clients au bar, individus mélancoliques qui s'attardaient autour d'un espresso, cherchant à imiter Papa Hemingway, comme si c'était le lieu, net et bien éclairé, qui convenait pour ce faire.

Aujourd'hui, un couple d'Américains qui s'ennuyaient mortellement ensemble était assis dans le compartiment faisant l'angle. Lui était occupé à lire le journal hippique de Hialeah, et elle était sur son trente et un, avec un chapeau à fleurs évoquant du massepain. Deux hommes en complet-veston, à l'allure vaguement européenne, traînaient au bar et parlaient de passer le nouvel an à New York, se gardant bien toutefois de laisser entendre qu'ils allaient prendre un aller simple. Cela faisait mauvais effet de parler de fuir.

Ramos était installé sur le dernier tabouret, le regard fixé sur un journal. Il n'avait pas touché au verre de thé et à l'assiette de petits pains qu'il avait à côté de lui. En fait, il ne donnait pas l'impression d'être en train de lire. Ses yeux restaient fixés sur la même masse indistincte de mots, comme s'il s'imprégnait des nouvelles par un mécanisme de télépathie. Personne n'aurait pu deviner qu'il était lui-même journaliste. Les mains crispées sur les bords du journal, il avait plutôt l'air d'un prêtre ayant perdu la foi.

Jack Weil entra par la porte à tambour, la poussant très lentement comme si traverser le petit espace qu'elle commandait avait pu lui donner le vertige. Il paraissait assez en forme, il était rasé de près, élégant dans une chemise à col ouvert, et sa démarche dénotait toujours le même allant. Mais il aurait, à n'en pas douter, refusé d'aller faire une partie de pêche en haute mer si l'occasion s'en était présentée, ou dans quelque autre endroit où ça pouvait trop tanguer.

« Anejo et café », dit-il au barman. Puis il donna l'impression d'examiner son visage dans la glace, mais de façon en quelque sorte circonspecte, comme s'il n'était pas tout à fait prêt à jouer aux cartes avec ce vis-à-vis. Puis il aperçut Ramos, le dos voûté, à l'extrémité du bar. « Hé, vieux, fit-il, son entrain habituel sonnant légèrement faux, nous t'avons perdu hier soir ! »

Ramos continuait de fixer son journal, ne prêtant pas la moindre attention aux salutations du joueur. Le barman apporta sa commande à Jack, qui versa l'anejo dans le café et en but une gorgée comme s'il s'était agi d'un médicament. « Voyons, Ramos, dit-il, essayant autre chose, tu connais l'histoire du Bulgare, de l'hermaphrodite et du globe-trotter de Harlem ? » Silence total à l'autre bout du bar. « Écoute : ils sont en train de ramer dans le Pacifique dans un petit canot... » Tout d'un coup, le joueur sembla avoir perdu le fil de l'histoire. Il reprit une gorgée de son café arrosé d'alcool. « Hé, tu veux écouter l'histoire ou non ? »

En guise de réponse, Ramos fit glisser le journal sur le marbre froid en direction de son ami. Jack s'approcha pour y jeter un coup d'œil, mais avec quelque réticence, comme s'il eût préféré attendre d'avoir fini de prendre son petit déjeuner. Une manchette sidérante explosait à la une : ARRESTATION DE LA BANDE DES REBELLES ! Au-dessous, il y avait une photo en gros plan d'Arturo Duran, les yeux clos, bel et bien mort. La photo avait du grain, mais Jack parvint à distinguer les vêtements déchirés et les taches de boue qui maculaient le visage de l'aristocrate. Venir à bout de lui n'avait pas dû être chose facile.

« Quelqu'un a trouvé le corps ce matin, dit Ramos d'un air morne. La police prétend que les agents du SIM sont allés chez lui pour l'interroger, qu'il a cherché à s'enfuir et qu'ils ont tiré. » Ramos eut un rire sec, amer, comme si c'était un refrain déjà entendu. Puis il sembla se forcer à se concentrer, et parla d'une voix plus forte. « Ça a dû se passer juste après que tu l'as quitté, Jack. Est-ce qu'il a dit quelque chose ? Est-ce qu'il était inquiet ? »

Le joueur avait les yeux fixés sur le journal, et paraissait aussi hypnotisé que Ramos. « Il a dit qu'il n'était pas torturable, répondit Jack d'une voix blanche.

— Ah oui ? Alors, ils l'ont tout simplement tué. N'est-ce pas que c'était bien de leur part ? » Il y avait quelque chose de profondément méprisant dans son âpre commentaire. « Saloperie de SIM. »

Jack Weil tendit la main pour prendre sa tasse de café et la manqua, mais cela ne semblait pas avoir d'importance. Il ne fit aucun effort pour répondre à Ramos, et ce n'était pas bien grave non plus. Puis quelqu'un sortit du bureau situé derrière le bar : le gérant de jour. Il n'était pas aussi flagorneur que le propriétaire, mais c'était parce qu'il n'était pas nécessaire de passer la pommade aux

112

habitués diurnes du lieu. Au Floridita, on savait ne pas importuner les meilleurs clients.

« Señor Weil, dit le gérant, Joe Volpi est venu voir si vous étiez ici. Il m'a dit qu'il était à votre recherche. Il m'a dit de vous dire qu'il avait réussi à faire le montage dont vous aviez parlé. » Il consulta un petit papier sur lequel était griffonné quelque chose. « La suite Veradero, au Lido.

— Ouais, parfait », répondit le joueur d'un ton vague, donnant l'impression d'avoir à peine entendu. Il était passablement ironique, vu qu'il avait longtemps attendu cette nouvelle. Il se tourna vers Ramos, l'intensité de son émotion donnant un éclat métallique à ses yeux bleus. « Et sa femme, Ramos ? Qu'est-elle devenue ? »

Le journaliste haussa les épaules d'un air las. « Ils se contentent de dire qu'elle a disparu. »

Le gérant prit une expression un peu inquiète en voyant l'heure à la pendule surmontant le bar. Il ne voulait manifestement pas se mettre mal avec Joe Volpi. « M. Volpi a dit deux heures et demie », précisa-t-il avec, dans le ton, une certaine insistance.

Jack Weil hocha la tête et tourna les talons, soudain décidé à s'en aller. Il semblait pourtant n'avoir toujours pas vraiment saisi ce que le gérant venait de dire. Il avait finalement reçu le message l'invitant dans la suite de grand standing du dernier étage, et tout se passait comme s'il ne se souvenait pas où celle-ci se trouvait. Il sortit prestement par la porte à tambour et descendit la rue d'une démarche raide, comme un homme qui aurait pu finir n'importe où avant la fin de la journée.

C'était une cellule pour une personne, avec une fenêtre de trente centimètres carrés qui donnait sur un puits de lumière, si bien que le faible éclairage qui en provenait évoquait celui d'une grotte sous-marine. Bobby Duran marchait de long en large, faisant trois pas dans

113

chaque sens. Elle ne cessait d'écarter machinalement ses cheveux de son visage, mais ils retombaient aussitôt, sales, mous et indisciplinés. Des cernes profonds s'étaient creusés sous ses yeux, comme si elle n'avait pas dormi depuis des mois. La robe qu'elle avait passée dans une réaction de défi était humide et débraillée, déchirée aux boutonnières.

Elle s'arrêta et fixa son regard sur le mur, à côté de la fenêtre, entourant son buste de ses bras, secouée de frissons. Le mur était couvert de noms, de dates et de graffiti sans lien — DIEU GARDE... —, tous gravés dans la pierre à l'aide d'un clou de soulier ou du manche d'une cuiller. Les graffiti des damnés. Bobby se prit la tête entre les mains et se boucha les oreilles comme si elle entendait des cris.

Mais il n'y avait d'autre bruit que celui qu'avaient fait les gardiens en ouvrant la porte. L'un d'eux apportait un plateau de nourriture, l'autre se chargeant de bloquer la sortie. Bobby pivota sur elle-même et leur demanda dans un chuintement : « Où est mon mari ? »

Pas de réponse. Le gardien posa le plateau sur le tabouret, à côté du lit de camp, et se retourna pour s'en aller. L'autre referma la porte derrière eux, introduisant la clé dans la serrure comme un poignard dans le cœur de Bobby. Elle les entendit qui s'éloignaient et posa une main contre sa bouche pour s'empêcher de crier.

Jack Weil était installé dans le fauteuil du coiffeur et se regardait dans le miroir, cependant que le coiffeur donnait de petits coups de ciseaux à l'arrière de sa tête. Une manucure était penchée au-dessus du bras du fauteuil, coupant les petites peaux des ongles de la main gauche de Jack. Celui-ci n'avait besoin ni d'une coupe de cheveux ni d'une manucure, mais son perfectionnisme l'emportait. Il n'aurait pas songé un instant à se présenter pour une partie de cartes dans l'appartement du dernier étage sans être impeccable. Se faire coiffer et bichonner, c'était comme endosser une armure.

Le regard qu'il fixait sur la glace était vide. Tout d'un coup, il éloigna sa main et retira d'un geste brusque le peignoir qui couvrait ses vêtements. « Ça suffit comme ça », dit-il sèchement, tandis que le coiffeur s'éloignait et s'inclinait avec humilité. « Je peux téléphoner ?

— Mais bien sûr, *señor*. » Le coiffeur montra d'un geste un coin du salon. Le joueur compta des billets pour lui et pour la manucure, puis se dirigea vers le téléphone. Il sortit de sa poche la boîte d'allumettes du Bodeguita. Il composa le numéro qu'Arturo y avait inscrit, entendit sonner, puis raccrocha.

Le coiffeur vint avec une brosse et Jack le laissa le débarrasser des mèches de cheveux coupées. On décelait à présent une expression tourmentée dans son regard. Il ne savait plus ce qu'il voulait, ou bien il ne le savait que trop bien et n'osait pas le formuler par des mots.

La pièce où se déroulait l'interrogatoire était très simple : deux tabourets, une table, et une canalisation qui traversait le plancher en son centre, pour évacuer les choses déplaisantes. On avait fait agenouiller de force une femme, et sa tête était tenue enfoncée dans un seau d'eau par un caporal baraqué. Ses épaules tressautaient et regimbaient avec violence, mais la main du caporal était comme un étau.

« Vous ne savez donc rien de l'émetteur radio ? » dit d'une voix calme un homme au fond de la pièce. C'était le colonel Menocal, le patron du SIM. Il portait un complet de ville léger taillé dans un tissu souple, et se tenait à bonne distance pour ne pas être éclaboussé. « Ni les heures d'émission ? Ni les fréquences ? »

Il fit un geste de la main, presque lassé, et le caporal lâcha la tête de la femme. Bobby la releva vivement pour retrouver l'air libre, haletant et s'étranglant, une expres-

115

sion farouche dans les yeux. Menocal sourit, aussi élégant qu'une idole du public féminin. Il essaya à nouveau de la sonder. « Ni le contact de la bande dans les montagnes ? »

Bobby toussa violemment, puis écarta ses cheveux de ses yeux et lui lança un regard plein de provocation.

« Vous étiez mariée à Arturo Duran, dit Menocal, et vous ne savez rien des activités de la bande à Duran. Ni l'identité d'un seul de ses membres. »

Bobby avait à présent l'air terrorisée, mais elle n'en restait pas moins muette.

« Oui, il est mort, fit le colonel avec un imperceptible sourire. Alors, ça ne compte plus vraiment, n'est-ce pas ? » Il s'accroupit et plongea son regard dans les yeux horrifiés de Bobby. « Quand aura lieu la prochaine émission ? Nous pouvons attendre, vous savez. Nous avons la radio. Il est trop tard pour sauver qui que ce soit. »

Bobby baissa les yeux, les fixant sur le seau d'eau où elle aspirait à se noyer sur-le-champ. Mais elle ne dit rien.

Jack Weil et Joe Volpi sortirent de l'ascenseur au dernier étage du Lido. Ils marchèrent sur le sol de marbre à damiers blanc et noir, se dirigeant vers une porte à l'extrémité du couloir. Deux gardes-chiourme encadraient la porte, l'un d'eux lisait un journal, l'autre une bande dessinée. On ne les avait pas à proprement parler recrutés dans une bibliothèque.

« Le gros poisson, c'est Roy Forbes, dit à mi-voix Volpi au joueur. Canadien. Mines d'étain. *Plein aux as.*

— Et qui sont les deux malabars ? demanda Jack, montrant d'un signe de tête les gardes-chiourme.

— Des gardes du corps. L'un des joueurs est un peu... comment dirais-je... impopulaire, ces temps-ci. Le colonel Menocal. » Et quand Jack le regarda d'un air interrogateur, il ajouta : « Le patron du SIM. »

Jack Weil blêmit, mais seulement l'espace d'un instant.

Au moment où Volpi et lui passèrent à côté des gardes du corps et pénétrèrent dans la suite, le joueur était un modèle d'impassibilité. Il ne cilla même pas devant le décor somptueux de la pièce ovale lambrissée de bois blond, les fauteuils recouverts de soie, les miroirs et les tableaux anciens. A côté du bar en demi-cercle, trois serveurs se tenaient immobiles, au point de passer inaperçus. Au fond de la pièce, trois putains sensationnelles étaient assises sur un canapé proche de la cheminée, plongées dans la contemplation de leurs ongles. La table basse, devant elles, croulait sous les plats d'huîtres et de caviar.

Il y avait plusieurs hommes dans la pièce, mais Jack fit en sorte de ne croiser le regard d'aucun d'entre eux. Il concentra plutôt son attention sur la table de jeu qui se trouvait au centre, avec son beau dessus circulaire de feutrine verte. Tout à côté, des piles de jetons, des paquets neufs de cartes et des blocs pour inscrire les scores étaient posés sur un guéridon à roulettes en bois d'érable. Volpi alla se poster devant, afin de surveiller les achats de jetons. L'un des employés du casino situé au rez-de-chaussée était là, donnant des jetons contre des espèces sonnantes et trébuchantes.

« Alors, Jack, qui connaissez-vous ? demanda Volpi, arborant un large sourire en jetant un regard sur la pièce où se pressaient les flambeurs. Willy, vous le connaissez. »

Un homme âgé au nez aplati, au large coffre et qui n'avait pas l'air peu fier de lui, salua de la tête, à l'autre bout de la table. « *Wie gehts, amigo ?* » répondit-il avec jovialité, claquant presque les talons. Jack le connaissait comme semi-professionnel, à la fois joueur et combinard. Pratiquement aussi fiable qu'un serpent à sonnette.

Jack inclina la tête, s'efforçant de ne pas paraître contraint. « Hé, Willy. Quelqu'un m'a dit que vous naviguiez au large du Venezuela ! »

Willy haussa les épaules et cligna de l'œil comme s'ils étaient de vieux potes. Il comprit que Jack sous-entendait qu'il était allé se baigner avec des chaussures à semelles de plomb, et choisit de faire semblant de croire qu'on lui faisait compliment de ne pas s'être mouillé. Il prit place à la table en se laissant tomber lourdement sur une chaise, tandis que Joe Volpi adressait un signe à l'homme qui se trouvait derrière lui. « Vous connaissez Baby », dit Joe à Jack.

Baby Hernandez, le roi du rhum et de la mélasse, afficha un sourire glacial. Joe les présenta ensuite tous les deux à Roy Forbes dont le visage allongé, à l'expression mauvaise, était taillé à la serpe, évoquant la côte découpée de Terre-Neuve. Parce qu'il était le plus riche, Forbes fit à peine attention aux autres. Tout ce qu'il voulait, c'était jouer, et il sortit de sa poche une indécente liasse de billets, s'approchant pour acheter des jetons. Jack reconnut dans l'homme au visage grêlé qui se trouvait derrière lui le propriétaire d'un autre casino, appelé le Sonny.

Jack chercha des yeux dans la pièce Menocal, mais personne ne portait d'uniforme ou n'avait l'air suffisamment cruel. « On entre dans le jeu à mille dollars », précisa Joe Volpi, et il sortit consciencieusement de sa poche un paquet de billets. Il en tendit à Joe qui totalisaient six mille dollars.

« Alors, vous allez juste tremper un orteil dans l'eau, hein, Jack ? » demanda Baby Hernandez d'un ton traînant.

Un autre homme, aussi musclé qu'un arrière-centre, s'arracha au buffet et s'approcha, mâchant un sandwich. « Ah bon ? Mais qu'est-ce que je vois, Volpi ? s'enquit-il, montrant Jack de son pouce auquel il imprimait de petites secousses. Tu fais une place à ce clodo dans la partie ?

— Va te faire foutre, je t'accueille bien, toi, Mike », répliqua Volpi avec son aigre sourire. « Un clodo en vaut bien un autre. »

Peut-être ce sarcasme fit-il chuter la tension nerveuse. Toujours est-il qu'un instant plus tard, ils tournèrent tous le regard vers la porte de la suite, tandis que le colonel

Menocal faisait son entrée. Non pas du tout en uniforme, ainsi que le constata Jack avec surprise, mais dans un costume d'été en lin. Il n'avait pas non plus l'air particulièrement féroce. Il s'avança en souriant vers le groupe de joueurs, et on aurait pu le prendre pour l'un de ces types inoffensifs qui partageaient leur temps entre le champ de courses et le casino. Ce qui, d'une certaine façon, pouvait faire davantage froid dans le dos, c'était tout à la fois ce visage lisse, ce sourire fade, ces banales convenances qu'il débita quand il fut présenté aux uns et aux autres.

« Colonel Menocal, dit Volpi, je ne pense pas que vous connaissiez Jack Weil. »

Menocal sourit et tendit la main. « *Con mucho gusto*, Jack », dit-il doucereusement. Et, en le regardant droit dans les yeux, Jack vit combien le colonel était satisfait des choses, combien il était heureux du métier qu'il exerçait. Responsable de toute la panoplie de terreur et de torture, il n'en avait pas moins le sourire épanoui d'un archevêque.

Menocal sortit une enveloppe pleine d'argent — de beaucoup d'argent — et la tendit à Joe en échange des jetons. Jack avait entre-temps saisi un nouveau paquet de cartes et l'avait ouvert, s'efforçant de neutraliser l'effet de diversion produit par l'arrivée du colonel. « On annonce les enjeux, dit-il avec vivacité. Première mise, vingt dollars. Le choix du donneur. »

Les flambeurs s'assirent autour de la table, chacun avec son petit royaume de jetons. Forbes se pencha en avant et colla son visage anguleux à celui de Jack. « On joue contre l'argent de Volpi ou le vôtre ? » Cette raillerie qui tenait du dénigrement n'était pas précisément subtile.

« Rien que le mien, j'en ai bien peur », répondit Jack avec un sourire figé. Puis il annonça aux personnes assises à la table : « Poker canadien, en l'honneur de M. Forbes. Vous savez comment on joue, Mike ?

— Je crois bien ! » répondit, plein d'enthousiasme, Mike McClany, suçotant les miettes du sandwich qui

119

s'étaient introduites entre ses dents. « Quatre cartes de la même couleur battent une paire. »

Jack adressa un signe de tête à Menocal. « Ça vous va ?

— Mais bien sûr. »

L'un après l'autre, ils alimentèrent le pot. Jack se mit à distribuer. Mike tambourina sur la table de ses doigts boudinés et fit un sourire à Jack. « J'ai vu votre ami Dante de Cenzo à Miami, dit-il. Est-ce qu'il vous a dit que je suis devenu pratiquement propriétaire du tripot ? Les Feds* les ont forcés à vendre. On ne peut plus avoir un tripot à la fois à Vegas et à Cuba. Alors, Volpi et Meyer se sont tournés vers moi. » Il pointa son pouce en direction de sa poitrine en forme de barrique.

« Un peu plus fort, dit Joe Volpi d'un ton traînant. Les micros cachés ne fonctionnent pas trop bien, ce soir. Ils risqueraient de ne pas comprendre chacun des mots que tu dis, à moins que tu ne parles vraiment distinctement. »

Mike McClany s'esclaffa. « Hé, mais tout ça, c'est de notoriété publique !

— Ça l'est devenu maintenant, susurra Volpi sans dissimuler sa répugnance pour son partenaire rustre et trop bavard.

— Quand on joue au poker, Mike, dit Jack avec impatience, on commence par miser. C'est l'une des règles élémentaires. »

Tandis que Mike s'amusait avec ses jetons, Jack leva les yeux pour s'apercevoir que le colonel l'observait avec attention. A ce moment précis éclatèrent de lointaines rafales de mitraillette, quelque part de l'autre côté de la ville, en direction des montagnes.

Willy se mit à rire. « Ça commence à ressembler à Shanghai, par ici. J'y étais en 49. Extraordinaire, absolument extraordinaire ! Mais j'y suis resté trop longtemps. Les communistes ont débarqué… J'ai perdu une fortune. »

---

* Le gouvernement fédéral (NdT).

120

Il haussa les épaules avec philosophie, comme s'il pouvait danser dans ses chaussures à semelles de plomb. « Il ne suffit pas d'y entrer. Il faut encore en sortir. »

Jack fit un signe de tête à Sonny.

« Nous ne sommes pas à Shanghai, mon ami, dit le colonel Menocal avec suavité. Rien ne va changer ici. »

Jack se tourna tout à coup vers lui. « Est-ce qu'il y a encore une chance que Mme Duran soit en vie ? »

Joe Volpi respira à fond, épouvanté par l'audace du joueur. Ne pas mélanger les cartes et la politique : telle était la règle d'or au Lido. Menocal regarda Jack en fronçant les sourcils, cherchant à comprendre le personnage. « Qui donc ? » demanda-t-il prudemment. Jack ne répéta pas le nom, soutenant sans broncher le regard fixe du colonel.

« Jouez au poker, Jack, glapit Joe Volpi.

— Qui ouvre ? » demanda Forbes, soucieux de se renseigner.

Menocal sourit. « C'est à Jack », dit-il.

La pièce où se déroulaient les interrogatoires était éclairée par une seule ampoule faible, comme si Batista s'efforçait de faire le maximum d'économies. Bobby était affaissée sur le tabouret, sa tête retombant contre sa poitrine. Peut-être n'était-elle même pas consciente. Son corsage et ses cheveux étaient trempés. A l'autre bout de la pièce, dans la pénombre, à côté du seau d'eau servant à torturer, une grande boîte rectangulaire venait d'être apportée sur un chariot.

Le jeune caporal de garde s'avança et effleura avec douceur l'épaule de Bobby. Elle releva la tête, mais son regard était hébété. Le caporal sortit une cigarette en tapotant la base du paquet et la lui proposa. Elle ne la prit ni ne la refusa, comme si elle n'en était plus au stade de réagir. Il approcha la cigarette de ses lèvres, et elle finit par secouer la tête négativement.

Il se pencha au-dessus d'elle. Il parlait sans élever la voix, sur le mode confidentiel. « Quel âge avez-vous, *señora* ?

— Trente-trois ans, répondit-elle sans inflexion aucune.

— Moi, j'ai dix-huit ans, dit-il. Enfin, presque.

— C'est bien jeune pour être fasciste », rétorqua Bobby, d'une voix blessée, cette fois.

Le caporal sourit. « Ce serait un succès à mettre à mon crédit si vous *me* donniez les renseignements que veut mon colonel. Je deviendrais peut-être sergent. » Rien qu'à cette perspective, il bomba la poitrine en se redressant. « Venez donc ici, *señora*. »

Elle le vit qui traversait la pièce en direction du seau. Elle se tassa aussitôt sur le tabouret.

« Non, plus d'eau pour le moment, la rassura-t-il. Je voudrais vous montrer quelque chose. » Et sa voix devint plus dure : « Levez-vous, s'il vous plaît. Venez ici », ordonna-t-il.

Bobby se leva. Bien droite, elle avait toujours le même port, témoignage de la fierté et de la passion qui coulaient dans ses veines. Elle se dirigea vers le coin plongé dans la pénombre, tendant le cou avec curiosité devant la longue boîte rectangulaire. Le caporal poussa soudain le bouton d'une lampe de poche qu'il avait à la main et balaya du faisceau de lumière vive le corps de Monica, étendue dans un cercueil découvert.

« Vous ne connaissez pas cette jolie fille ? » demanda le caporal d'une voix presque enjouée, comme s'il s'agissait d'une plaisanterie pour initiés dont ils auraient partagé le secret.

Les yeux de Bobby se remplirent de larmes, jusqu'à ce qu'elle ne fût plus capable de voir distinctement la jeune femme morte. Elle tournait la tête de droite et de gauche, plus par incrédulité que pour exprimer une quelconque dénégation. Elle avala sa salive. Quand enfin elle retrouva l'usage de sa voix, ce fut pour dire des choses terriblement conventionnelles, comme si elle s'était exprimée dans une église pleine d'amis et d'êtres chers. Comme si tout cela pouvait être racheté par sa façon de proclamer farouchement les mérites de la belle et brillante jeune femme qu'elle avait devant elle.

« Elle s'appelle Monica Eloy. Elle avait dix-sept ans... pas tout à fait votre âge. C'était une étudiante en sciences physiques à l'université, avant que celle-ci ne soit fermée. Elle avait une bourse. »

Le caporal tremblait presque en l'écoutant. Il avait d'une certaine façon réussi à faire céder la femme d'Arturo Duran, et voilà qu'elle s'apprêtait à lui livrer une somme fabuleuse d'informations.

« Elle faisait ses propres vêtements, poursuivit Bobby à voix basse. Elle excellait en couture, elle faisait donc ses propres vêtements. » Ses larmes étaient, semble-t-il, sur le point de couler. Elle avala une nouvelle fois sa salive. « Elle avait cousu elle-même cette robe. » Et elle montra tristement d'un geste le tissu imprimé tout déchiré qui recouvrait le corps frêle.

Puis elle se tourna vers le jeune soldat, qui avait de la peine à respirer tant il était excité. Bobby Duran secoua ses cheveux broussailleux, vestige de sa vieille attitude de défi. Elle parla avec un calme à donner froid dans le dos : « Et je préfère me noyer plutôt que de vous dire quoi que ce soit de plus ! Et vous *mourrez* caporal, espèce de petit salaud ! »

Elle se tourna et revint vers le seau, dépouillée comme une reine en exil, et tout aussi majestueuse.

La nuit était à présent bien avancée dans la suite du dernier étage. Les joueurs de poker n'avaient pas désemparé depuis des heures, et l'air était jaune de fumée. Des plats de nourriture à moitié vides étaient éparpillés ici et là, parce qu'on avait depuis longtemps congédié les serveurs, qui empêchaient Roy Forbes de se concentrer. On avait fait de même avec les putains. Le poker régnait maintenant en maître absolu. Forbes buvait nerveusement du lait à petites gorgées, tel un vieillard qui aurait survécu à toutes ses mauvaises habitudes. Son tas de jetons avait considérablement diminué.

Joe Volpi observait la table d'un regard d'oiseau de proie. Baby Hernandez et Mike McClany s'étaient retirés de la partie. Jack avait en main trois cœurs et un trèfle visibles. Menocal avait deux carreaux, à hauteur de l'as, Sonny, l'homme au visage grêlé, avait deux petits carreaux à hauteur du roi. Bien qu'il continuât officiellement de figurer comme partenaire, et qu'il fût sans doute dans l'attente d'un miracle en cette période de Noël, c'était entre Menocal et Jack, en tête-à-tête, que les choses se jouaient véritablement.

Le colonel observa Jack un long moment. « Que faudrait-il donc que je pense, mon ami ? demanda-t-il. Quand vous avez augmenté la mise, j'ai cru que vous aviez deux paires, l'une face dessus, l'autre face dessous. Et maintenant, vous voudriez que je croie que vous avez des cœurs. » Il marqua une pause, pensif, en homme habitué à lire dans les pensées des autres par tous les moyens possibles. « Mais alors, vous n'auriez pas dit « Parole », n'est-ce pas ? Huit cents. »

Sitôt que Menocal eut poussé ses jetons vers le centre de la table, Sonny se retira de la partie. C'en était trop pour lui. Mais Jack sourit avec une assez sereine satisfaction et poussa tous les jetons qui étaient en sa possession — près de onze mille dollars — sur le tapis. Menocal se remit à observer Jack avec attention, comme s'il évaluait à présent le coût de ses vêtements. Manifestement, pour le colonel, le joueur ne donnait pas suffisamment dans le luxe. D'un hochement de tête, il signifia à Volpi qu'il suivait. Puis il dit tranquillement à Jack : « J'ai l'impression que vous essayez de bluffer, mon ami. »

Apparemment fort content de lui, le chef de la police secrète retourna sa carte : l'as de pique. « Une paire d'as, M. Weil », fit-il.

124

Jack hocha la tête, puis retourna sa propre carte, un as de cœur. On ne peut plus courtoisement, il dit : « Malheureusement, colonel, quatre cœurs battent une paire. » Et, presque avec l'air de s'excuser, il entreprit de ratisser l'énorme tas de jetons.

Un silence de mort régnait autour de la table. Impassible, Menocal ne trahissait nulle émotion. Tandis que Jack empilait ses jetons, Joe Volpi s'avança et s'inclina obséquieusement devant Roy Forbes. « Alors, M. Forbes, dit-il, vous voulez vous en tenir là ?

— Ouais, ce serait une bonne idée », répondit l'industriel avec aussi peu d'aménité qu'un chien qui aboie.

Ils se levèrent tous en même temps, rompant l'envoûtement de la partie, la plupart d'entre eux donnant l'impression qu'ils soignaient un violent mal d'estomac. Le colonel tendit la main à Jack. « On n'a pas intérêt à vous sous-estimer, M. Weil. »

Jack eut un large sourire. « Je n'y vois pas d'inconvénient. »

Il y eut une petite pause durant laquelle le colonel se plongea dans l'examen de ses mains, mais pas du tout pour déterminer si elles étaient sales. Il donnait, en fait, le sentiment d'être en train de les admirer. Quand il parla, ce fut comme s'il s'adressait à l'extrémité de ses doigts. « Je crois que Mme Duran est entre les mains des autorités, dit-il.

— C'est vous, les autorités, n'est-ce pas ? » demanda du tac au tac le joueur.

La bouche du colonel s'étira en un petit sourire contraint. « Oui », répondit-il avec une fausse modestie digne d'un archevêque promis au cardinalat. Puis, s'adressant à toutes les personnes présentes : « *Hasta luego, amigos.* »

Tandis qu'il se dirigeait vers la porte, ses deux gardes-chiourme à sa remorque, Mike McClany chercha à l'accrocher au passage : « Un petit déjeuner, colonel ? » demanda-t-il, mesurant l'effet bœuf que produirait la présence d'un homme aussi puissant au Lido. Le lieu ferait alors en quelque sorte figure d'annexe du palais présidentiel.

« Dormir me ferait plus de bien, *gracias* », répondit le colonel sans pratiquement ralentir le pas, et il sortit avec ses gardes du corps. Après son départ il y eut comme une légère décompression dans la pièce.

Mike se tourna vers les autres. « Baby ? Un petit déjeuner ? » Il avait l'air vaguement terrifié à l'idée d'avoir à manger tout seul ses gaufres et ses saucisses.

« Je ne peux pas », dit Baby Hernandez, allant jusqu'à la porte pour s'assurer que le colonel avait pris l'ascenseur. Il se tourna encore une fois vers le groupe et haussa les épaules avec lassitude. « Je dois prendre l'avion pour Oriente », expliqua-t-il, voulant signifier par là qu'il devait rencontrer les rebelles et qu'il donnait cette information à titre purement confidentiel.

Willy se mit à rire. « Tu cherches à assurer tes arrières du côté de la révolution ?

— Les rebelles ont essayé ces foutaises avec moi », ricana Forbes. On lui vit à nouveau afficher cette superbe à laquelle lui donnait droit son statut d'homme le plus riche de l'aréopage. « Je leur ai dit que je ne mangeais pas de ce pain-là.

— Ils peuvent brûler mes plantations comme rien du tout », rétorqua Baby, faisant claquer ses doigts. « Mais ils ne peuvent pas brûler vos mines. » Et il sortit, suivi de Willy et de Mike qui insistèrent pour qu'il mange des œufs sur le plat avec eux avant de s'en aller.

Forbes, Joe Volpi et Jack restèrent donc debout ensemble à côté de la table recouverte de feutrine verte. « Tout s'est passé comme vous le vouliez, M. Forbes ? demanda Volpi, avec l'onction d'un maître d'hôtel.

— A cela près que je suis perdant, répondit sèchement l'industriel. Mais les sandwiches étaient très bons. »

Volpi ronronna d'aise et se frotta les mains. « Nous pourrions fixer des enjeux plus… intéressants la prochaine fois. »

Forbes hocha la tête. « Ouais, dit-il, on aura peut-être l'occasion de se retrouver. » Il parlait, en réalité, sans la moindre conviction. « Au revoir, Weil. »

Dès qu'il eut quitté la suite, refermant avec force la porte derrière lui, Joe Volpi s'en prit violemment à Jack : « Mais qu'est-ce que tu as fait, putain de merde ? »

Jack ne releva pas cet emportement. « Où peut-il la détenir ? » demanda-t-il avec brusquerie.

Joe Volpi ravala sa fureur et changea de tactique. Il entoura d'un bras l'épaule du joueur et parla sur un ton presque avunculaire, dosant sévérité et cajolerie. « Laisse tomber, Jack, dit-il, cherchant à le raisonner. Pourquoi donc es-tu venu ici ? Ce Forbes risque d'être la poule aux œufs d'or. Tu vas peut-être pouvoir jouer cette partie que tu attends depuis toujours. Ce soir, c'était une sorte de test. Je t'ai bien dit que j'allais parler à Meyer. Alors ne fais pas tout foirer, veux-tu ? »

Jack se dégagea de l'emprise de Volpi. La concentration faisait étinceler ses yeux. « Dans quel endroit, Joe ? insista-t-il. Allons, tu sais où sont enterrés tous les cadavres, par ici. » Il se tut un instant puis, donnant la nette impression d'être aux abois : « Débrouille-toi pour que je la voie, Joe.

— Non. » Volpi recula d'un pas, comme incapable de supporter cette familiarité.

« Hé, Joe, arrange-moi ça. » Enjôleur et doucereux, Jack le séducteur. « Est-ce que je ne t'ai pas sauvé la vie pendant la guerre ? »

Volpi eut son habituel sourire acerbe. « J'étais à Las Vegas, Jack. Pendant toute la guerre.

— Disons alors que je l'aurais fait, vieux, rétorqua le joueur avec entrain, en donnant à Volpi une tape sur l'épaule. J'aurais traîné ton derrière blessé sur quinze kilomètres, jusqu'à l'hôpital militaire le plus proche. Voilà ce que je suis : un vrai pote, fidèle et dévoué. » Il entreprit de diriger le réticent Volpi vers le téléphone posé sur le bar. « Et puis, je vais vous assurer une mine d'or, quand la méga-partie sera organisée… ou bien faudrait-il que je parle d'une mine d'étain ? » Il souleva le combiné et le tendit à Joe. « Tout ce que je demande, c'est une petite faveur… »

7

La prison s'élevait au-dessus de la digue de Malecon dans la lumière froide de l'aube, ses murs de pierres noires évoquant des blocs de glace. Elle servait de prison depuis des siècles, et c'était l'une des plus anciennes constructions fortifiées de la ville, avec des cachots aussi profonds, inaccessibles et rendant impossible toute évasion que ceux de l'Inquisition. La marée haute projetait des embruns sur les bases de ses tours, attestant une fois encore que nulle force de la nature ne pourrait jamais l'abattre. En raison de toutes les années de souffrance et de folie qu'elle avait abritées, la prison représentait aujourd'hui quelque chose de bien à part dans la réalité qui l'entourait.

Jouet incongru, une Cadillac verte décapotable était garée au milieu des berlines banalisées de la police secrète, devant les hautes grilles de fer. Admis à l'intérieur des portes de l'enfer, Jack Weil fut conduit à travers la cour pavée de la prison jusqu'à l'enceinte étroitement surveillée où se trouvait le gardien. Il avançait avec circonspection, presque sur la pointe des pieds, comme pour éviter de réveiller les morts. Tandis qu'ils passaient sous une voûte pour pénétrer dans le bastion du gardien, Jack entendit quelques accents lointains d'une chanson populaire — de Rosemary Clooney, à ce qu'il lui sembla — qui parvenaient jusqu'à lui après avoir traversé les murs de pierre. Un cri étouffé se faisait sans cesse entendre en contrepoint de la chanson, formant avec elle une nauséeuse harmonie.

Le gardien fit entrer le joueur dans un petit bureau minable. Derrière une table couverte d'éraflures se tenait un sergent encore plus minable, non rasé et manifestement ivrogne. Son uniforme crasseux semblait être plein de poux. Jack tendit à cet homme répugnant le laissez-passer officiel que Volpi avait réussi à lui procurer. Le sergent le prit entre deux doigts, avec précaution, comme s'il était encore plus sale qu'il n'en avait l'air.

« Hem, grogna-t-il, donnant la nette impression qu'il était dégoûté. Juste pour voir la prisonnière. Je vous préviens, *señor*, c'est plutôt sombre, en bas. Ce n'est pas l'idéal pour voir quelqu'un. » Et il se leva et saisit avec vicacité un trousseau de clés.

« Je ne veux pas la voir », répondit le joueur sans dire un mot plus haut que l'autre. Le sergent s'arrêta net et le regarda avec curiosité, d'un air enfin intéressé. « Je veux la faire sortir », fit Jack.

Le sergent se mit à rire de façon vulgaire. « Mais c'est que quelqu'un de plus important que vous veut la garder *ici*, Chico…

— Il dort », répliqua le joueur, lui coupant la parole. Puis il sortit deux billets d'avion de la poche intérieure de sa veste. « Et quand il se réveillera, vous et votre femme vous serez dans un hôtel à Miami, à siroter un gin-fizz à la prunelle, au bord de la piscine. » Il posa avec brusquerie les billets sur le bureau. « Après tout, lieutenant, dans un mois, sait-on seulement qui sera le patron ici ? »

Le sergent hésita, la sueur perlant à son front. Jack sortit alors une liasse de billets de cent dollars de la poche de son pantalon et se mit à les compter. Encore tout craquants, sortis droit de l'hôtel de la Monnaie, les billets verts tombaient en douceur sur le bureau. « Deux mille, précisa Jack. Des dollars américains. Pour vos frais. »

Le sergent rentra l'estomac et parut trois centimètres plus grand, comme s'il avait accepté la promotion que venait de lui accorder Jack en l'appelant lieutenant. Il ramassa l'argent d'une main peu disposée à la générosité, prit aussi les billets d'avion, et fourra le tout entre les boutons ternis de son uniforme. Après quoi, il sourit et fit cliqueter les clés comme une sorte d'inquiétant Père Noël.

« Attendez dehors, *señor* », dit-il.

Dans la cellule qu'elle était seule à occuper, Bobby était recroquevillée sur la couchette de bois, entourant ses genoux de ses bras et se balançant d'avant en arrière. Au bout d'un long moment, elle tourna son regard hébété vers le mur puis en approcha un doigt pour gratter de son ongle une surface encore intacte. On avait du mal à deviner le mot qu'elle cherchait à y inscrire. Peut-être était-ce tout justement un X pour en faire le témoin de sa souffrance. Mais en entendant le bruit de la clé dans la serrure, elle se retourna.

Le sergent ne dit rien, se contentant de lui signifier d'un signe de tête qu'elle devait le suivre. Elle s'exécuta, n'ayant plus rien à perdre. Elle avait les épaules affaissées et le moral brisé en traversant à ses côtés un dédale de couloirs et en gravissant des escaliers tournants. Il ne lui vint même pas à l'esprit, tant elle était nerveusement exténuée, qu'il n'avait pas pris la peine de lui passer des menottes.

Elle n'aurait d'ailleurs pas été le moins du monde surprise s'il l'avait conduite dans la cour de la prison devant un peloton d'exécution. Peut-être aurait-elle même été soulagée d'en finir ainsi une fois pour toutes. Le fait est qu'elle ne comprit absolument pas ce qu'ils étaient allés faire dans un bureau, ni pourquoi le sergent mit un doigt sur ses lèvres pour lui intimer de se taire. Elle était trop anéantie pour faire place dans son cœur au plus petit espoir.

Puis tout d'un coup, voilà qu'il lui tendit une enveloppe qu'il avait prise dans un tiroir du bureau. Elle en ouvrit le rabat et y introduisit la main, n'en croyant pas ses yeux quand elle en sortit sa montre-bracelet et son alliance, comme si tout cela se déroulait dans un rêve. Elle essaya maladroitement de les mettre, même si les deux objets remuaient en elle des souvenirs qui faisaient mal. Son cœur anéanti s'était remis à battre, mais il était comme une blessure à vif.

Elle leva les yeux vers le sergent, attendant encore de voir où était le piège. Il avait à la main son élégant sac à main couleur crème à fermoir doré, un luxe absurde dans ce lieu de désolation. Il le lui tendit, et elle le prit. A nouveau, il mit le doigt sur ses lèvres et lui fit signe de le suivre. Et elle finit par croire qu'elle allait être libérée, tandis qu'elle descendait à ses côtés une longue volée de marches de pierre qui sonnaient creux sous ses pas. Elle était libre comme un naufragé flottant tout seul en pleine mer.

L'aube venait de poindre quand le joueur la vit franchir les grilles en fer. Le rougeoiement doré du soleil bas la fit battre les paupières, et elle serra bien fort son sac contre sa poitrine, comme s'il contenait tout ce qu'elle possédait au monde. Elle resta immobile quelques instants sur l'aire de stationnement, ne sachant trop quelle direction prendre et, quand il s'éloigna de la Cadillac pour venir la saluer, elle le regarda comme s'il s'agissait d'un étranger.

« Voulez-vous que je vous emmène chez vous ? »

demanda-t-il avec douceur. Pas de réponse : elle continuait d'avoir l'air hébété. « Je ne crois pas que vous devriez rester là-bas, mais vous avez peut-être besoin de prendre quelques affaires. »

Elle avala sa salive avec difficulté. Parler exigeait apparemment un gros effort, mais elle comprenait bien qu'elle lui devait quelque chose. « J'aimerais marcher un peu », finit-elle par dire, presque comme si elle pensait devoir demander la permission, ou encore comme si elle avait peur de ne plus savoir comment on marchait. « J'aimerais boire une tasse de café, et j'aimerais marcher un peu. »

Il acquiesça d'un signe de tête et ouvrit la portière de la voiture. Elle gémit légèrement en y pénétrant, les muscles de son cou et de ses épaules étant ankylosés. Il s'efforçait de ne pas penser à ce qu'elle avait enduré, calquant son attitude sur la sienne et prenant les choses comme elles venaient. Il longea la digue de Malecon sur quatre cents mètres, puis s'arrêta à un café-bar dont on était tout juste en train d'ouvrir les volets. Ils s'assirent sans mot dire à une table en terrasse et regardèrent les vagues devenir bleues, tandis que le soleil s'élevait dans le ciel.

Un serveur leur apporta des bols de café au lait, puis il entreprit de nettoyer le carrelage avec un balai laveur qu'il trempait dans un seau d'eau. Pendant quelques instants, le regard de Bobby resta rivé au seau : elle n'en revenait pas qu'il fût si banal, inoffensif. Elle frissonna au souvenir de l'autre seau, puis détourna les yeux pour observer l'eau qui se répandait sur le sol. Le balai déployé en éventail, le miroitement des carreaux humides, tout lui paraissait d'une insupportable douceur à force d'être prosaïque.

« Avez-vous une cigarette ? » demanda-t-elle d'une voix rauque.

Jack sortit son paquet de Pall Mall et, à petits coups, en fit émerger une cigarette. Elle la prit maladroitement entre ses doigts, comme si des engelures les avaient quelque peu engourdis. Elle le laissa la lui allumer, et reconnut la boîte d'allumettes du Bodeguita. « Vous avez l'impression que vous pourriez manger quelque chose ? demanda-t-il timidement, cherchant à éviter de prononcer des paroles déplacées.

— Oh, non ! » répondit-elle sombrement. Elle tira à fond sur sa cigarette et expulsa la fumée qu'elle se mit à contempler, tout en secouant légèrement sa chevelure. Il n'avait fait aucune réflexion sur sa tenue débraillée, sur les boutonnières déchirées au niveau du col de sa robe. Le soleil matinal était déjà en train de corriger tout cela. Sa chevelure redevenait somptueuse en séchant sous la brise marine.

« Il est mort, dit-elle calmement, le regard perdu au loin, comme si elle cherchait une voile sur les flots. Est-ce qu'ils sont tous morts ? »

Il secoua la tête parce qu'il n'en savait rien. Il ne dit rien au sujet de la perte qu'elle avait subie : tout commentaire aurait été dérisoire. Quand ils eurent fini de boire leur café, il régla le serveur et traversa la rue au pas de course pour la rattraper alors qu'elle marchait déjà le long de la digue. La main posée sur le parapet de pierres rugueuses, elle avançait aussi posément qu'une personne en plein rêve et qui est stupéfaite d'avoir échappé à un cauchemar pour se retrouver en pleine beauté. En contre-bas de la digue, la mer un peu agitée était bleu sombre avec des reflets dorés, merveilleusement vivante.

Il resta à ses côtés, adoptant le rythme de sa marche, jusqu'à ce qu'elle se fût arrêtée. Elle s'appuya contre la digue : c'était le premier instant où elle se reposait vraiment depuis qu'elle avait quitté la prison. Jack se mit à côté d'elle, mains dans les poches, et ils cherchèrent ensemble des yeux une voile invisible. Puis elle finit par dire : « Mais qui êtes-vous donc ? Un gangster ? »

Il se mit à rire. « Est-ce que j'ai l'air d'un gangster ?

— Pourquoi m'a-t-il libérée ? » Elle parlait presque dans un souffle, comme si elle ne croyait pas tout à fait à sa liberté. Jack ne répondit pas. Elle ne s'attendait d'ailleurs pas à le voir répondre. Elle fit encore quelques pas, puis inclina la tête et regarda la lumière qui se reflétait dans l'eau. « On peut voir les poissons », dit-elle hors de propos, mais on voyait qu'elle avait le cœur brisé.

Jack attendit qu'elle se retourne. Elle le regarda alors droit dans les yeux, d'un air interrogateur, ayant retrouvé la hardiesse dont elle faisait preuve avant l'irruption des hommes du SIM dans sa maison. Jack plongea lui aussi son regard dans le sien et, tout d'un coup, la situation faillit devenir risquée. Elle aurait pu s'effondrer. Il aurait pu la prendre en pitié. Il n'y avait aucun moyen de prévoir comment auraient pu évoluer les choses à partir de là.

Elle fut la première à détourner le regard. « D'où venez-vous ? demanda-t-elle, pour meubler un silence qui commençait à peser.

— Je ne sais pas. De Philadelphie. » Ou c'était un mensonge, ou cela avait si peu d'importance qu'il parvenait à peine à s'en souvenir.

« J'avais de bons amis là-bas.

— Je parie que je ne les connais pas. »

Elle ne craignait plus de le regarder à présent, parce qu'ils étaient tous les deux en train de sourire. Elle rassembla ses cheveux que le vent ébouriffait et où le soleil mettait des fils d'or. Derrière elle, l'océan n'appartenait à personne, plus libre qu'ils ne l'étaient elle et lui, constamment insurgé, tandis que ses vagues battaient la longue digue. Une pluie d'embruns retomba par-dessus le parapet, et il éloigna Bobby avant qu'elle ne l'inonde.

« Hé, je crois que nous devrions nous en aller d'ici », dit le joueur, qui avait toujours la main posée au creux de ses reins, comme s'ils étaient en train de danser.

« J'aimerais marcher. » Et elle esquiva son bras, mais gentiment et comme à regret, si bien que cela ne le laissa pas sur une impression de frustration.

« Le chemin est long, dit-il, sans pourtant se montrer insistant.

— Ne vous en faites pas pour moi. » Elle lui tendit une

main, et serra brièvement la sienne, celle avec laquelle il distribuait les cartes. « Au revoir. »

Et il la laissa avancer le long de la digue, de ce même pas de dormeuse, la lumière du matin lui ayant restitué toute sa beauté. Il se retourna pour traverser le boulevard, les mains dans les poches, sentant la liasse des billets qu'il avait gagnés. Il monta dans sa voiture et continua de la regarder qui s'éloignait dans le rétroviseur. Il ne pouvait cesser de penser à cet « Au revoir », se demandant s'il n'avait sonné plutôt comme un adieu parce qu'elle se rendait vers une destination qui lui serait à jamais inaccessible.

Mais n'était-il pas joueur ?

Il mit l'allumage, laissa le moteur tourner, puis donna un violent coup de volant à gauche, quittant le bord du trottoir pour faire demi-tour. Il laissa la Cad rouler moelleusement le long de la digue jusqu'à ce qu'il l'eût rattrapée, puis il alla au pas, de façon à rester à sa hauteur. Elle finit par se retourner, observant avec un sourire énigmatique la voiture qui avançait à la même allure qu'elle. Elle semblait presque hypnotisée.

« Montez donc », dit-il, mais son sourire se figea, et ce fut comme si elle n'avait rien entendu. Il avança le bras et ouvrit brusquement la portière. « Allons, montez ».

Il parut avoir enfin droit de cité dans son univers de dormeuse éveillée. Elle s'arrêta de marcher, et son visage devint tout pâle. Elle chancela, entra dans la voiture et s'affaissa sur le siège, appuyant sa tête contre le cuir. Quand il avança le bras pour refermer la portière d'un coup sec, il ne put faire autrement que de le presser contre elle, mais il s'efforça de ne pas y prêter attention. Il ramena d'un coup de volant la voiture sur le boulevard et se mit à conduire en regardant droit devant lui, vif comme un aigle, la laissant flancher. Il comprenait qu'elle fût en état de choc. Tout ce qu'il voulait, c'était prendre soin d'elle.

Quand ils abordèrent les collines et se mirent à parcourir les rues bordées de palmiers du quartier des jardins, la présence des oiseaux et des fleurs eut quelque chose de surréaliste, après l'enfer de la prison. Aux abords du bungalow construit sur une éminence et de sa palissade passée au blanc de chaux, tout leur parut parfaitement paisible et normal. Bobby tourna la tête et, tandis qu'il garait la voiture près de la grille, elle laissa errer son regard le long des allées du jardin recouvertes de fragments de coquillages, pour le fixer sur le pathétique belvédère, posé comme un espoir au bord de l'à-pic.

Jack fit le tour de la voiture et lui ouvrit la portière. Il lui prit le bras comme ils franchissaient la grille. Elle chercha la clé dans son sac, mais sa main tremblait. Le joueur en sortit lui-même la clé. Ils contournèrent alors le massif d'arbustes plantés à côté de l'entrée principale et, bien entendu, les vitres des portes-fenêtres étaient brisées. Il n'était plus besoin de clés pour quiconque. Elle se serra davantage contre lui tandis qu'ils gravissaient les marches conduisant à la porte béante.

Il la précéda à dessein, afin d'être le premier à entrer. Un seul coup d'œil lui suffit : il se retourna vivement pour l'arrêter, mais elle avait déjà tout vu. L'intérieur de la maison était sens dessus dessous : sol jonché de livres et de papiers, meubles en pièces, coussins éventrés déversant leurs entrailles. Toute vie en était désormais absente, et elle contemplait ce spectacle avec des yeux fixes. Sur le mur du vestibule qui leur faisait face, le tableau qui les montrait, elle et Arturo, en nouveaux mariés avait été sauvagement lacéré à coups de couteau.

Elle recula et il s'éloigna en toute hâte, la dirigeant vers la grille pour la faire échapper aux fantômes de son passé. Il ne savait plus au juste s'il était en train de la mettre à l'abri de l'horreur ou du danger. Tout ce qu'il savait, c'est qu'il représentait à présent sa seule chance et que, sans lui, elle mourrait comme un animal au bord de la route. Sur le siège avant, à côté de lui, elle resta à demi pelotonnée sur elle-même, tel un enfant apeuré, pendant tout le trajet.

Les bruits de la rue et la pagaille du quartier colonial consolidaient peu à peu leur intimité. Ici, au moins, il était en terrain familier. Il se gara devant le vieil hôtel particulier couvert de stuc et fit le tour de la voiture pour l'aider à en sortir. Les gamins de la rue surent d'instinct qu'ils devaient rester à distance, que ce n'était pas le moment de s'agglutiner autour du Yankee habitué à leur lancer des pièces. Même réaction dans la cour intérieure, où la Polaca était à sa fenêtre, fumant et toussant. La dame qui était au bras de Jack Weil était ravissante, et la Polaca avait bien envie de sortir nonchalamment et de les rencontrer par hasard. Mais elle vit que ni l'un ni l'autre n'avait dormi de la nuit et elle les laissa monter l'escalier sans les déranger. En elle-même, elle leur souhaita une longue journée de sommeil.

Sitôt qu'ils eurent pénétré dans l'appartement, il conduisit Bobby dans la cuisine. Avec des gestes mesurés, il ouvrit son vieux réfrigérateur et en sortit des œufs, du beurre et du pain. « Des œufs frits en sandwich, ça vous va ? demanda-t-il.

— Je n'ai pas faim.

— Vous aurez faim dans un moment, répliqua le joueur avec un sourire. Asseyez-vous ici. » Et il lui indiqua un fauteuil à bascule où elle prit docilement place.

Elle le regarda quelques instants chauffer du beurre dans une poêle sur la cuisinière et préparer du café. Puis elle inclina la tête d'un air perplexe : « Quel jour sommes-nous ?

— Vendredi. »

Son visage s'assombrit légèrement. « Il faut que quelqu'un aille à Santa Clara... »

Il versa du jus d'orange dans un verre et le lui tendit, laissant la vie reprendre son rythme et ses droits par étapes. « Ah bon ? Et que se passe-t-il donc à Santa Clara ? »

Elle tint le verre à deux mains et en but une grande

gorgée, continuant de faire un effort pour réfléchir. Quand elle parla, ce fut pour prononcer des mots vagues, le regard absent, comme si elle continuait de chercher une voile à l'horizon. « Juste avant Santa Clara, dit-elle à voix basse, la famille d'Arturo possède une finca. Juste avant Santa Clara... » Elle ressemblait à une amnésique qui remontait d'une grotte profondément enfouie sous la mer. « Les rebelles y sont. Ils ne savent pas que... »

Sa voix s'estompa. Elle semblait incapable d'évoquer à nouveau la mort de son mari. Jack retourna vers la cuisine et cassa les œufs, les laissant tomber sur le beurre dans un grésillement. « Dites-moi, Bobby, d'où venez-vous ? » demanda-t-il, preste et débordant d'énergie, comme un cuisinier chargé de la préparation des plats rapides dans un petit restaurant. « Où avez-vous grandi ? »

Elle détourna les yeux de l'horizon obscur et le regarda qui retournait les œufs avec doigté et posait le pain sur le gril. « De Suède », répondit-elle.

Il fit claquer ses doigts. « J'aurais parié pour un pays scandinave. A cause de quelque chose de... mat dans votre voix. Vous avez de la famille là-bas ? » Elle hocha la tête. « Vous êtes en contact avec elle ?

— Non, dit-elle, secouant légèrement sa chevelure comme si elle essayait le geste à nouveau. Seulement à Noël.

— Mais c'est Noël maintenant, repartit Jack, faisant glisser d'une main experte les œufs de la poêle sur le toast.

— Pas pour ce Noël.

— Eh bien, vous devriez vous mettre en contact avec elle », dit-il, recouvrant les œufs d'une autre tranche de pain grillé. Puis il alla jusqu'au placard et en sortit deux gobelets. « Donc, vous avez débarqué ici venant de Suède. Juste pour avoir plus chaud ?

— Non, ce n'est pas ici que j'ai débarqué pour commencer. » Elle essayait maintenant de se concentrer, comme s'il était essentiel qu'elle respecte la chronologie. « Je suis d'abord allée en Californie. A Hollywood. »

139

Il émit un petit sifflement pendant qu'il versait le café. « Hé, vous avez vu du pays, ma parole ! Et que faisiez-vous là-bas ? »

Elle eut un rire bref, sur une note, et qui tenait plutôt du soupir. « J'avais vu Garbo quand j'étais gosse.

— Garbo ? » Il fronça les sourcils en posant le plat et le gobelet devant elle. « Ah mais oui ! Bien sûr ! Suédoise ! »

Bobby hocha la tête, sa bouche commençant à prendre une expression ironique. « Oui. Et elle connaissait apparemment Robert Taylor...

— Eh oui. *Le roman de Marguerite Gautier*. Je suis sûr qu'ils étaient vraiment bons copains. » Il lui souriait.

« Peu importe. Le fait est qu'il était si beau... Il fallait absolument que je fasse sa connaissance. Je suis donc allée en Californie pour devenir actrice. Comme tout le monde.

— Et pour pouvoir devenir copine avec Robert Taylor. » Il inclina la tête, souriant d'un air ravi, avec le sentiment d'avoir réussi à se mettre au diapason de son ironie.

« Mais il se trouve que je ne l'ai jamais rencontré », avoua-t-elle. Elle n'avait pas encore touché au sandwich, mais elle prit une gorgée de café. « Et c'est un écrivain que j'ai épousé. Mais on l'a mis par la suite sur la liste noire, et nous avons dû quitter les États-Unis. » Elle haussa les épaules : un coup on gagne, un coup on perd.

« C'était un coco, hein ? »

Elle haussa à nouveau les épaules, comme si le terme ne convenait vraiment pas. « Disons que j'ai connu de bons cocos et de mauvais cocos. Je suis sûr qu'il faisait partie des bons.

— Il écrivait des scénarios de westerns.

— Ah, fit le joueur. J'aime les westerns. Je ne vois pas ce qu'ils ont à faire avec une quelconque réalité, mais je les aime. »

Elle approcha la main de l'assiette et coupa un morceau de toast. Jack s'efforçait de ne pas exulter, car tout paraissait encore très précaire : sa faculté de se souvenir

140

et son recours maladroit à l'ironie : « Il disait qu'il détestait Mexico, fit-elle, mâchant d'un air pensif. Il a commencé à boire. Et tout s'est terminé. » Elle chercha soudain sa respiration, se levant à moitié de sa chaise. « J'aurais dû prendre des vêtements de rechange...

— Ne vous tracassez pas, répondit-il d'un ton apaisant, on vous trouvera tout ce dont vous avez besoin. » Elle se rassit avec un soupir, prit le couteau posé à côté de l'assiette et coupa soigneusement le sandwich en deux. « Mais comment ça s'est passé pour *vous* à Mexico ? Vous avez eu des rôles ? »

Elle sourit en retrouvant ses souvenirs, prit le sandwich et mordit dedans. Elle jeta un regard à Jack, et il lui fit un clin d'œil. « Mm », murmura-t-elle avec enjouement, montrant du doigt sa bouche pleine. Et, quand elle eut pris une autre gorgée de café, elle donna l'impression d'être encore plus motivée pour répondre à sa question. « J'ai été une actrice très connue à Mexico. » Elle partit d'un rire qui était comme un trille, et il se surprit à retenir sa respiration.

« J'étais toujours "La Gringa", poursuivit-elle, avançant le menton et baissant les yeux, en une pose qui parodiait la séduction. Mon rôle préféré a été celui de la fille d'un savant fou qui remplace son cerveau par celui d'un gorille. »

Ils riaient tous les deux, maintenant. Elle mordit une fois encore avec appétit dans le toast, puis secoua ses cheveux pour de bon. « Bien entendu, mon amoureux n'est au courant de rien, dit-elle. Il arrive un soir au labo et s'exclame : *"Querida ! Que pasa ? Te comportes de un modo bastante raro !"* Et *moi*, je fais ça. »

Elle s'assit toute droite sur la chaise et se mit à grogner en donnant des coups de patte en l'air. Jack s'appuya contre le réfrigérateur, se tordant de rire, tandis qu'elle roulait les yeux et jacassait comme un singe. Puis elle ne put, elle non plus, réprimer son fou rire et, tout d'un coup, des larmes se mirent à couler le long de ses joues : elle pleurait en même temps. Après quoi, elle ne fit rien d'autre que pleurer.

Jack se tenait là, embarrassé, ne sachant comment lui venir en aide. Elle ne sanglotait pas, bien trop exténuée. Mais les larmes coulaient le long de son visage et la souffrance la faisait suffoquer, comme si les tortionnaires étaient à nouveau à l'œuvre. Jack s'approcha d'elle, avançant une main pour lui caresser les cheveux. Elle détourna la tête et se ressaisit. Quand elle eut recommencé à respirer normalement, Jack éloigna sa main, fermant le poing comme s'il venait de toucher du feu.

« J'ai rencontré beaucoup de gens très gentils à Mexico, dit-elle. C'est là-bas que j'ai rencontré Arturo. Et voilà comment je suis à Cuba. » Elle secoua la tête comme si elle n'en revenait pas, comme si sa vie avait changé de cours si souvent qu'elle avait de la peine à la cerner. « Au cours des sept dernières années, je n'ai peut-être séjourné que deux semaines aux États-Unis. Comment ça se passe là-bas, en ce moment ? » La question portait en elle une tendresse, une nostalgie pour quelque chose de perdu.

« Eh bien, dit Jack, reprenant son gobelet sur la cuisinière, les Dodgers* sont allés s'installer à Los Angeles, et les Giants* ont opté pour San Francisco. Voilà à peu près tout ce qu'il y a à dire. Oh, et puis vous pouvez vous regarder à la télévision devant l'immeuble de la RCA. »

Elle s'était remise à mordre dans son sandwich à belles dents, comme une réfugiée qui se demandait quand elle aurait droit à un autre repas. Il éprouvait presque de l'embarras à être témoin de cet appétit qu'elle ne cherchait pas à dissimuler. Elle avait quelque chose de terriblement authentique.

« Vous voulez retourner là-bas, Bobby ? demanda-t-il d'un ton différent. Je peux vous procurer une place pour

---

* Respectivement, les équipes de base-ball de Brooklyn et de New York, appartenant à la même ligue (NdT).

142

la destination que vous voulez, quand vous voulez. Parce que je ne pense pas que vous soyez désormais en sécurité ici.

— En sécurité », répéta-t-elle sur un ton interrogateur, comme si le mot n'avait aucun sens dans l'univers où elle vivait. Elle prit une serviette de cuisine blanche sur la table et s'essuya la bouche et les mains, avec autant de simplicité qu'une fille de ferme. « Jack Weil, dit-elle, se délectant de l'euphonie sans aspérités de son nom. Dites-moi, Jack Weil, pourquoi faites-vous tout ça ?

— En souvenir du temps passé, répondit-il en souriant. Rappelez-vous donc, nous avons fait ensemble de la contrebande. Et puis je n'avais encore jamais connu d'actrice de cinéma... et aucune, en tout cas, qui avait le cerveau d'un gorille. » Il fut toutefois incapable de garder cette légèreté. Il avait envie de trouver une raison qu'il n'avait jamais donnée auparavant, qu'il ne lui était même jamais arrivé d'imaginer. « Je ne sais pas, dit-il de façon hésitante. Vous me plaisez. Vous êtes... vous ne dites pas tout. »

Elle ne répondit pas, mais elle avait entendu ce qu'il venait de dire. Il vit bientôt l'épuisement avoir raison d'elle, la submerger comme un raz de marée. Ses paupières s'abaissèrent et ses bras perdirent leur mobilité.

« Hé, vous feriez bien de dormir un peu », dit-il avec douceur.

Elle soupira. « J'aimerais d'abord prendre une douche.

— Mais bien sûr. La salle de bain est là. Je vais vous apporter un peignoir. »

Il alla jusqu'à la chambre à coucher, et sortit de son placard un peignoir court à l'aspect soyeux. Quand il retourna dans la cuisine, il constata qu'elle n'avait pas bougé. Elle prit le peignoir et le posa sur ses genoux, caressant de la main son étoffe verte.

« Nous avions presque réussi, dit-elle mélancoliquement. Nous étions tout près du but. »

L'envie qu'il avait de la toucher devint alors irrépres-

143

sible. Pour la première fois, de ne pas s'y laisser aller lui fit mal. « Hé... Je suis navré, dit-il avec maladresse. C'était vraiment quelqu'un de sympathique.

— Oui, on peut le dire. » Il crut qu'elle allait recommencer à pleurer, mais ce qu'elle éprouvait était alors sans doute trop profond pour s'extérioriser par des larmes. « Vous n'avez pas idée », ajouta-t-elle à mi-voix. Puis elle se leva et posa sur lui son regard aigu, soucieuse de savoir si, d'une certaine façon, le sens de cette dernière réflexion n'avait pas échappé à Jack. Il sourit. « Après vous avoir quitté au Bodeguita, nous avons marché un peu. Il a dit qu'il aimerait bien jouer un jour au poker avec vous. »

Elle passa à côté de lui et sortit de la cuisine, laissant derrière elle un imperceptible sillage de son parfum au muguet. Il l'entendit qui traversait à pas feutrés le séjour et qui pénétrait dans la salle de bain, refermant la porte derrière elle. Il regarda son assiette vide, puis son sac. L'espace de quelques instants, ce fut comme si l'émotion allait le faire exploser, mais sans doute ne savait-il pas au juste de quelle nature était cette émotion. Plutôt inconsciemment, il leva le bras et frotta la face interne de son avant-bras, passant dessus les doigts pour s'attirer la chance. Quand il entendit l'eau qui tombait en pluie dans la salle de bain, ses traits devinrent inexpressifs : il présentait ce qu'on appelait dans sa spécialité le visage impassible du joueur de poker.

Il alla dans le séjour et alluma les lampes. Puis il s'assit à la table centrale et prit un paquet de cartes. Il se mit à jouer au blackjack avec lui-même, mais c'était tout juste s'il voyait les cartes. Il entendit l'eau qui s'arrêtait de couler et, une minute plus tard, elle sortit de la salle de bain enveloppée dans le peignoir de soie verte. Elle était en train de se sécher les cheveux avec une serviette, tout en fredonnant doucement. Il continua à jouer au blackjack, et continua de perdre.

« Est-ce que je peux vous emprunter des vêtements ? demanda-t-elle. Je ne crois pas que je pourrais supporter de porter de nouveau cette robe. » Et, quand il esquissa un mouvement pour se lever, elle l'arrêta d'un signe. « Non, non, dit-elle d'un ton enjoué. Laissez-moi faire mon choix. »

Elle enroula la serviette en forme de turban autour de sa tête et entra dans la chambre. Il se lança alors dans une partie de poker, jouant contre deux des fidèles fantômes qu'il avait coutume de convoquer. Il entendit des froissements dans son placard, et ressentit une étrange excitation à l'idée qu'elle fourrageait dans ses vêtements. Le fracas d'une mitraillette résonna, au loin, et son estomac se noua. Il ne voulait pas penser au monde extérieur, dans l'immédiat. Il avait eu sa dose.

Au bout d'un moment, elle se montra dans l'encadrement de la porte de la chambre à coucher. Elle portait un pantalon de lin blanc à pinces et une chemise rouge brique, tenue flottante, nettement trop grande pour elle et par conséquent sexy. Elle fit une demi-pirouette, jouant pour lui au mannequin. « Alors, demanda-t-elle en riant, est-ce que je pourrais passer pour Jack Weil ?

— Pour deux Jack Weil plutôt qu'un, dit le joueur d'un ton traînant.

— Je ferais mieux de dormir un peu ici », dit-elle, et elle se dirigea vers la fenêtre aux volets fermés. Elle les ouvrit et le soleil entra à flots dans la pièce. Contrairement à lui, elle ne paraissait pas avoir besoin de garder ses distances par rapport au monde extérieur. Elle s'installa sur le sofa, laissant les rayons du soleil finir de sécher ses cheveux. Elle se pelotonna contre les coussins et lui sourit. « Vous n'avez pas besoin de rester.

— Merci, mais je vis ici. » Ils se sourirent mutuellement. « Qu'est-ce que je peux faire de plus pour vous, M. Weil ? demanda-t-il. Vous avez peut-être besoin d'une couverture ? »

Elle secoua la tête rêveusement, les paupières à nouveau lourdes. « Vous pourriez mettre un disque, par exemple », dit-elle.

Il passa devant le sofa pour aller jusqu'au meuble hi-fi dont il retira le premier album qui lui tomba sous la main : *Kay Starr at the Copa*. Il ne faisait plus de doute que sa chance tenait. Il sortit le disque de sa pochette et le posa sur le tourne-disque. Un instant plus tard, les accents d'un big band emplissaient la pièce, et le chanteur interprétait, dans le style crooner, *Always remember*.

Il la regarda qui s'était lovée sur le sofa et avait détourné le visage pour éviter la lumière éclatante du soleil. Elle dormait déjà d'un sommeil profond et, si elle entendait là musique, c'était seulement comme un accompagnement à ses rêves. Sa propre tension s'évanouit quand il la vit qui donnait l'impression d'être à l'abri de tout danger. Et, tout d'un coup, il mesura à quel point il était lui-même exténué.

Il alla dans la chambre à coucher, bercé par la musique. Il ne prit même pas la peine de retirer ses chaussures avant de s'allonger, imaginant qu'il allait se lever aussitôt que le disque serait fini. Il n'avait besoin que d'un tout petit somme. Et d'ailleurs, la seule chose qu'il comptait faire au cours de cette journée, c'était la regarder rêver.

Car ici, la sentinelle, c'était lui.

8

Il se réveilla en entendant sonner le téléphone, et sans avoir la moindre notion de l'heure qu'il pouvait être. Au plafond, juste au-dessus de lui, le ventilateur tournait lentement, poussé par une brise paresseuse. Il était debout à la fin de la deuxième sonnerie, et il se dirigea hâtivement vers le séjour, non pas à cause de l'importance que pouvait revêtir le coup de téléphone, mais à cause d'elle.

Elle n'était plus là. Il le comprit en s'approchant du sofa, et ressentit son absence comme un soudain mauvais coup du sort. Les vêtements qu'elle lui avait empruntés étaient soigneusement pliés, avec un petit mot posé par-dessus. Son cœur se mit à battre. Le téléphone en était à sa cinquième sonnerie. Il saisit le bout de papier : il n'avait encore jamais vu son écriture. Il se sentait d'ailleurs incapable de dresser la liste de tout ce qui la concernait et qu'il n'avait pas encore vu.

« *Vous êtes un homme bien, Jack Weil. Au revoir. Bobby.* »

Il décrocha à la huitième sonnerie, rien que pour arrê-

147

ter celle-ci. Il ne dit pas allô. L'excitation faisait vibrer la voix de Joe Volpi. « Jack ? Félicitations, vieux. Meyer est intéressé.

— Comment ? demanda le joueur d'un ton vague, cherchant à gagner du temps afin de pouvoir lire et relire le petit mot.

— Forbes a deux Canadiens français de poids qui arrivent de Montréal.

— Ouais, très bien...

— Quelque chose qui ne va pas ?

— Non, dit le joueur d'une voix rauque. Rien qui n'aille pas. » Les mots du message avaient commencé à se brouiller, jusqu'à ne plus être que l'écho d'un double son murmuré, rire et soupir à la fois. « Au revoir. »

« Il faut que tu viennes ce soir au réveillon de Noël que donne Meyer, recommanda le patron onctueux du casino. Il a envie de voir de quoi tu as l'air. S'il doit te soutenir avec son fric, il vaudrait mieux que ton air lui convienne. Sois là vers huit heures... Ça se passe dans la suite royale. Et il y aura un joli petit cadeau de Noël pour toi... »

Jack hocha la tête sèchement et raccrocha, coupant Volpi au milieu de sa phrase. Le joueur n'aimait pas se voir dicter sa conduite. Il ne paraissait pas le moins du monde intéressé par la perspective de rencontrer le roi des grosses légumes. Tout ce qu'il avait envie de faire dans l'immédiat, c'était de regarder à nouveau le petit mot de Bobby. Mais à peine s'était-il assis que la porte d'entrée de l'appartement fut ébranlée tellement on frappait fort. Ce n'était sûrement pas la Polaca. Il se dirigea vers le vestibule, glissant le petit mot dans sa poche.

Quand il ouvrit la porte, ce fut pour assister à une sorte de parodie d'entrée cérémonielle. Les sbires du Lido, deux grosses brutes en costume blanc malpropre, s'écartèrent comme une garde d'honneur, ouvrant la voie au colonel Menocal. Dans une tenue impeccable, les yeux vitreux à force d'arrogance, le colonel passa à côté de Jack et pénétra dans l'appartement. Il regarda autour de lui, en homme habitué à être toujours maître de la situation, comme si ses fonctions lui conféraient des droits insignes.

« Où est-elle ? demanda-t-il d'un ton cassant.

— Qui donc ? » répondit le joueur, appuyé indolemment contre la porte de la cuisine, mains dans les poches. Les yeux du colonel le transpercèrent. « Mais pourquoi tout ça, Jack ? demanda-t-il d'un ton sarcastique. Vous mettriez-vous à faire de la politique, tout d'un coup ?

— Mais bien sûr ! Vous ne le saviez donc pas ? Je fais ici ma campagne pour entrer au Congrès. »

Menocal se détourna de lui avec mépris, fouillant une fois de plus la pièce de ses yeux qui lançaient des éclairs. Il vit son propre reflet dans le miroir ovale accroché au mur, à côté de la porte de la salle de bain. Il s'en approcha brusquement, arracha le miroir à son clou et le lança à terre, à ses pieds. Celui-ci se brisa en mille pièces, faisant l'effet d'une bombe qui explosait.

Le silence qui suivit ce geste avait de quoi donner la chair de poule. Le colonel était debout au milieu des éclats du miroir. Il lança d'une voix chuintante qui exprimait sa rage : « Vous avez donné deux mille dollars pour sa compagnie, mon ami. C'est cher payé, pour une putain de La Havane. »

Jack traversa à pas lents la pièce, jusqu'au placard qui surmontait la chaîne hi-fi. Il ne paraissait aucunement ébranlé par la présence du colonel. Il prit une bouteille de bourbon et deux verres. Puis il revint vers la table centrale et se versa une dose d'alcool. « Colonel, dit-il, levant son verre en un toast empreint de courtoisie, je me dois de vous l'avouer : j'ai fait là une grosse erreur. » Il but cul sec le contenu de son verre, donnant une belle claque à ses lèvres. « Il y a trop de choses dans la vie de cette femme-là. Trop d'éléments qui entrent en compte, si vous voyez ce que je veux dire. » Il haussa les épaules. « Je crois qu'elle est retournée aux États-Unis. »

Il tendit la bouteille à Menocal, afin qu'ils puissent boire amicalement un coup entre joueurs de cartes. Le colonel recula d'un air glacial. « Évidemment, vous mentez, Jack, dit-il. Mais ça fait partie de votre métier, n'est-ce pas ? Je ne suis ici que pour vous rappeler la belle vie que vous menez à La Havane. Vous jouez aux cartes, vous mangez bien, vous baisez à votre guise. Alors, je me le demande, pourquoi diable voulez-vous vous commettre avec ces fanatiques ? Parce que ces gens-là, voyez-vous, ils veulent *changer* tout ça. »

Il s'éloigna du tas de débris du miroir, sans paraître accorder le moindre crédit à la croyance superstitieuse selon laquelle il se serait attiré un instant plus tôt sept années de malchance. Le colonel Menocal était du genre à pouvoir dire qu'il avait lui-même concocté sa chance tout au long de sa vie. « Ne vous mêlez pas à eux, Jack, ajouta-t-il d'un ton plein de sous-entendus, et qui tenait presque de la menace. Et si vous avez des nouvelles de Mme Duran, je veux en être le premier informé. Compris ? »

Jack ne dit rien. Il se versa un autre verre et le colonel s'apprêta à s'en aller, ses gardes du corps lui emboîtant le pas. L'un d'eux, l'imbécile qui lisait des bandes dessinées, conseilla au joueur en prenant un air supérieur : « Ne buvez pas si tôt, *señor*. Votre foie n'est même pas réveillé. »

Jack leva son verre, portant un toast au loustic, et le vida. Quand les hommes eurent refermé la porte et qu'il les entendit descendre l'escalier à pas lourds, il imagina la Polaca en train de les observer, horrifiée, derrière ses rideaux. Jack Weil ne paraissait pas s'en faire le moins du monde d'avoir reçu la visite de l'homme le plus redoutable de Cuba, ainsi qu'un avertissement de sa part. Il se versa un troisième verre et sortit de sa poche le petit mot de Bobby. Puis il s'assit pour le lire à tête reposée, s'y absorbant comme dans l'étude d'une carte dessinée à main levée, un peu comme si, on ne sait trop comment, il pouvait le conduire jusqu'à elle.

Noël faisait son œuvre du mieux qu'il pouvait, mais il fallait de constants efforts pour lui conserver une apparence joyeuse. Tout en haut du toit en forme de pâtisserie du palais présidentiel, des emplacements pour mitrailleuses étaient aménagés le long de la balustrade sur laquelle clignotaient des lampions. A ses deux extrémités, des haut-parleurs beuglaient *Voici Noël* qu'ils ressassaient indéfiniment, tout en paraissant prêts à trouer l'air à n'importe quel moment par des mugissements de sirènes.

Dans la cour, devant le palais, s'élevait un immense sapin de Noël couvert de givre, qui luisait comme un phare au-dessus de la ville. Devant l'arbre, à l'endroit où les cadeaux auraient dû être déposés, il y avait des sacs de sable à usage défensif. Ils faisaient office de bunker de fortune à ce qui paraissait être une division entière de soldats acquis à Batista. Derrière les sacs de sable se trouvait un cordon de camions militaires ainsi qu'une unité de DCA, tout cela financé par un détournement de fonds du plan Marshall à hauteur de cinq cents par dollar. La barrière de fer forgé qui entourait le domaine du palais avait été renforcée par des tortillons de fils barbelés. Derrière les grilles principales ornées de branches de houx, deux rennes drogués et qui se grattaient pour se débarrasser de leurs puces paraissaient complètement perdus à l'intérieur d'un enclos.

C'était ou bien Noël, ou bien l'aube d'un nouvel ordre des choses.

La ville se laissait aller ce soir à une débauche de fêtes, et l'on rencontrait partout la même ambiance éthylique. Cette période de vacances était le dernier prétexte qu'on pouvait trouver pour oublier toute la tension et l'incertitude qui taraudaient les esprits. Les hôtels pour touristes et les casinos resplendissaient de lumières. Le meilleur champagne avait été monté des caves, car à quoi aurait servi de s'en montrer avare ? Toutes ces limousines, tous ces diamants, tous ces visons dans la nuit parfumée... On s'accordait de façon apparemment unanime sur le fait que c'était le moment ou jamais de dépenser sans compter.

La soirée la plus brillante, la seule soirée qui comptait vraiment — et l'on n'aurait reculé devant rien pour en être — se déroulait dans la suite royale, au Lido. Vaste salle de style arts déco à hauts plafonds, aussi élégante que le salon des premières sur l'*Ile-de-France*. *Vive le vent* était la chanson de mise, interprétée sur un tempo de rumba par un orchestre dont les musiciens étaient en queue de pie blanche. C'était le fond musical idéal pour le palmier en papier mâché, saupoudré de neige artificielle et de paillettes scintillantes, qui tournait sur lui-même au centre de la salle comme une ballerine géante. Un somptueux buffet, digne d'une cérémonie de couronnement ou d'un mariage dans la Petite Italie, occupait toute la longueur d'un mur.

Les bruyants invités de Meyer Lansky étaient là pour faire de la figuration, emplissant l'atmosphère d'une gaieté agressive et forcée. Le buffet fit l'objet d'une razzia plutôt que d'une dégustation. Le niveau des bouteilles d'alcool diminuait rapidement, mais il y avait toujours d'autres bouteilles en réserve. Et, pendant ce temps, les amuse-gueule plus consistants — du ganja de Kingston, de la cocaïne en provenance directe de La Paz — étaient consommés dans les salles de bain ou dans des coins tranquilles du balcon.

Le public était mêlé, le gratin côtoyant des gens quelconques. Les femmes élégantes avaient choisi de porter des robes à bustier, parce que cela mettait pleinement en valeur leur hâle bronze chocolat des Caraïbes. Des messieurs plus âgés et très soignés, arborant des vestes du soir bon chic bon genre en madras, se rengorgeaient devant les attentions dont faisaient preuve à leur égard de jeunes hôtesses, qui ne les quittaient pas d'une semelle. On n'avait pas de mal à reconnaître les membres de haut rang de la Mafia à leur regard figé dans un visage impassible. Ils donnaient l'impression de n'être faits pour porter un costume que le jour de leur enterrement. Et leurs épouses étaient pour la plupart des mammas italiennes qui n'allaient jamais passer l'hiver dans les régions du Sud sans un tonneau de sauce tomate.

Des artistes venus des clubs les plus huppés de la ville circulaient entre les invités, particulièrement démonstratifs et visiblement assurés de leur irrésistible séduction. Et, bien entendu, il y avait les arnaqueurs et les dealers, omniprésents et qui auraient eu vaguement l'air de sales types, même déguisés en Pères Noël.

Les conversations étaient aussi insipides que possible. On citait les noms de ses relations d'importance pour en imposer. On se fâchait tout rouge et on se jurait d'appeler l'ambassade si personne ne se dépêchait de mettre de l'ordre dans ce pays. On assurait avec la dernière énergie qu'Eddie était vraiment amoureux de Liz. Les inanités habituelles, à cela près que tout le monde avait les nerfs à vif, qu'un léger vent d'hystérie soufflait sur la fête comme si, d'un moment à l'autre, l'*Ile-de-France* pouvait heurter un iceberg.

Jack Weil traversa la foule, nageant au milieu d'une mer d'épaules nues. Il donnait l'impression de ne connaître personne, ce qui faisait apparemment son affaire. Il cherchait sans cesse Volpi du regard mais, surtout — même s'il savait que c'était absurde —, il scrutait les invités pour essayer de découvrir Bobby parmi eux. Il n'y avait aucune raison pour qu'elle fût là, mais il ne pouvait plus maintenant aller nulle part sans la chercher.

Tout d'un coup, il se trouva nez à nez avec une blonde à cheveux longs dans une robe moulante bleu-vert. Elle avait l'air d'une sirène. «Vous devez être Jack, dit-elle dans un souffle, s'approchant tellement de lui que ses seins se pressèrent contre sa veste de soie blanche.

— C'est bien ça, répondit-il d'un ton plein de circonspection.

— Salut, je suis Audrey, dit-elle avec un sourire à damner un saint.

— Parfait », fit le joueur. Au fond de lui-même, il entendit Volpi qui lui susurrait : *un joli petit cadeau de Noël pour toi.*

Elle agrippa son biceps. En s'approchant encore un peu, elle aurait manqué de l'enfourcher. « Pouvez-vous me dire lequel est Meyer Lansky ? demanda-t-elle d'un ton excité. Je crève d'envie de faire sa connaissance.

— Les gens crèvent en général *après* avoir fait sa connaissance, dit Jack mais, en la voyant froncer le sourcil, il comprit que l'ironie n'était pas sa tasse de thé. Je ne le vois pas », ajouta-t-il pour ne pas compliquer les choses. Il posa ses deux mains autour de la taille de la jeune femme et la fit reculer de quelques centimètres, simplement pour atténuer la pression.

« Vous me présenterez à lui », demanda Audrey avec coquetterie, ondulant des hanches entre ses mains. Elle était tout en mouvements câlins, comme si elle ne se sentait pas capable de se débrouiller toute seule.

« Mais bien sûr, promit le joueur, souriant devant sa confiance touchante dans l'obligeance des hommes. Simplement n'enfoncez pas la langue dans son oreille, d'accord, Audrey ? J'ai entendu dire qu'il n'aimait pas ça. »

Audrey hocha la tête avec gravité. Il se demanda quel âge elle avait — dix-neuf ans ? vingt ans ? — et se dit qu'à trente ans elle aurait fait du chemin. A nouveau, les pensées qu'il ruminait vinrent voiler le bleu de ses yeux, des pensées trop sombres pour une ambiance de fête. Mais voilà que Mike McClany s'approchait d'un air empressé, tout sourire dans un smoking bleu, une assiette pleine à ras bord à la main. Il était frétillant comme à son habitude, transporté de joie à l'idée d'avoir sa part de ce paradis.

« Il est ici », dit Mike, se glissant entre Jack et Audrey. Puis, s'adressant à l'allumeuse en faisant tressauter ses sourcils comme Groucho : « Bonsoir, ma jolie. »

Le regard de Jack fut aimanté par une femme qui se trouvait à quelques mètres de lui et qui secouait sa lourde chevelure cuivrée tout en riant. Non : ce n'était pas Bobby. « Ah, j'avais oublié, Mike, dit le joueur, légèrement étourdi, je te présente... euh...

— Audrey LaShelle, compléta l'allumeuse avec entrain.

— Audrey, que tu vois ici, est fascinée par les grosses légumes, poursuivit Jack. Elle crève d'envie de rencontrer Meyer. Je suis sûr que tu peux lui arranger ça... N'est-ce-pas, Mike ? » Il leur fit à tous deux un large sourire, à la façon d'un marieur.

« Je suis ravie de vous connaître », dit Audrey, le souffle plus court que jamais, se pressant contre son épaule.

Il faillit renverser son assiette, tant il était ensorcelé. « Je suis ravi de vous connaître moi aussi, mademoiselle LaShelle », psalmodia-t-il dans son style rotarien le plus accompli, la fixant comme si c'était un ornement de Noël.

Le joueur s'était déjà éloigné, déchargé du poids que représentait le petit cadeau de Volpi. Il tendait le cou et fouillait la foule du regard, s'efforçant d'y repérer le gérant du casino. Malgré toutes ses bêtises et son tempérament colérique, Joe Volpi était sans doute le meilleur pote que Jack avait à La Havane. Mais comme ils étaient toujours hérissés l'un face à l'autre, leurs liens affectifs se trouvaient réduits à la portion congrue. On pouvait voir les choses de la façon suivante : ils ne joueraient jamais ensemble au golf. Et s'il n'y avait eu qu'une invitation de disponible pour une soirée comme celle-ci, ç'aurait été du style : Mon vieux, débrouille-toi pour en trouver une de ton côté !

Jack s'appuya indolemment contre le bar et commanda un anejo. Quelqu'un lui donna une petite tape sur l'épaule, et il se retourna pour découvrir Baby Hernandez à ses côtés. Il n'aurait même pas dû avoir besoin de regarder, étant donné les effluves d'eau de Cologne au citron vert qui entouraient le roi du sucre. « Jack, fit Baby avec effusion, tout à la joie de cette période de vacances, *tu* vas comprendre. Nous étions en train d'en discuter à trois. »

Jack se rendit alors compte de la présence d'un personnage agité et hirsute qui se tenait de l'autre côté de Baby : Marion Chigwell. Le journaliste insignifiant avait plus que jamais une allure Yale avec son blazer bleu et sa cravate de reps. Il écarta une mèche de ses yeux et adressa un signe de tête insouciant à Jack.

« Écoute, je me suis offert un petit cadeau de Noël », dit Baby Hernandez. Il compta sur ses doigts : « Une Chinoise, une négresse d'origine espagnole et la troisième était, je crois, danoise. De très jolies femmes. Mais devine quoi ? Je me suis senti laissé pour compte ! » Il partit d'un gros rire à la perspective de sa triste situation. Il était complètement ivre.

Mais Jack l'avait déjà prestement contourné pour se rapprocher de Chigwell. Il donna une bourrade de vieux copain au journaliste. « L'autre soir, avec Ramos, dit-il, n'avez-vous pas dit que nous étions venus ici sur le même ferry ?

— Oui, et c'est d'ailleurs vrai, répondit Chigwell avec vivacité, manifestement ravi que le joueur l'ait enfin remarqué.

— Il y avait une dame très élégante qui portait un corsage de soie blanche…

— Roberta Duran, dit Chigwell avec un hochement de tête, secouant les pellicules qu'il avait sur les épaules. Oui, vous avez dansé avec elle. C'est une amie à moi. » Il ne parvenait plus à contenir sa vanité, puis il parut se rendre compte qu'il faisait preuve d'un certain manque de tact. Il gloussa et secoua la tête. « C'est terrible… ce qui est arrivé à son mari. »

Il était si ridicule que Jack eut envie de le saisir par les revers de sa veste et de lui cogner la tête contre le mur. Mais il ne se départit pas de son sourire amical et demanda, de façon aussi dégagée qu'il le put : « Vous ne l'auriez pas vue, par hasard ? »

Chigwell haussa les épaules. « Elle aurait "disparu", à ce qu'on dit. » Un terme qu'on pouvait interpréter de mille façons à La Havane, et qui signifiait généralement qu'on avait été supprimé.

« Elle a été libérée, souffla Jack.

— Ah, je suis content d'entendre ça », fit l'Américain plein de morgue. Puis il haussa une fois encore les épaules. « En fait, c'est facile de perdre la trace des gens à La Havane. Surtout en ce moment. »

Il ne savait donc rien. Jack ravala sa fureur et son impatience et se tourna à nouveau vers Baby Hernandez qui faisait sortir les olives de son verre de martini en les aspirant. « Où est Joe ? » demanda le joueur.

Baby roula les yeux en direction de l'orchestre. « Il est à l'autre bout du couloir, dit le roi du sucre que rien ne semblait tracasser. Il écoute les mauvaises nouvelles. »

Jack s'éloigna tout d'un coup du bar : il n'avait pas de temps à perdre avec ces idiots décadents. Il se fraya une nouvelle fois un chemin entre les épaules nues, passa à côté des musiciens et, une fois sorti discrètement du grand salon, traversa un couloir dont les murs étaient couverts de gravures de Picasso. Il se demanda dans quel délai ces gravures seraient retirées de leurs cadres et rangées dans des valises prêtes à quitter le pays. Il ouvrit une porte et vit un lit recouvert des manteaux de fourrure de toutes ces dames aux épaules nues. Par-dessus, un homme corpulent était en train de baiser une girl qui sourit au joueur et lui fit un petit signe tandis qu'il refermait la porte.

Il s'approcha de la chambre suivante, dont la porte était grande ouverte. Joe Volpi se tenait en son centre, jambes écartées, légèrement penché en avant, comme un boxeur professionnel étourdi. En pénétrant dans la chambre, Jack vit que Volpi était penché au-dessus d'une radio et qu'il écoutait d'un air fasciné la voix qui luttait pour couvrir les parasites. Les deux serveurs cubains, plateaux à la main, étaient eux aussi tout oreilles, absolument sidérés.

157

« Vous êtes à l'écoute de Radio Rebelde, croassa la voix dans le poste. Nous diffusons depuis le territoire libéré de Cuba ! » Il y eut ensuite un flot de paroles prononcées en espagnol, de façon excitée, auxquelles Jack ne comprit rien.

Joe Volpi se retourna et aperçut le joueur. L'espace d'un instant, Jack entrevit dans ses yeux une expression que lui-même ni personne d'autre n'y eût jusque-là décelée. L'expression de quelqu'un de vaincu et qui avait entièrement capitulé, comme si l'on venait de jouer la dernière partie et qu'il n'y eût plus de jetons à la banque.

« Qu'est-ce qu'il dit ? » demanda Jack, tandis que la voix continuait à crépiter.

Le visage de Volpi avait perdu son masque d'indifférence suffisante. Il fixa le poste de radio avec mépris, puis se tourna et glapit à l'adresse des serveurs : « Hé, espèces de crétins ! Il n'y a personne pour servir dehors ! Qu'est-ce que c'est que ces manières ! »

Les deux serveurs clignèrent les yeux, comme s'ils voyaient tout d'un coup leur patron sous un jour différent. Ils emportèrent leurs plateaux et se dirigèrent vers la porte, mais assez posément, à croire qu'ils avaient l'éternité devant eux.

« Les rebelles viennent de couper l'île en deux, rugit Volpi. Ils sont en train de se battre dans les rues de Santa Clara. »

Un détail à demi oublié provoqua un déclic chez le joueur. Une lueur s'alluma dans ses yeux, semblable au miroitement d'une pièce dans une fontaine où l'on jette de la monnaie en formulant un vœu. « Santa Clara ? répéta-t-il, se délectant de la sonorité de ce nom, comme s'il représentait un message de Bobby.

— Ouais, et notre moitié d'île est plus petite que la leur, poursuivit le gérant du casino avec une ironie dépitée. Ils sont à trois cents kilomètres d'ici. »

La porte se referma alors avec fracas derrière eux et ils se retournèrent aussitôt d'un même mouvement, comme si un pistolet venait de partir. C'était Meyer Lansky, le roi des grosses légumes en personne. Un bel homme à l'allure simple, très bien mis, et qui débordait apparemment d'énergie. Mais qui était pour l'instant furibond.

« Salut, Meyer, dit Volpi. Je te présente Jack... »

Mais Lansky passa à côté de Jack comme si celui-ci était invisible. Et, s'adressant à Volpi d'un ton plein de mépris : « Alors, et cette foutue offensive pour laquelle nous avons casqué, hein, Joe ? Toutes ces conneries que tu me racontais au sujet des renforts ! Mais où sont-ils, putain de merde ? »

Joe Volpi afficha son sourire le plus acerbe et rapprocha ses doigts en forme de clocher. « Eh bien, il y a un train blindé qui est en principe en route. Avec suffisamment de soldats...

— Mais qu'est-ce que c'est, enfin ? gueula le roi, labourant l'air de ses mains et donnant l'impression de chercher à tâtons son sceptre. La Chine ? la Sibérie ? la foutue révolte des Boxers ? » Il hurlait au visage de Volpi.

Joe faisait vraiment pitié. « Meyer, ils essaient de...

— Tais-toi et écoute, Joe, rétorqua Lansky, pointant l'index pour donner plus de poids à ses paroles. Voici ce que tu vas faire demain. Tu vas parler aux gens de Batista et leur dire à quel point je suis en colère. Tu as compris ? » Volpi hocha la tête d'un air penaud. Jack avait du mal à supporter le spectacle de son humiliation. « Tu leur diras ensuite qu'ils ont intérêt à se battre *sans traîner*. Et qu'autrement, ils ne seront qu'une minable bande de femmelettes ! »

Lansky se mit à arpenter la pièce, trop irrité pour tenir en place. Le joueur ne broncha pas, restant aussi effacé que possible. « Tu leur rappelleras, dit encore le roi dans un sifflement, que si la *plomberie*, dans cette île perdue, ressemble à celle d'une contrée civilisée, c'est parce que les Américains ont débarqué ici en 1898 et qu'ils en ont chassé ces merdeux d'Espagnols ! Le magnifique palais de Batista lui-même n'avait que des cabinets extérieurs ! C'est *nous* qui avons installé des toilettes à l'intérieur ! »

Il évoquait un homme politique en train de parler pour la galerie, et qui faisait ses choux gras de cette histoire de plomberie. Il aurait pu passer pour Teddy Roosevelt lui-même, tant il se montrait prosaïque et ardent défenseur de l'Amérique. Il n'y avait pas de doute possible sur le camp que Dieu avait choisi. Et si Meyer Lansky n'avait pas lui-même une grosse trique à la main, c'était parce que des légions entières de manieurs de trique étaient prêtes à bondir à son commandement.

« Si ce fils de pute a aujourd'hui une armée, c'est uniquement parce que nous la lui avons *donnée* ! » Lansky se tourna vers son sous-fifre, dont le sourire aigre commençait à paraître quelque peu souffreteux. « Alors tu lui diras qu'il ferait bien de se dépêcher de s'en servir ! Et qu'autrement, nous irons faire nos affaires ailleurs ! Tu as bien compris, Joe ? C'est nous qui avons *inventé* La Havane, bon Dieu de bon Dieu ! Et nous pouvons la transporter où nous voulons, quand nous voulons ! Tu leur diras ça, d'accord ? »

Le visage de Lansky était couleur betterave et sa voix rauque tant il enrageait au moment où il tourna les talons et claqua la porte de la chambre. Il n'avait pas jeté le moindre regard sur Jack Weil. Le joueur fixait le parquet, éprouvant de l'embarras pour Volpi. Il n'y avait pas un bruit dans la chambre, à part les parasites de la radio qui attendait de diffuser le prochain bulletin des rebelles. Les échos de la soirée qui se déroulait dans le grand salon parvenaient, assourdis, après avoir traversé les murs, comme le souvenir d'un autre âge.

Volpi s'éclaircit la gorge, discret comme un entrepreneur de pompes funèbres. « Tu as envie de faire un tour, Jack ? »

Le joueur hocha la tête. « Oh, oui ! Cette soirée est minable, si tu veux mon avis. » Ses yeux rencontrèrent ceux de Volpi et les deux hommes eurent un sourire en se dirigeant vers la sortie, décontractés comme des mercenaires.

160

Ils parcoururent en flânant le haut du boulevard du Prado où la foule accélérait le rythme des réjouissances, comme dans une partie qui tire sur sa fin. Une musique ininterrompue se répandait dans la nuit, s'échappant des dancings et des restaurants. Mais la voix de la Radio des Rebelles restait elle aussi présente en force, dégoisée par mille postes de radio, en contrepoint aux cantiques de Noël et aux rumbas. Cet univers à la veille de disparaître avait quelque chose de presque irréel : on voulait y mettre à profit la dernière occasion et la dernière danse, partir de son dernier rire d'ivrogne. D'une certaine façon, il s'agissait de ne pas arrêter de bouger, à défaut de quoi, on risquait de se volatiliser.

« Alors, Joe, finit par demander le joueur après qu'ils eurent coupé plusieurs rues, est-ce que nous sommes finis ?

— Qu'est-ce que tu dis ? fit Volpi, sursautant comme s'il venait de se réveiller. Non, non, se hâta-t-il d'ajouter d'un ton qu'il voulait rassurant. La partie n'est pas annulée. Il te financera comme prévu. Tu as ma parole, Jack. Il fait toujours sa petite crise de colère, Meyer, mais ça n'empiète pas sur les affaires. »

Ils passèrent nonchalamment devant un café-trottoir dont toutes les tables étaient bondées. Les bambocheurs buvaient digestifs et cafés, cependant qu'un orchestre uniquement composé de musiciennes donnait la sérénade en jouant des blues des tropiques aux harmonies complexes. Cette scène était une sorte de superbe défi, qui prit toute sa mesure lorsqu'un convoi de camions militaires traversa le boulevard dans un rugissement. Les soldats étaient assis genou contre genou sur les bancs des camions, mains crispées sur leurs carabines, et les fêtards languissants, attablés dans le café, les acclamèrent et levèrent leurs verres comme s'il s'agissait d'une parade.

Jack Weil et Volpi tournèrent au croisement suivant et s'engagèrent dans une rue étroite où une mère de famille vendait de minuscules tasses de café posées sur le rebord de sa fenêtre. Jack pensa à la Polaca et à toutes celles qui avaient survécu aux grands soubresauts de l'Histoire, dans leurs robes d'intérieur, bigoudis dans les cheveux. « Si j'ai bien compris, Meyer mise *à la fois* sur Batista et sur les rebelles, dit Jack pensivement. Son argent est à voile et à vapeur, c'est bien ça ? »

Joe Volpi ne répondit pas mais, pour Jack, cela valait toutes les réponses du monde. Le gérant du casino sourit et leva les yeux vers le linge suspendu à des cordes au-dessus de la rue et que le vent du soir faisait onduler comme des bannières. « J'adore cette ville, Jack, dit-il avec conviction. On l'appelle le Paris des Caraïbes, la Perle des Antilles. » Il respira à fond, comme pour s'en imprégner, puis ouvrit grands les bras, à la façon d'un impresario. « C'est une ville authentique ! »

Ils parvinrent à un square au centre duquel se trouvait un vieil abreuvoir de pierre dont les becs glougloutants étaient couverts de mousse verte. Un souteneur chinois sortit de la pénombre, guidant une fille si blanche qu'elle devait être albinos. Les deux hommes ne donnèrent pas suite à cette offre silencieuse, mais firent un signe de tête poli. Dans la rue suivante, on voyait pratiquement à toutes les fenêtres des filles très maquillées, se brossant les cheveux et fumant langoureusement des cigarettes. Penchées par-dessus un appui de fenêtre, deux d'entre elles faisaient entendre des bruits de baisers. Les deux hommes étaient si près d'elles qu'ils auraient pu les toucher, mais ils pressèrent le pas, perdus dans leurs pensées.

« Il y a d'autres villes, crois-moi », dit Jack, choisissant ses mots avec autant de soin qu'un joueur d'échecs choisirait ses pièces.

Volpi poussa un soupir, tout en secouant la tête. « Je suis venu ici en 38.

— New York, c'est bien, poursuivit Jack judicieusement, comptant presque les villes sur ses doigts. San Francisco et La Nouvelle-Orléans, ce n'est pas mal non plus. »

On pouvait se demander s'il cherchait à convaincre Joe ou à se convaincre lui-même. Puis, brusquement : « Tu sauras quand, au sujet du poker ? »

Volpi ne répondit pas tout de suite. Ils quittèrent la rue des putains et abordèrent une avenue plus large. Des limousines encombraient le passage, garées en masse devant un club espagnol. La construction remontait à la haute époque coloniale, avec de larges portes-fenêtres et un somptueux entrelacs baroque de fer forgé. Derrière les portes-fenêtres se tenaient, un cocktail à la main, les descendants à chevaux blancs de grands d'Espagne. Le dernier carré de l'ancien régime.

« Forbes arrive demain soir », finit par dire Volpi tandis qu'ils s'arrêtaient sous un réverbère pour regarder les aristocrates. Puis le gérant du casino changea de ton. « Je ne pourrai plus retourner aux États-Unis, Jack. Je... n'en suis plus citoyen. » Il se mit à rire, à la fois caustique et embarrassé, comme s'il venait de s'apercevoir que sa braguette était ouverte.

Jack fronça les sourcils. « Mais que feras-tu s'ils prennent la ville ? »

Joe Volpi partit d'un grand rire : aucun souci à avoir. « Meyer parlait de Saint-Domingue, dit-il, accélérant à nouveau le pas. Tu y es déjà allé, Jack ? » Cette fois, il riait franchement. « C'est nulle part, mon vieux. Putain de merde, c'est à *l'est* de nulle part. J'irai peut-être au Costa Rica. J'ai une amie qui s'est retirée là-bas... une veuve. » Il sourit à Jack comme à un conspirateur qui aurait été son complice. « Il faut toujours avoir un atout en réserve, mon ami. Cette dame-là, je n'ai jamais oublié de lui souhaiter son anniversaire, parce que je me suis toujours dit que ça pourrait foirer un jour ou l'autre à La Havane. Elle avait autrefois un bordel ici... De très grand standing. »

Tout d'un coup, l'avenue s'élargit pour aboutir à la place de la Cathédrale. La façade chaulée de l'église était éclairée par des projecteurs pendant cette période de fête, et une fontaine entourée de trois anges de pierre ornait la place qui s'étendait devant elle. L'eau qui clapotait dans la fontaine et dont la place renvoyait l'écho, résonnait comme le jaillissement d'un torrent de montagne. Ils regardèrent la scène en silence pendant quelques instants, ces deux hommes qui s'efforçaient de ne pas se laisser prendre de vitesse par la tornade imminente. Il s'agissait assurément d'une illusion, mais la place de la Cathédrale paraissait à l'écart du tohu-bohu de la révolution.

« Alors, tu t'en vas quand, Joe ? demanda le joueur avec flegme.

— Je serai le dernier à m'en aller », fut la réponse donnée d'un ton cassant.

Après quoi, comme en vertu d'un accord tacite, ils se séparèrent pour aller chacun son chemin. Ils ne se dirent pas bonsoir, et ils se gardèrent évidemment de se souhaiter mutuellement bonne chance. Ça ne se fait pas, entre joueurs. Ils se séparèrent donc tout simplement, et Jack, mains dans les poches, fit nonchalamment le tour de la place. Il fit comme s'il n'avait pas vu Volpi traverser celle-ci en direction de l'église.

Deux femmes sortirent de la porte latérale, en robes noires informes, la tête recouverte d'une mantille. Ces grand-mères étaient peut-être trop inquiètes pour dormir et priaient pour que les jeunes gens puissent survivre aux convulsions de la politique. Joe Volpi s'écarta pour les laisser passer, s'inclinant respectueusement. Au moment où lui-même pénétra dans l'église, il était possible de déceler dans la ferveur de son expression le souvenir furtif de l'enfant de chœur qu'il avait été autrefois, quand il allumait les bougies pour la messe dans la Petite Italie.

Le Schreiber's Deli était un véritable sanctuaire, qui avait la faveur des réfugiés. Avec ses petits pains en cou-

ronnes et tout le reste, on l'eût dit parachuté en plein quar
tier colonial, en droite ligne depuis la partie basse de l'East
Side. Les pancartes posées au-dessus du comptoir étaient
rédigées en espagnol, en yiddish et en anglais, et le bruit
et le remue-ménage que faisaient les clients nocturnes
avaient ceci de rassurant qu'ils laissaient deviner une
société multiraciale. La femme coiffée en casque de
Minerve qui se trouvait à la caisse s'appelait Stella et portait bien son nom.

Jack Weil choisit sur le comptoir un café au lait et un
feuilleté fourré aux fruits, puis se dirigea vers le fond de
la salle, où se trouvaient les compartiments. Il avait l'air
parfaitement heureux de prendre seul son petit déjeuner
de quatre heures du matin, mais son visage s'éclaira
comme il passait à la hauteur du premier compartiment
sur la droite. « Ça alors, quelle bonne surprise, Professeur ! » s'exclama-t-il joyeusement.

Un petit monsieur râblé avec des cheveux blancs et une
moustache blanche broussailleuse leva les yeux de son
potage de poulet. Il portait un élégant costume trois pièces et louchait à la façon d'un joaillier. Ayant reconnu
l'homme qui venait de l'apostropher, il lui fit un large
sourire ravi. « Bonjour, très cher ! dit-il au joueur avec
jovialité. La Polaca m'a dit que vous étiez de retour. Mais,
ma parole, vous êtes en grande forme ! »

Le Professeur invita d'un geste Jack à s'asseoir, et le
joueur ne se fit pas prier. « Alors, fit Jack d'un ton taquin,
il paraît que vous passez pas mal de temps au Nacional !
C'est vrai, ça ? »

Le Professeur hocha la tête affirmativement, tout en
avalant à grand bruit une cuillerée de soupe. « Des jumelles de Saint Louis, bourrées de fric », précisa-t-il, puis il
poussa un soupir et secoua la tête. « Mais croyez-moi,
Jack, séparer ces dames de leur surplus de monnaie, c'est
loin d'être une mince affaire. J'appelle ça une entreprise
minière. L'or se trouve à très grande profondeur. Et avec
tout ce tumulte… » Le Professeur montra la rue d'un geste

méprisant... « Elles pourraient se tirer d'ici d'un instant
à l'autre. *C'est la vie**, mon ami.

— Vous avez entendu dire que les rebelles se battent
à Santa Clara ? »

Le Professeur hocha la tête et soupira à nouveau, puis
tira un grand mouchoir blanc de sa poche et se tamponna
la moustache. « L'Histoire est en train de nous prendre
de vitesse, mon petit, fit-il sur un ton de psalmodie. La
roue tourne. Mais j'espère que vous resterez jusqu'au
bout. » Il cligna de l'œil. « Ce genre de situation convient
à merveille à votre type d'activité.

— Non, dit le joueur. Je m'en vais. Je ne jouerai plus
qu'une seule fois. » Il parut surpris de sa décision. Puis
il sourit de façon primesautière. « Vous avez envie de
m'accompagner, Professeur ? On prendrait le ferry, puis
on irait en voiture droit jusqu'à Las Vegas. »

Le Professeur fit la grimace. « Ça n'aurait pas de sens,
s'esclaffa-t-il. Bombes atomiques et vagins à l'émeri. Pourquoi tant de hâte, petit ? »

Jack se mit à rire. « Je prends les devants, voilà pourquoi. Pour une fois dans ma vie. Parce que je savais que
ce seraient les derniers feux de la fête. » Il mordit de bon
appétit dans son feuilleté et fit descendre la bouchée avec
du café. « Je suis toujours resté trop longtemps à La
Havane. Chaque fois que je venais ici, je me disais... c'est
l'endroit où tout est possible. Je vais trouver la meilleure
partie de jambes en l'air et la partie de cartes la plus
juteuse de ma vie. » Il marqua une pause, le regard perdu
dans le vague, comme si le jeune homme sûr de lui qu'il
avait été des années plus tôt pouvait entrer dans l'établissement, venant de la rue. « Et j'ai presque... j'ai été si
près de... »

Le Professeur ne quittait pas des yeux deux femmes
d'âge mûr, arborant étoles de vison et diamants, qui se

---

* En français dans le texte *(NdT)*.

trouvaient à l'autre bout de la salle. Peut-être n'avait-il même pas écouté ce que disait le joueur pendant qu'il évaluait mentalement chacune des pierres précieuses et humait l'air pour savoir si ces femmes constitueraient des proies faciles. Au bout de quelques instants, il reporta son attention sur Jack et le regarda tellement de biais que ses yeux n'étaient plus que deux fentes. « La Havane, c'est un état d'esprit, fiston, dit-il.

— Je ne sais pas », répondit Jack, refermant les mains devant lui sur la table comme s'il tenait ses cartes au cours d'une partie de poker. « J'ai rencontré une femme, voyez-vous. Je ne la connais que depuis soixante-douze heures et je… je ne sais pas. » Il fixa ses mains comme s'il ne savait plus comment miser.

Le Professeur sourit, content d'être consulté pour des affaires de cœur. « Prenez l'avis d'un homme âgé, dit-il, et mettez-vous à la colle avec elle. Il n'y a rien de tel qu'une femme. Elles aiment les hommes… même les cons. » Quand il riait, il paraissait avoir dix ans de moins. Il étira les bras derrière lui le long du dossier du compartiment, savourant son rôle de philosophe. « Prenez le plus grand connard qui soit, Jack… le roi des connards… et, quelque part, on ne sait trop comment, il se trouvera une femme qui sera folle de lui. Je vous le répète, les femmes sont parfaites. Le reste… » Il eut un haussement d'épaules qui exprimait un immense dédain. « Le reste n'est que foutaises. »

Jack Weil secoua lentement la tête. « Je ne peux pas, dit-il, s'efforçant de ne pas laisser voir sa tristesse. Elle est partie. Enfin, je crois savoir où elle est. Elle est là-bas, là où ils sont en train de se battre. Si seulement je pouvais dire pourquoi. » Il desserra alors les mains, comme s'il était sur le point de replier ses cartes, battues par le donneur. Il émit un grognement qui traduisait son épuisement. « Il est vraiment temps que je m'en aille, Professeur. »

Le Professeur le regardait attentivement, ne le croyant

qu'à moitié. « Alors, quand partez-vous, fiston ? »
demanda-t-il, et sa question avait quelque chose d'une
mise au défi.

Jack se leva. « Demain, répondit-il d'une voix blanche.
Et vous, qu'allez-vous faire ? »

Les yeux du Professeur s'élargirent, et ils étaient d'une
remarquable bienveillance quand il ne prenait pas son
regard de joaillier. Il avança une main et la posa, sans
appuyer, sur celle de Jack. « Si la vie d'un homme devait
se réduire à une seule journée, dit-il, il serait dix heures
quarante-cinq pour moi, mon ami. Dix heures quarante-
cinq du soir. Il n'y a rien que je sois tenu de faire, en
réalité. » Il parlait de façon étonnamment paisible. Puis
il exerça une pression sur la main de Jack. « Mais il n'en
va pas de même pour vous. Ce n'est même pas encore
le crépuscule, pour vous. »

Ils se regardèrent dans les yeux pendant un long
moment, tandis que les habitués du Delicatessen se bousculaient autour d'eux. Après quoi le joueur tapota l'épaule
du vieillard, sans dire un mot. Quand il se fut retourné
pour s'en aller, le Professeur l'interpella une fois encore,
pour faire bonne mesure. « Protège-toi le cul, petit », dit-
il, avec une rudesse et une impétuosité qui faisaient vibrer
sa voix. Aucun des clients du Schreiber's Deli n'aurait
pu imaginer qu'il s'était adressé à Jack quelques instants
plus tôt avec autant de gentillesse.

Le joueur sortit, saisi de voir les premières zébrures grises colorer le ciel à l'est. Que de fois n'avait-il vu poindre
le jour après une nuit entière passée à jouer aux cartes !
Et pourtant, cette aube paraissait bien particulière, avec
ses tonalités gris perle qui se nuançaient de rose pratiquement sous ses yeux. Il étira les bras au-dessus de sa tête,
donnant en quelque sorte l'impression d'être encore plus
dispos de n'avoir pas dormi du tout. Puis il fit volte-face
et se mit à marcher d'un bon pas vers l'ouest, en direction de la rue qu'il habitait. Au bout de deux pâtés de
maisons, il s'était mis à courir.

9

La Cadillac verte filait à toute allure le long des bidonvilles de Regla, fouettée par le vent, capote rabattue. A sa droite, Jack continuait d'apercevoir des grues et des quais au-delà des quartiers pauvres noircis par la fumée, mais il avait déjà laissé derrière lui les grandes jetées commerçantes, ainsi que la ville elle-même. Les bidonvilles, c'était le rebut de La Havane, et ils s'égrenaient sur son pourtour, comme autant de traînes. La route était truffée de nids-de-poule, et le joueur devait constamment faire des écarts. Des deux côtés, des enfants lui faisaient des signes d'amitié et poussaient des cris quand il ralentissait.

Au bout de vingt minutes, il se retrouva en rase campagne, le chaos urbain derrière lui comme un mauvais mirage. Ceci était le Cuba à l'usage des touristes : jungle et champs de canne à sucre. Les villages étaient aménagés de façon rudimentaire, avec une rue ou deux tracées au petit bonheur au milieu du paysage, et où se pressaient cochons et poulets. Tout cela donnait une impression de précaire et de provisoire. Les noms se succédaient sur des panneaux, cependant que Jack lançait à fond la voiture : Montanzas, Javellanos, Colon, Cascajal. On avait le sentiment que la jungle se les réapproprierait tous, au moindre relâchement.

Il alluma l'autoradio et passa d'un poste à l'autre. « Les chances sont, susurrait Johnny Mathis façon crooner, vos chances sont rudement bonnes. » Dans l'autre sens, le long de la route, des voitures rouillées et des vieux camions remplis de familles qui avaient emporté avec elles leurs maigres possessions, se succédaient en un flot ininterrompu. Jack se fit la réflexion que ces caravanes d'exilés étaient les mêmes partout dans le monde, chaque fois qu'une guerre ou une révolution entraînait des déplacements de populations. Ceux qui ne disposaient pas de voitures ou de camions marchaient sur le bord de la route, à côté de chariots tirés par des mulets. Tous fuyaient les combats de Santa Clara, et c'était tout ce qu'ils savaient : ils fuyaient un endroit précis. Mais ils n'avaient pas la moindre idée de leur destination.

Une demi-heure plus tard, Jack traversait au pas un village, en bordure de route, qui vivait de l'industrie de la canne, et l'odeur du sucre en cours de traitement était en suspension dans l'air, évoquant le soufre. Personne ne paraissait être au travail, ce jour-là. Les ouvriers parcouraient les rues, se passant des bouteilles de rhum couleur brun foncé, s'offrant une sorte de journée de congé lugubre qui n'avait rien à voir avec Noël. Quand il fut enfin parvenu, à très petite allure, à la lisière du village, Jack se retrouva face à un sergent armé d'une carabine, qui montait la garde à un barrage tout à fait rudimentaire constitué de deux chevalets.

Le sergent fut catégorique : Jack ne devait pas pousser jusqu'à Santa Clara. « Mais vous ne comprenez pas, expliqua le joueur. J'ai une amie là-bas. *Amigo... Americano !* Il faut que je l'en sorte. *Comprende ?* »

170

Le sergent se rengorgea, pénétré de sa propre importance. Il répondit courtoisement qu'il compatissait, mais que la route n'était pas sûre. L'Américain devait s'attendre à se voir arrêter à tout bout de champ par les patrouilles des rebelles. Pis encore : sa voiture pouvait passer sur une mine. Le sergent montra un point, au loin, où l'on voyait de la fumée au-dessus de la grand-route. C'était, précisa-t-il, la limite extrême de la zone où la loi et l'ordre régnaient encore.

Jack comprenait un mot sur trois de ce que son interlocuteur lui disait. Il sortit avec impatience la liasse de billets qu'il avait sur lui et en retira deux cents dollars. Le sergent fit un pas en arrière, offensé dans sa dignité. C'était bien la veine de Jack Weil de tomber sur le seul membre de l'armée de Batista qui ne fût pas malhonnête. Mais le sergent en question en avait par-dessus la tête et fit un geste signifiant à Jack qu'il pouvait contourner les chevalets. Et comme celui-ci démarrait et s'éloignait le long de la route poussiéreuse, il hurla à son adresse : « *Loco ! Completamente loco !* »

La route était en piteux état, trouée de tant de fondrières que Jack était par moments obligé de rouler à quinze ou vingt kilomètres à l'heure. A plusieurs reprises, il grimaça comme le ventre de la Cad raclait un rocher, et il adressa une prière silencieuse à General Motors pour remercier la firme de la solidité de ses essieux. Le flot des réfugiés ne tarissait pas, leurs visages tendus par l'angoisse. Ils ne regardaient pratiquement jamais la Cad, n'étant préoccupés que par leur but. Mais quand il arrivait à Jack de croiser leur regard, il voyait bien qu'ils étaient tentés de le traiter de *loco*, de cinglé, exactement comme le sergent.

Pour finir, la route n'était plus du tout macadamisée. Les voitures cabossées des réfugiés étaient de moins en moins nombreuses. Jack gravit une côte et, sur des kilomètres à la ronde, il n'y avait rien d'autre qu'une végétation luxuriante. Jusque-là, il ne connaissait des Caraïbes que La Havane. Et ce qu'il voyait là, c'était le paradis intact de la vieille terre caraïbe, aussi virginal et sauvage que la contrée découverte par Christophe Colomb à Hispaniola. Et plus il avançait, plus il avait l'impression d'entrer de plain-pied dans un rêve, à moins que ce ne fût l'effet de la nuit blanche qu'il venait de passer.

Au bout d'un moment, il perdit la notion de la distance qu'il avait parcourue, et il aurait été bien incapable de dire quand il avait vu pour la dernière fois un panneau indiquant la direction de Santa Clara. Il n'avait pas de carte. Il y avait seulement la violence de sa pulsion, son besoin impérieux de renouer avec elle. C'était le seul radar qui le guidait. Le soleil tout en chatoiements était en train de se coucher, et il sentit son cœur qui s'accélérait. Il était tout près maintenant, il en avait la certitude.

Il s'arrêta en haut de la côte suivante, sous un arbre qui sentait l'amande amère. Il ne parvenait plus à faire la différence entre la jungle et les champs de canne à sucre. La campagne qui s'étendait devant lui était comme une mer verte. Comme il se penchait au-dessus du volant pour scruter le paysage, ses yeux le brûlant à force de fatigue, il entendit le claquement sec de coups de feu dans le lointain.

Puis la partie droite du pare-brise explosa, et le siège avant fut aussitôt entièrement jonché d'éclats de verre.

Son pied glissa du frein et vint frapper le champignon, faisant faire une embardée à la voiture qui heurta le bas-côté de terre rouge. Jack en sortit aussi vite qu'il le put et se jeta à terre. Un silence absolu s'était fait, les détonations ayant stoppé net les chants d'oiseaux. Non sans hésitation, Jack se redressa quelque peu et, plié en deux, se mit à observer à travers les hautes herbes.

Il n'y avait absolument rien, dans toutes les directions, pas même une volute de fumée. Le joueur se mit debout et épousseta la terre rouge collée à ses vêtements. Il allait remonter dans sa voiture, quand il s'arrêta. Venant à sa rencontre le long de la route, un convoi de véhicules, aussi étrange qu'un mirage, soulevait la poussière en tourbillons. Jack resta sur place, indécis, ne sachant trop s'il devait prendre la fuite ou se cacher. En fin de compte, il ne bougea pas car il était sûr que c'étaient là des soldats fidèles à Batista, et il ne voulait pas se faire tirer dans le dos pendant qu'il courait. Tirer dans le dos, c'était une spécialité des Batistianos.

Il y avait trois jeeps et un camion, couverts de boue et de poussière. Sitôt que Jack vit la mine renfrognée de l'officier dans la jeep de tête, il comprit que le convoi battait en retraite. Sans aménité, l'homme fit signe à Jack de dégager la voie, et le joueur recula, s'appuyant contre la Cadillac tandis qu'ils passaient. Les yeux vitreux des soldats assis sur les bancs du camion semblaient indiquer qu'ils avaient depuis longtemps capitulé.

Ils disparurent le long de la route imprécise, se dirigeant honteusement vers La Havane. Jack remonta dans sa voiture et retira les éclats de verre de la place du conducteur. Tandis qu'il redescendait la côte dans la direction d'où venaient les soldats, il vit une clairière en bordure de la route. En s'approchant, il distingua la carcasse d'une bâtisse détruite. Cela paraissait être une sorte de poste administratif, station de pesage ou bureau de poste, mais il ne restait plus que les quatre murs.

Un peu plus loin, il y avait un petit hameau de masures criblées par les tirs d'artillerie. L'une d'elles était en train de brûler, envoyant une grosse colonne de fumée vers les arbres de la jungle. La fumée irritait les yeux de Jack et obscurcissait la vue devant lui, mais il crut apercevoir une forme familière dans le champ, au-delà de la maison qui brûlait. Il fit avancer la voiture à travers la fumée âcre, une main sur sa bouche pour ne pas suffoquer.

Puis il réussit à identifier l'objet : la Town & Country blanche, inclinée sur un cric. Il s'en approcha en faisant vrombir la Cad, sauta hors de la voiture et traversa le champ vers le véhicule abandonné. Celui-ci avait été démantelé, jusqu'aux sièges qui avaient été arrachés. Il se retourna et se plongea dans la contemplation de la cabane en train de brûler, essayant d'établir un lien entre tout cela. Instinctivement, il s'approcha de la construction en feu. Et son estomac se noua quand, dans le jardin qui se trouvait derrière, il vit deux cadavres semblables à des poupées désarticulées.

Le cœur battant, il s'approcha en hâte. C'était un homme et une femme, vêtus comme des ouvriers agricoles, qui donnaient l'impression de chercher à se rejoindre dans la mort. Jack s'en voulut d'éprouver du soulagement, mais tout ce qui lui importait à présent, c'était qu'elle ne fût pas au nombre des morts. Il n'y avait rien qu'il pût faire pour les victimes de la révolution. Il se détourna et s'éloigna, s'efforçant de chasser tout état d'âme.

Il reprit le volant pour rouler à petite allure, tandis que la fumée et les ombres des arbres donnaient à la lumière du couchant une tonalité crépusculaire. Au bout d'un kilomètre environ, il aborda un autre minuscule hameau constitué de masures et qui n'avait pas essuyé le feu ennemi. Au croisement des routes en terre, deux enfants étaient en train de jouer, comme si aucun combat ne se déroulait dans la région. Quand il fut plus près d'eux, Jack vit qu'ils s'amusaient avec les enjoliveurs de la Town & Country.

Il s'arrêta et les enfants le regardèrent, aussi béats d'admiration devant la belle américaine que les garnements du quartier colonial. Jack leur sourit et s'adressa à eux dans son espagnol faiblard et hésitant : « *Donde esta*, euh... femme ? Femme, vous comprenez ? *Donde ?* » Il leur montra le bas de la route, puis les enjoliveurs. « Voiture ? Auto ? *Señora Duran ? Finca ?* » Il donna du poing contre le volant, furieux contre lui-même. « Merde alors ! » s'exclama-t-il, ne pouvant contenir son irritation.

Mais, quand il leva les yeux, il vit qu'un des enfants s'était approché de la Cad et montrait le haut de la route, qui se perdait entre les arbres. L'enfant grimpa d'un bond sur le capot de la voiture, s'accrocha d'une main à la calandre et se mit à agiter l'autre pour dire : « En avant ! »

Ils sortirent lentement du village, roulant entre les arbres sur environ trois cents mètres. Tout d'un coup, le jeune garçon juché sur le capot fit signe de tourner à gauche, et Jack vit un petit chemin de campagne plein d'ornières et envahi par la végétation qui partait de la route principale. Il lança la Cadillac, et ils commencèrent à être terriblement cahotés sur cet étroit chemin. Le sous-bois était si épais que le joueur eut l'impression de se noyer dans du vert, mais il continua d'aller de l'avant, se laissant fouetter par les branches qui lui arrivaient dans la figure.

« *Arriba ! Arriba !* s'écriait le garçon sur le capot, tout excité et le pressant de poursuivre.

— Ça veut dire que nous sommes perdus, n'est-ce pas ? » lui répondit Jack en forçant la voix, riant malgré lui. Il n'avait jamais rien fait de tel dans sa vie. C'était comme s'il avait mis le pied dans le néant.

Puis les branches qui bruissaient s'écartèrent comme des voiles devant ses yeux tandis que la Cadillac se retrouvait, après une embardée, face à un champ à ciel ouvert. Le joueur plissa les yeux pour accommoder, cependant que le jeune garçon pointait un index triomphal et chantait victoire : « *La finca Duran !* »

D'aboutir enfin là, c'était comme un rêve à l'intérieur d'un rêve. Au bout de ce champ dont les herbes ployaient doucement s'élevait une maison à charpente de bois avec une profonde véranda. Elle était construite sur une éminence surplombant la forêt. Malgré les champs qui semblaient à l'abandon et une écurie menaçant ruine, avec son toit affaissé, la maison conservait son allure, comme figée. Un bijou du XVIIIe siècle, quand La Havane n'était qu'un minable petit port.

Le jeune garçon descendit du capot de la Cad et salua le joueur : « Bye, bye, Yankee !

— Hé, où vas-tu ? » cria Jack à son adresse, mais il

avait déjà dévalé la route envahie par la végétation, filant vers son village.

Jack sortit de la voiture et remonta la longue allée sinueuse qui conduisait à la maison. Elle avait été pavée il y avait longtemps de coquillages concassés, et luisait vaguement dans le crépuscule. Maintenant Jack entendait des coups de feu sporadiques, à moyenne distance, couverts jusque-là par le bruit de son moteur. Il y avait aussi, de loin en loin, le grondement de tirs de mortier. Le souvenir d'une guerre plus ancienne le remua dans son tréfonds.

Il était parvenu au sommet de l'éminence et se trouvait à une cinquantaine de mètres de la maison lorsque la porte de celle-ci s'ouvrit lentement. Bobby sortit sur la véranda. Même d'aussi loin, il voyait bien qu'elle n'avait ni mangé ni dormi depuis qu'elle avait quitté son appartement. Quand ? La veille, il y a un mois ? Tout se passait comme si le temps ne mesurait plus rien, en tout cas pour eux.

« Comment êtes-vous arrivé jusqu'ici ? demanda-t-elle.

— En ne parlant pas espagnol », répondit-il avec un sourire. Elle descendit lentement les marches et traversa l'étendue herbeuse. Elle s'arrêta à environ trois mètres de lui, et ils se regardèrent dans les yeux. « Vous êtes seule ici ? »

Elle hocha la tête et haussa les épaules, comme si cela résumait sa situation. Il avait envie d'avancer une main et de la toucher, comme pour s'assurer que tout était vrai. Mais il demanda seulement : « Dites-moi quelque chose. Que faites-vous ici ? »

En guise de réponse, elle se retourna et se dirigea à nouveau vers la maison. Elle ne fit pas le moindre geste pour l'engager à la suivre, mais il savait qu'il n'en était plus au stade de se faire congédier. Elle portait une simple robe droite sans manches, en batik violet, la robe du dimanche des femmes du pays. Tandis qu'il gravissait les marches derrière elle, elle secoua sa lourde chevelure cuivrée, à nouveau soyeuse et parfumée, débarrassée des traces de son séjour en prison.

Les planches du parquet craquèrent sous leurs pas comme ils traversaient la véranda. Le bois de teck n'était plus ciré comme autrefois. Un hamac en corde suspendu aux chevrons se balançait paresseusement dans la brise. Elle ouvrit la porte et le laissa entrer le premier, mais la pénombre était telle qu'il attendit qu'elle aille chercher une lampe. Il ne distinguait que les poutres de bois au-dessus de sa tête et les vieux portraits de famille ornant le mur à côté de lui : silhouettes noires de jeunes femmes et fragiles photos sépia, dans des cadres épais.

Elle alluma une lampe à pétrole à l'autre bout de la pièce, lueur fantomatique dans cette semi-obscurité. Elle haussa la flamme, et la pièce baigna aussitôt dans une lumière dorée. Des souvenirs muets semblaient éparpillés sur les tapis tissés à la main et sur les tables. Elle lui fit signe de la rejoindre et posa la lampe sur le manteau de la cheminée. Elle se tourna vers lui, croisant les mains derrière son dos, comme si elle avait peur de toucher quelque chose.

« C'était la maison de famille d'Arturo », dit-elle. Mais il le savait déjà. Il attendait, comblé par sa seule présence. Elle secouait nerveusement la tête d'avant en arrière, comme s'il était en train de la forcer à parler. « Les rebelles ont un poste émetteur caché derrière la maison », dit-elle. Puis elle se tut et se mit à fixer le parquet. Il savait que c'était sans rapport avec la confiance qu'elle avait en lui. Savoir cela pouvait le mettre en danger.

Elle tendit une main comme pour chercher quelque chose à tâtons, et il sortit de sa poche son paquet de Pall Mall. Elle exprima un murmure de soulagement. Tout était bon pour gagner du temps : prendre une cigarette, retirer le verre de la lampe pour l'allumer, souffler la fumée vers les chevrons.

« Ils vont essayer de contacter La Havane cette nuit », dit-elle avec quelque hésitation, tournant autour de la vérité comme un papillon de nuit autour d'une lampe. « Pour tout dire, dans un petit moment... essayer de contacter notre groupe. Voyez-vous, ils ne savent pas que tout le monde... ils ne savent pas qu'Arturo... » Elle se cacha les yeux d'une main lasse, comme s'il ne servait à rien de répéter encore une fois la chose. « Mais le colonel Menocal sera à l'écoute, poursuivit-elle sur un ton amer. Parce qu'il a localisé la radio.

— Personne d'autre ne pouvait venir ?

— S'ils ne savent pas que les hommes de Menocal sont à l'écoute, fit-elle, pleine d'obstination, ils diront quelque chose. Les noms des autres groupes de résistants. Quelqu'un doit les empêcher de le faire. » Elle secoua à nouveau sa chevelure, paraissant exclure que quelqu'un d'autre pût se charger de le faire. C'était elle qui était venue. Point.

« Menocal est à votre recherche, Bobby. » Il s'exprimait avec calme, s'efforçant de ne pas se donner un air protecteur, faisant le calcul qu'après tout, elle ne lui pardonnerait pas de lui dire certaines choses et l'enverrait promener. « L'autre jour, chez moi, il ne vous a manquée que de quelques minutes.

— Je suis en sécurité ici, répondit-elle d'un ton impatienté.

— Personne n'est en sécurité ici ! » s'exclama Jack, se retenant de la saisir par les épaules. « Vous ne comprenez pas ça ? Il n'y a pas de *ligne de front* dans cette guerre. Et *vous* n'êtes en sécurité nulle part, à Cuba ! » Il se mit à marcher de long en large devant la cheminée, cherchant à faire baisser sa tension nerveuse. « Il doit faire surveiller tous les aéroports. Écoutez, je connais un type qui a des bateaux. Il peut...

— Des bateaux ? demanda-t-elle, surprise. Qu'est-ce que vous me dites là ? »

Dictée par l'urgence, sa réponse se fit dans un chuchotement : « Je vous dis que vous devez quitter Cuba. Immédiatement ! »

Elle eut un rire bref, sans gaieté aucune. « Ne soyez pas absurde. Je ne peux pas m'en aller. »

Il s'efforça de ne pas donner une intonation sarcastique à sa réflexion : « Vous croyez vraiment qu'une actrice au chômage va peser d'une façon quelconque dans tout ça ?

— Oui ! rétorqua-t-elle avec défi.

— Allons donc, où est le rapport entre la situation et vous ? Ce lieu, vous l'endossez comme un costume. Vous faites tout votre baratin en *espagnol**. »

Elle ne bougeait pas, cependant qu'il allait et venait devant elle. On pouvait se demander pourquoi elle l'autorisait à mettre en question ses motivations, et même à manifester un mépris qu'il ne cherchait plus à dissimuler. « Vous n'êtes pas pauvre, vous n'avez pas faim, dit-il d'un ton irrité. Et vous n'avez strictement rien d'une Cubaine !

— Je n'ai pas besoin d'être cubaine pour savoir quand les choses sont injustes.

— Les choses sont injustes ! hurla-t-il, ou presque. Mais où étiez-vous donc ? »

Elle haussa les épaules. « Je ne veux pas vivre de cette façon », dit-elle. Elle semblait gagner en sang-froid à mesure qu'il s'énervait. Mais la passion n'en était pas moins intense en elle, pareille à l'éclat d'un diamant bleu.

« Vous avez épousé la cause de ce pays, c'est bien ça ? Oui, mais pas au point d'épouser la cause de la révolution ! »

Elle se mit à rire de nouveau et, cette fois, ce fut elle qui se montra pleine de mépris. « Et pourquoi donc ? Qui a dit ça, Jack Weil ? » Elle émit une sorte de chuintement et fit un geste, comme pour enlever de la poussière. « Tout ça n'a plus rien à voir avec Arturo !

— En êtes-vous sûre ? » Son regard étincelait, même

---

* En français dans le texte *(NdT)*.

dans la mauvaise lumière diffusée par la lampe. « Mais enfin, bon Dieu, Bobby, si vous avez besoin d'une guerre pour que les choses prennent un sens, je peux vous prédire que vous n'aurez pas une vie de tout repos ! »

Le diamant bleu s'alluma. « Ce n'est pas à vous de me dire comment donner un sens à ma vie ! Je vous connais à peine ! »

L'acuité de son ton l'arrêta net. Il cessa d'aller et de venir et fixa la lampe vacillante. Il n'était pas venu là pour se lancer dans ce genre de discussion. Il ne réussit à dire que : « Je sais. »

Elle souffrait autant que lui. Sa voix s'adoucit : « Vous ne pouvez pas comprendre. Vous êtes un joueur de cartes.

— Ouais. Et je me sens plus honnête en jouant aux cartes qu'en essayant de faire croire que ces montagnes font partie de moi. »

Elle secoua tristement la tête, cessant de prendre les choses qu'il lui disait comme autant d'attaques contre elle. La discussion n'avait servi qu'à lui donner davantage d'assurance. « Ce n'est pas la raison pour laquelle vous jouez aux cartes », dit-elle calmement. C'était comme si elle avait attendu de lui dire cela depuis le soir où ils s'étaient rencontrés sur le bateau, cherchant à formuler sa pensée avec précision. « Vous jouez pour que pendant un moment — l'espace d'une nuit, d'une heure, d'une partie de cartes — quelque chose vous donne l'impression de compter. »

Il ne démentit pas. Et, malgré son franc-parler, elle hésita avant de poursuivre, craignant de l'offenser. Mais après tout, là non plus, elle n'avait rien à perdre. « En outre, dit-elle, ces montagnes font partie de vous. Un jour, vous vous en rendrez compte. »

Ils n'étaient pas très éloignés l'un de l'autre mais, au cours du silence qui suivit, ils se mirent à se considérer comme s'ils se trouvaient sur deux ponts différents d'un même bateau. Il se sentit stupide de n'avoir pas compris que la passion révolutionnaire dont elle était habitée était sincère. Mais ce qui le déconcerta vraiment, c'était qu'elle le comprenait mieux que lui ne la comprenait. D'être obnubilé par elle ne l'avait même pas doué de pénétration. Il eut le sentiment d'avoir joué avec la moitié d'un paquet de cartes ne comportant aucun honneur.

Ils s'adressèrent mutuellement un sourire à la clarté de la lampe, établissant une trêve. Ils paraissaient l'un comme l'autre soulagés d'avoir dit ce qu'ils avaient sur le cœur, sans se préoccuper des conséquences. Et lui se sentit prêt à présent à la toucher, même de façon oblique, plus comme un ami ambigu que comme un quelconque amant. Il avança une main et lui effleura le bras. Elle ne recula pas. Étaient-ils devenus copains ? Quelque chose de plus fort les liait-il ? Il fallait que leur sourire se prolonge un peu pour qu'ils sachent ce qu'il en était au juste. Il fallait ce silence velouté, tandis que la nuit tropicale bleu outremer tombait par vagues.

Puis la porte fut ébranlée avec fracas, comme sous les coups d'un bélier. Ils se retournèrent, et la porte fut enfoncée. Des soldats se précipitèrent dans la pièce, pistolet au poing. Instinctivement, Jack agrippa Bobby et se mit devant elle, formant bouclier et la laissant dos à la cheminée. L'équipement militaire des intrus était fait de bric et de broc, et leurs uniformes hétéroclites n'étaient guère plus reluisants. C'étaient donc des rebelles et non pas des Batistianos, mais les pistolets n'en étaient pas moins authentiques.

Le capitaine était à peine sorti de l'adolescence. Il dévisagea Jack et Bobby d'un air bourru pendant que ses hommes parcouraient la maison en tous sens. Il portait un treillis fatigué et un chapeau de cow-boy gringo enfoncé sur des cheveux qui lui arrivaient aux épaules. Quand ses soldats revinrent vers lui en secouant la tête — il n'y avait personne d'autre dans la maison —, il s'approcha de Jack et de Bobby qu'il put enfin mieux voir à la lumière de la lampe.

Après avoir cherché sa respiration, il se mit à bégayer

comme un adolescent. « *Señora Duran… !* » Il s'inclina à moitié, attestant de la bonne éducation que lui avait donnée sa mère, et tendit la main. Bobby s'avança et serra la main du capitaine. Il se répandit alors en excuses, en espagnol : « Je suis désolé. Nous avons entendu parler anglais. Nous avons pensé…

— Il s'est passé quelque chose, dit-elle avec précipitation, allant à l'essentiel. Les hommes du SIM ont débusqué la radio. Ils l'ont trouvée avant qu'on ait pu la déplacer. »

Elle s'exprimait rapidement en espagnol, si bien que Jack ne saisit que le sens général de ses paroles. Mais quand le capitaine jeta sur lui un regard soupçonneux, il comprit ce que cela signifiait. Tous les Américains étaient présumés coupables jusqu'à preuve du contraire, les États-Unis étant le principal soutien du régime sanglant de Batista. Il entendit Bobby dire : « *Amigo* », un mot qui ramena le capitaine à de meilleurs sentiments.

« C'est un ami », lui assura-t-elle avec fermeté. Puis son débit redevint rapide : elle avait tant de choses à lui dire en si peu de temps. « Ils ont pris tout le monde… Ricardo, Tomas, Monica, Bufano. » Tandis qu'elle égrenait ces noms, Jack se rendait compte que tous étaient ceux d'amis du capitaine, car ce dernier grimaçait de douleur en entendant chacun d'eux, comme atteint par des balles tirées en rafale. « Le groupe est liquidé, précisa Bobby. Carlos… Arturo. » Le capitaine chercha des yeux son regard, mais sans rien trouver à lui dire. « Vous pouvez transmettre la nouvelle, dit-elle. Liquidé. »

A cet instant précis, un jeune rebelle pénétra dans la pièce, venant de la véranda. Il la traversa d'un pas alerte pour aller vers le capitaine, et son statut de soldat le mettait apparemment au comble du bonheur. « La radio est opérationnelle, capitaine. C'est l'heure. »

Mais le capitaine ne semblait pas écouter. Il avait toujours le regard perdu dans celui de Bobby, et il s'inclina une nouvelle fois, plus profondément, aussi cérémonieux

182

qu'un grand d'Espagne. Puis il s'appuya contre le manteau de la cheminée et, tête baissée, passa rapidement en revue la situation. Au bout de quelques instants, il se retourna à nouveau vers elle, une expression résolue dans les yeux.

« Un jour, plus tard, nous aurons peut-être le temps de nous laisser aller à notre chagrin, dit-il. Mais maintenant... Je crois que nous devons émettre coûte que coûte. » Et, voyant Bobby froncer les sourcils avec perplexité, il ajouta, à la fois ironique et amer : « Si le colonel Menocal est à l'écoute à La Havane, disons-lui quelque chose que nous voudrions lui faire croire. »

Il paraissait tout d'un coup plus âgé, son impétuosité d'adolescent occultée par sa détermination et sa perspicacité. Il tourna les talons et sortit de la maison, aussitôt suivi par ses hommes. Bobby et Jack se retrouvèrent à nouveau seuls. Le joueur avait plus ou moins suivi ce qui venait de se dire mais, bien plus que cette langue qu'il ne parlait pas, il y avait quelque chose qui le mettait hors du coup. Il hocha la tête sans mot dire, presque d'un air de s'excuser, la laissant libre de faire ce que lui dictait son devoir. Il ne voulait pas qu'elle pense qu'il avait besoin qu'on s'occupe de lui.

Elle avança une main et lui pressa le bras, réitérant le geste qu'il avait fait lui-même avant l'arrivée des guérilleros. Puis, sans rien dire, elle se retourna et sortit en hâte de la maison. Jack resta un moment auprès de la cheminée, sachant qu'il ne pouvait être mêlé à l'activité des rebelles. Il sortit son paquet de Pall Mall et s'aperçut qu'il était vide. Il avait donné à Bobby la dernière cigarette, et elle ne l'avait même pas fumée.

Il traversa nerveusement la pièce pour aller jusqu'à la fenêtre, et écarta le rideau de beau lin blanc. Dehors, la nuit était bleue, et la lune argentée de Noël s'élevait dans le ciel au-dessus des collines que recouvrait la jungle. Derrière la maison, dans le jardin envahi par la végétation, un appentis de bois et de papier goudronné faisait office

183

de cuisine extérieure. Il était flanqué d'un côté d'un four en plein air et de l'autre d'un puits. Sur le vieux plan de travail qui se trouvait dans l'appentis, les rebelles étaient en train de retirer la bâche goudronnée recouvrant un émetteur-récepteur radio. C'était un poste en tout point semblable à celui dont s'était servi le groupe d'Arturo à l'Academia Dance Hall. Les deux avaient été construits par Monica, leur camarade tombée au combat.

Ils travaillaient à la faible lumière de deux lampes tempête, mais ils étaient assez près pour que Jack pût les voir clairement. Le capitaine tenait le micro d'une main et sa montre de l'autre, chronométrant à la seconde près. Bobby était debout à côté de lui et les autres formaient un demi-cercle autour d'eux, laissant deviner leur impatience et leur appréhension. A l'heure dite, d'un ton saccadé, le capitaine lança deux ordres dans le micro.

Ils se mirent tous à regarder l'émetteur-récepteur, pétrifiés par un espoir mêlé de crainte. Même par la fenêtre, Jack sentait que tous retenaient leur souffle. Puis des parasites furent expulsés avec fracas par le poste, suivis d'un flot de paroles en espagnol, débitées sur un ton excité. Le capitaine se pencha à nouveau sur le micro et donna à toute allure une liste de noms, puis quelque chose qui ressemblait à une adresse à La Havane. Il éteignit aussitôt le poste, le réduisant au silence.

Les rebelles ne bougèrent pas pendant quelques instants, savourant leur triomphe. Puis le capitaine se retourna et serra Bobby contre lui. Son geste n'avait aucune connotation érotique, c'était la simple étreinte de deux camarades, et pourtant Jack sentit son propre corps se raidir en réaction à ce qu'il venait de voir. Les rebelles se dépêchaient de recouvrir la radio de sa bâche, manifestant leur exultation. En laissant le rideau retomber sur la fenêtre, Jack eut l'impression d'être plus solitaire qu'à l'ordinaire : exclu en quelque sorte, comme il avait eu le sentiment de l'être au cours des parties de cartes dans l'appartement de grand standing du dernier étage du Lido.

184

Il revint vers la cheminée, ayant plus que jamais envie d'une cigarette. La lampe éclairait une table proche du foyer, sur laquelle était posé un téléphone. Spontanément, il en souleva le combiné, curieux de savoir si la ligne fonctionnait toujours. Il entendit le bip aigu et rassurant de la tonalité, qui lui prouvait qu'il n'était nullement coupé du monde, même là, du côté de la face cachée de la lune. La tonalité lui parut toutefois résonner de façon railleuse, car il n'avait personne à appeler, personne n'ayant besoin de savoir sans délai où il se trouvait. Il laissa retomber le combiné sur son support.

Puis il se rendit compte — était-ce à cause de la nuance musquée de son parfum au muguet ? — qu'elle se trouvait de retour dans la pièce. Le niveau du pétrole avait tellement baissé dans la lampe que la lueur dorée de celle-ci parvenait à peine à trouer l'obscurité. Le joueur ne se retourna pas, se contentant de demander d'une voix qui était à peine plus qu'un murmure : « Alors, comment ça s'est passé ?

— Bien, je crois », répondit-elle de façon neutre. Elle n'éprouvait apparemment pas le besoin de s'étendre sur le sujet. Seule importait l'action qu'ils avaient entreprise. « Voulez-vous boire quelque chose de frais ? » proposa-t-elle à la manière d'une maîtresse de maison oisive, préoccupée seulement de faire plaisir à ses invités.

Elle traversa la pièce obscure, se dirigeant du côté des fenêtres, vers une table qui portait un plateau avec un broc de faïence et des verres de délicat cristal à cannelures : des coupes à champagne qui n'auraient pas supporté une mise à sac de la maison par les soldats loyalistes. Autant s'en servir tout de suite, semblait-elle dire. Elle remplit deux verres avec des gestes mesurés, puis se retourna et alla lui en donner un.

Il le prit de sa main, et ils se firent silencieusement *salud* avant de boire.

« Écoutez, Bobby, ne put-il s'empêcher de lui dire comme si le temps dont il disposait était en train de rétrécir, il y a un tas de choses dont j'ignore tout. Je n'ai pas fait beaucoup d'études. Les choses que je sais, je les sais d'instinct. Et je m'éloigne de celles auxquelles je ne connais rien. Enfin, la plupart du temps. »

Elle s'assit avec légèreté sur le bras du fauteuil, l'écoutant attentivement et le laissant parler à son rythme. S'exprimer lui demandait un effort, mais pas parce qu'il pensait qu'elle ne pourrait pas comprendre. Au contraire, il paraissait lui faire confiance pour le comprendre mieux que lui-même ne se comprenait. Car il était en train de dire des choses qu'il n'avait jamais dites auparavant, même pas à lui-même. En particulier à lui-même.

« Tout ça... », fit-il avec un geste vague qui montrait la maison et la scène qui venait de se dérouler dans le jardin, côté cuisine, et dont il avait été le témoin. « ... C'est comme... si vous viviez votre vie dans les journaux. Comme si vous étiez en train de *lire* ce que vous êtes censée faire. » Il émit un petit grognement, mécontent de lui-même parce qu'il avait pris un ton trop supérieur. Bobby attendait, ne se défendant pas, tout simplement parce qu'elle n'en avait pas besoin. « Je veux dire par là que les journaux montent en épingle tout et n'importe quoi. Alors que la plupart du temps il ne se passe rien. Que la vie... suit simplement son cours. »

Ils n'étaient pas loin l'un de l'autre, elle sur le canapé, lui près de la cheminée, mais la lumière avait tellement faibli qu'ils ne se voyaient plus que comme des silhouettes. Il semblait trouver plus facile de parler dans l'obscurité de quelque chose d'aussi lisse que sa vie. Pour un homme dont l'existence entière était rivée à un univers des plus prosaïques — paquets de cartes, piles de jetons —, les mots qu'il employait à présent portaient en eux de singulières ouvertures. Ils étaient comme un chemin conduisant hors d'une forêt sombre.

« Un homme sort se promener, dit le joueur, et peut-être verra-t-il l'ombre d'un nuage se profiler sur une colline. Ou peut-être encore verra-t-il des moutons, s'il se trouve dans un pays à moutons. Et c'est tout. On ne peut pas... vivre les idées. » Il peina à nouveau, cherchant à donner à sa pensée une forme qu'elle pourrait distinguer dans l'obscurité. « La plupart des choses qui sont vivantes n'ont même pas d'idées. Ce qui se passe vraiment précède les idées. Précède les paroles. Précède ce que pourrait dire n'importe qui. » Il semblait maintenant avoir presque peur d'aller plus loin, comme s'il avait outrepassé les limites qu'il s'était fixées. « Avant... et peut-être après, ajouta-t-il timidement. Dans le calme. »

Elle ne répondit pas tout de suite, laissant le silence s'installer pendant un moment, comme pour lui accorder ce répit qu'il appelait « le calme ». Quand enfin elle parla, ce ne fut pas pour le contredire. Elle donna plutôt l'impression d'apporter sa pierre à sa philosophie mal assurée, comme si elle avait depuis toujours projeté de construire sur ce terrain.

« Il ne s'agit pas d'une idée, en fait, répondit-elle avec douceur. Cela se rapprocherait davantage d'un sentiment. Qui consisterait par exemple à éprouver que nous faisons partie de quelque chose qui s'étend autour du monde, depuis le passé jusqu'au futur. Quelque chose qui dépasse notre propre personne. » Elle s'exprimait de façon chaleureuse et sincère, prenant plaisir à manier les mots. Peut-être ces mots étaient-ils une réminiscence de ce qu'avait coutume de dire son mari. Toujours est-il qu'elle ne donnait pas l'impression de poser. « Comme une chanson, ajouta-t-elle avec tendresse. Une chanson que les gens chanteraient ensemble, les vivants et les morts. »

Il se pencha en avant, buvant ses paroles. « J'imagine que je ne suis pas parmi ceux qui la chantent, n'est-ce pas ? »

Pas de réponse. C'était maintenant à son tour de découvrir les choses, et non plus à elle d'essayer de leur donner forme. Elle paraissait se rendre compte que cet échange revenait pour lui à une mise à nu, et qu'il n'avait peut-être pas souhaité aller aussi loin. Elle le sentait tenté d'en rester là, mais sans y parvenir.

« Quelque chose est en train de se passer », dit Jack de façon hésitante, comme si quelqu'un venait de modifier les règles du poker au beau milieu d'une partie. « Je vous ai tirée d'affaire, quand cela ? Il y a quarante-huit heures ? Soixante-douze heures ? » Il secoua la tête, ayant peine à y croire. Cela faisait un moment qu'il n'arrivait plus à apprécier les événements. « Je vous ai fait un sandwich », poursuivit-il, sauvant ce détail de la tornade, le tournant et le retournant, comme une pierre dans sa main. « Puis j'ai conduit... Je ne sais même pas où se trouve cette maison... »

Tandis que sa voix s'estompait, il s'éloigna de la cheminée, en quête de quelque chose de plus consistant que des mots. Il s'approcha du canapé sur le bras duquel elle était assise. Même d'aussi près, il ne distinguait rien d'autre dans la lumière vacillante de la lampe à pétrole que la lueur qui tremblotait dans ses yeux. « Vous voulez changer le monde ? » demanda-t-il, d'une voix devenue rauque tout d'un coup, alors même qu'elle lui lançait un défi. « Changez le mien. »

Silence absolu pendant quelques instants, au bout desquels il prit le verre de sa main et le posa sur la table, à côté du téléphone. Elle secoua sa chevelure dans ce qui restait de lumière pendant qu'il s'approchait pour la prendre par les épaules. Il la souleva du canapé et l'enlaça, enfouissant sa bouche dans son cou, s'imprégnant de tout son être en la humant doucement. Puis collant ses lèvres contre les siennes pour se laisser incendier pour de bon.

Le temps ne comptait plus face à l'embrasement, à la douloureuse tension de leurs bouches avides qui s'étaient trop longtemps contentées de mots. Ils geignaient et gémissaient dans le feu de la passion, tout à ce baiser, comme s'ils mesuraient que tout pouvait leur être enlevé d'une seconde à l'autre, avant même qu'ils se dévêtent. Quand elle finit par détacher sa bouche de la sienne, ce fut avec un petit cri qui exprimait son déchirement. Ils cherchèrent tous deux leur respiration et elle fut seule à dire dans un souffle son appréhension, cherchant une prise solide avant de se laisser à nouveau submerger : « Qu'adviendra-t-il du mien ? »

Il lui répondit par un autre baiser, moins insistant et moins éperdu que le précédent, mais plus abouti parce qu'il prenait appui sur lui. Pour la première fois, ils ressemblaient vraiment à ce qu'ils étaient depuis le tout début : deux étrangers qui s'étaient rencontrés sur un bateau et qui avaient oublié leur destination. Il sentait les larmes sur ses joues, il en savait le goût. L'envie qu'il éprouvait de la protéger était inséparable de l'intensité de son désir, fleuve et océan qui se retrouvaient dans un lieu paisible, semblable à un plan d'eau laissé par la marée.

« Si je vous suis, dit-elle, au bord des sanglots, s'accrochant à lui pour ne pas se noyer, qu'adviendra-t-il du mien ? »

La question resta suspendue dans l'air. D'ailleurs, même s'il avait eu une réponse prête, Jack n'aurait pas été en mesure de la lui donner, car c'était elle à présent qui le noyait sous ses baisers. Ils étaient devenus l'un pour l'autre comme une sorte d'oxygène, qui leur permettait de se raccrocher à la vie. Il leur fallait faire cette chose une fois pour toutes, et voir ensuite ce qui survivrait à l'embrasement et aux débordements, dans le monde bouleversé qui les attendait au débouché de la nuit.

10

La maison à charpente de bois peint en blanc avait une allure fantomatique dans la lumière de l'aube, donnant l'impression de planer sur la brume qui recouvrait la prairie endormie. A l'horizon, un grondement semblable à un coup de tonnerre résonna dans les montagnes, mais le ciel était limpide, portant la promesse d'une matinée dorée. Vénus luisait encore faiblement à l'occident tandis que le jeune garçon remontait à toutes jambes l'allée et passait à côté de la Cadillac, agile et silencieux comme un chevreuil.

C'était le garçon qui avait conduit le joueur jusque-là, et qui avait chevauché le capot de la voiture comme il aurait monté un étalon. Arrivé à la véranda, il ne monta pas les marches, mais contourna la maison jusqu'au jardin attenant à la cuisine. C'était peut-être le rebelle le plus jeune de Santa Clara, mais il ne s'approcha pas de l'émetteur-récepteur recouvert de sa bâche. Il se dirigea vers l'endroit où les portes-fenêtres garnies de rideaux de mousseline ouvraient sur la chambre à coucher.

L'une d'elles était largement entrebâillée. Le jeune garçon se mit à la hauteur de l'ouverture, mais sans y passer la tête. « Psst ! fit-il à mi-voix. *Señora Duran !* »

A l'intérieur, on remua et il y eut des chuchotements. Le garçon attendit avec discrétion et, quelques instants plus tard, Bobby se montra dans l'entrebâillement de la porte, retenant les pans d'un peignoir. Elle regarda l'enfant d'un air interrogateur. Celui-ci se répandit aussitôt en un flot de paroles, sa voix excitée grimpant dans l'aigu. « *Señora*, ils arrivent... Les Batistianos ! Ils ont commencé à contre-attaquer ! Vous devez vous en aller d'ici immédiatement ! »

Tout impatient et hors d'haleine qu'il était, l'enfant faisait preuve de gravité et de détermination. Il était prêt à s'armer lui aussi d'un pistolet, et tout se passait comme si la révolution allait finalement l'autoriser à le faire. Il n'avait sûrement pas plus de dix ans. « Maintenant ! » dit-il d'un ton impérieux à la maîtresse de maison. « La route qui conduit à Santo Domingo est ouverte ! Dans une heure, les Batistianos vont la barrer ! »

Sans lui donner le temps de répondre, il tourna les talons et décampa dans la brume du matin, se dépêchant d'aller devenir un rebelle à part entière.

Bobby referma la porte-fenêtre et alla vers Jack pour lui traduire le message, mais il avait déjà sauté hors du lit et s'était à moitié habillé. Il n'avait nul besoin d'explications : l'appel à l'évacuation transcendait le langage. D'un mouvement d'épaules, Bobby se débarrassa du peignoir, se retrouvant nue. Elle courut prendre des vêtements, et Jack arrêta de boutonner sa chemise et s'autorisa, un bref moment, à contempler son corps à la peau laiteuse et satinée. Le souvenir de la nuit portait déjà en lui le désir lancinant d'une autre nuit, suivie d'une autre encore.

Pendant qu'elle enfilait sa robe violette sans manches, ils entendirent les tirs qui se rapprochaient à travers les collines et qui n'évoquaient plus de simples coups de tonnerre mais véritablement, cette fois, le bruit et la fureur de la guerre. Ils se précipitèrent hors de la chambre à coucher, laissant les draps entortillés, encore brûlants du feu de leur passion. Jack précéda Bobby en courant pour mettre le moteur en marche, pendant qu'elle fourrait à la hâte dans un sac à main quelques objets ainsi que des souvenirs qui n'avaient de signification que pour elle. Elle sortit ensuite la tête haute, sans se retourner, et dévala en hâte l'allée pour le rejoindre.

Ils roulèrent en silence le long du chemin plein d'ornières et bordé d'arbres, puis bifurquèrent pour emprunter la route principale. Elle était déserte à en donner le frisson, et ils prirent de la vitesse au milieu du grondement des mortiers qui se faisait entendre sur la droite. Bobby regardait droit devant elle, même quand il la surveillait du coin de l'œil, cherchant à deviner ses sentiments. Ce n'était pas la seule soudaineté de leur fuite qui était responsable de ce silence si profond. Ce n'était pas non plus la menace des soldats loyalistes à chaque tournant de la route. Non, c'était autre chose, qui n'était en rapport qu'avec eux.

« Tout se passera bien, Bobby », finit-il par dire, avançant une main pour lui caresser le genou.

Elle posa sur lui un regard morne dans cette lumière du matin, puis détourna les yeux. «Oui », se contenta-t-elle de répondre, mais il était clair qu'elle ne souhaitait pas entendre d'autres paroles apaisantes de ce genre. Rien n'était sûr, et ils le savaient. Il leur faudrait traverser un champ de mines avant d'aborder la liberté. Et elle n'était pas du genre à jouer la comédie, même par amour, pas après ce qu'elle avait enduré.

Au bout d'un moment, ils commencèrent à dépasser des charrettes tirées par des ânes que pressaient des paysans affolés, en fuite. Puis des familles entières, épuisées, qui allaient à pied, en ordre dispersé, sans but précis. Au sommet d'une colline, ils durent contourner au pas la carcasse fumante d'un camion de l'armée. Quand ils s'en furent éloignés, Bobby donna l'impression de s'être laissé envahir par des souvenirs obsédants. « Avez-vous fait la guerre ? » lui demanda-t-elle d'un ton calme.

Il répondit par un rire inattendu. « Ouais, je me suis occupé d'organiser les plus grosses parties de cartes du Pacifique Sud. A la demande populaire. Je n'ai jamais été aussi heureux. »

Elle sourit, admirative devant le ressort dont il faisait preuve. « Je parie que vous étiez un bon soldat. »

Sa lèvre se retroussa avec une expression sardonique. « Tous les bons soldats sont morts », répondit-il.

Elle détourna à nouveau les yeux, fixant tristement la mer de verdure, se pénétrant de ce spectacle pour la dernière fois. Elle semblait vouloir en faire provision dans un cœur qui avait déjà dû renoncer à plus d'un pays. Elle sentit sa main serrer la sienne. Elle regarda les deux mains entrelacées, cherchant en quelque sorte à les mettre en balance avec les souvenirs qui lui pesaient tant.

Et tout d'un coup, au-desssus de la crête qui se trouvait en face d'eux, un B-26 fonça dans leur direction à la façon d'un oiseau de proie. La route poussiéreuse fut mitraillée, la pluie de balles allant dans tous les sens. Jack donna un coup de volant qui envoya la Cad sur le bas-côté, et elle poursuivit sa course en dérapant dans le taillis de canne à sucre tandis que l'avion montait en chandelle.

La voiture fit une embardée avant de s'immobiliser, et il en sortit tant bien que mal, traînant Bobby après lui. Ils trébuchaient sans cesse, et manquèrent à plusieurs reprises de dévaler la pente d'un ravin. L'avion était pratiquement hors de vue : il n'avait pas pris la peine de faire demi-tour. Mais pendant que Jack s'occupait de mettre Bobby à l'abri d'un arbre abattu, deux autres B-26 apparurent soudain au-dessus de la crête, mitraillant la route au hasard. La terre fut secouée lorsque l'un d'eux lâcha une bombe au napalm.

« Ce n'est pas moi qui fais tout ça, c'est quelqu'un

d'autre ! » cria Jack sur un ton de défi, la tenant serrée contre lui. « Je suis au bord de la piscine, en train de boire du Coca-Cola, de me bronzer et de lire *True Magazine* ! » Comme le mitraillage se poursuivait, creusant des cratères tout autour d'eux, il leva le poing vers le ciel. « Je suis en train de *lire* l'histoire d'un pauvre type qui fait traverser une guerre à une nana !

— Mais qu'est-ce qu'ils cherchent à mitrailler ? demanda Bobby, abasourdie et incrédule. Il n'y a rien à mitrailler ! »

Ce mitraillage qui ne visait rien dura encore une minute, puis il prit fin aussi soudainement qu'il avait commencé. Dans le silence qui suivit — aucun chant d'oiseau, pas même le bourdonnement d'un insecte —, Jack continua de tenir Bobby enlacée. C'était la première fois qu'ils étaient aussi proches depuis qu'on les avait tirés du lit.

« Tu n'aurais pas une cigarette ? » demanda-t-il doucement. Elle secoua la tête, souriant d'un air désolé. « Souviens-toi un peu des choses comme elles se sont passées, dit-il en riant. J'ai fait trois cents kilomètres pour te retrouver avec une seule cigarette, et je te l'ai donnée. Tu n'appelles pas ça de l'amour, toi ? »

Couverts de sueur et de poussière, ils se mirent à rire, leur tension retombée. Puis ils entreprirent de sortir du ravin, stimulés par l'effort physique que cela demandait. Quand ils furent réinstallés dans la voiture et qu'ils eurent repris la route, ils avaient plutôt l'air eux-mêmes de guérilleros endurcis par la vie en plein air. Ils se tenaient la main, ayant trouvé le juste degré de pression, en équilibre sur le fil du rasoir de leur intimité.

Ils n'essuyèrent plus d'attaques. Les réfugiés continuaient de se succéder en nombre croissant le long de la route, mais celle-ci ne fut à aucun moment obstruée, et ils roulèrent à bonne vitesse parce qu'il n'y avait pas d'autres voitures. Ils ne s'arrêtèrent qu'une seule fois, dans un gros village déserté où une cabine téléphonique rouillée jouxtait la pharmacie. Jack sortit donner un rapide coup de fil, lançant d'un ton sec deux ou trois ordres dans le combiné. Bobby trouva qu'il ressemblait au jeune capitaine penché au-dessus de l'émetteur-récepteur.

Ils atteignirent les faubourgs de La Havane au milieu de l'après-midi. Jack quitta la route principale et traversa un bidonville, se dirigeant vers le bord de mer. Quand il fut parvenu au boulevard délabré qui longeait la digue, il s'arrêta derrière un break Chevrolet garé en bordure du trottoir. La Chevrolet était rafistolée à l'aide de câbles et de ruban adhésif, et donnait l'impression d'avoir été elle-même victime d'un copieux bombardement.

Sans un mot, Jack et Bobby sortirent de la Cad et prirent place dans la Chevrolet. Au volant se trouvait la Polaca qui toussait, respirait dans un bruit de soufflerie et fumait tout à la fois. Bobby s'assit sur le siège avant et prit de bonne grâce le châle à fines mailles que lui tendait la logeuse. Tandis qu'elle en couvrait sa chevelure cuivrée, la Polaca se tourna vers le joueur, attendant ses instructions. La vieille femme avait le dur regard d'une buse : habituée à surmonter les difficultés, elle était de ceux qui n'attendent pas de la vie une réponse négative.

« Faites-la entrer par la porte de service, dit le joueur. Gardez-la chez vous jusqu'à ce que je sois monté. Je cognerai sur les tuyaux si tout va bien. »

La logeuse opina de la tête et mit en marche la voiture dont le pot d'échappement rugit. Quand Jack se fut éloigné, Bobby dit quelque chose à voix basse à la Polaca. La vieille éclata de rire et, fouillant dans son filet à provisions, en sortit un paquet de cigarettes qu'elle tendit à Jack par la fenêtre. Il le saisit avec un petit sourire, et la Chevrolet démarra au milieu du nuage noir qui s'exhalait d'elle avec, à son bord, deux paysannes vaquant à leurs propres affaires.

Une heure plus tard, le quartier colonial cuisait sous

195

l'imparable soleil de l'après-midi, et l'étrange calme qui y régnait lui donnait une allure fantomatique. Pas de gamins dans les rues, pas de marchands des quatre-saisons, pas de radios aux décibels cacophoniques. Ce qui restait des décorations de Noël dans les vitrines faisait penser aux reliques d'un autre monde, disparu comme Pompéi. La Cadillac était garée à sa place habituelle, devant l'immeuble de style baroque, mais aussi bien la voiture que l'immeuble semblaient abandonnés, comme si les clés de toutes les portes avaient été confisquées.

Jack Weil était à sa fenêtre, tenant les volets clos. La porte de l'appartement s'ouvrit derrière lui par la grâce de la logeuse, car Dieu lui-même n'aurait pu confisquer le trousseau de clés de la Polaca. Elle poussa Bobby à l'intérieur et se dépêcha de refermer la porte d'un coup sec.

Il se détourna de la fenêtre. « C'est dimanche, et je ne pourrai pas joindre Willy avant demain. L'homme au bateau. » Il semblait cafardeux et préoccupé. « Nous ne pouvons pas nous en aller d'ici avant demain matin. »

Elle hocha la tête avec indifférence, comme si plus rien ne pouvait la surprendre. « Ça n'a jamais été aussi calme », dit-elle presque en chuchotant. Peut-être avait-elle le sentiment que le moindre son portait, dans le silence lunaire où baignait la ville.

« Les gens ne savent pas ce qui se passe dans les montagnes. Tout le monde attend. »

Le téléphone se mit à sonner, sur la table centrale. Ils ne bougèrent ni l'un ni l'autre, le fixant du regard tandis qu'il sonnait pour la deuxième fois. « Tu ne vas pas répondre ? » demanda-t-elle, regardant autour d'elle d'un air gêné, comme si sa présence était indiscrète.

Au lieu de répondre, il fit le tour de la table et la prit entre ses bras, enfouissant son visage dans sa chevelure parfumée. Il y eut une troisième sonnerie, puis ce fut le silence. Tenant délicatement la tête de Jack entre ses mains tandis qu'il lui embrassait le cou, elle lui dit en riant :

« C'est quelqu'un qui doit connaître les dimensions de l'appartement ! »

Il eut un murmure de protestation, comme pour assurer que ce n'était pas une fille qui venait d'appeler. Puis il la souleva, pour l'emporter dans la chambre à coucher.

Depuis le matin, depuis leur réveil en sursaut immédiatement suivi de leur fuite, ils avaient compris au plus profond de leur être que l'occasion de se retrouver dans un lit pouvait ne jamais se représenter, si bien qu'ils avaient à présent l'impression de recevoir un cadeau inespéré. Il la jeta sur le lit et ils se défirent de leurs vêtements sans interrompre le baiser gourmand qui faisait d'eux un seul et même être.

Quelle heure pouvait-il bien être ? Face à face dans leur nudité — se caressant partout —, ou bien le temps les pressait, ou bien ils avaient l'éternité devant eux. Il la pénétra presque immédiatement, et pourtant il n'y avait pas urgence, maintenant que le lien était scellé entre eux. Ils auraient pu continuer ainsi à jamais, infléchis l'un vers l'autre comme les flancs d'un navire n'en finissant pas de fendre la houle.

L'après-midi laissa place au crépuscule : plus de mots, et finalement plus de sons. La grotte silencieuse de leur amour était plus profonde que le silence de la ville. Quand la lumière se fut évanouie, ils se regardèrent au fond des yeux, avec une expression effarouchée pareille à celle des biches. Instant purement surréaliste, où ils semblaient ne plus savoir qui était qui. Il passa les doigts sur ses lèvres, comme pour lire le message en braille de sa bouche et dit avec une sorte d'effroi mêlé d'admiration : « Toi. »

Quand ils reprirent leurs esprits, renouant lentement avec la réalité extérieure, la nuit était tombée. Elle se leva, alla dans la salle de bain et fit couler l'eau chaude dans la baignoire. Quand il entra, ce fut pour la trouver agenouillée dans l'eau, enveloppée de vapeur, aussi diaphane qu'une nymphe, tenant presque du mirage. Il s'agenouilla à côté de la baignoire et se mit à lui savonner le dos, répandant en cadence la mousse sur la blancheur d'albâtre de sa peau. Puis il prit successivement dans ses mains en coupe chacun de ses seins, tendres et opulents, et il passa dessus du savon, une manière de l'oindre à la façon d'une déesse.

Elle fit remonter sa main le long des veines et des muscles de son bras, effleurant des doigts la protubérance dure qui se trouvait sur la face interne de son avant-bras. « Qu'est-ce que c'est ? demanda-t-elle avec une curiosité pleine d'indolence.

— Je ne sais pas. Rien. » Il haussa les épaules. « Une cicatrice. »

Elle le regarda, piquée au vif par son ton évasif. « Non, ce n'est pas une cicatrice. Dis-moi ce que c'est.

— Pourquoi ? »

Elle sourit. « Parce que tu ne veux pas me le dire. »

Sa bouche s'épanouit en un large sourire. Il se pencha en avant et déposa un baiser léger sur ses lèvres, puis il s'approcha pour lui chuchoter à l'oreille : « C'est un diamant. »

Il prit une boîte vide sur le bord de la baignoire et la plongea dans l'eau pour lui rincer le dos. Il fit comme s'il n'avait pas remarqué son expression sidérée. La désarçonner n'était pas chose facile, et il était loin d'être mécontent de l'effet produit par sa réponse. « Un *quoi* ? demanda-t-elle, à présent incrédule.

— Ouais... Je l'ai avalé. »

Elle lui saisit le poignet pour l'empêcher de continuer à jeter de l'eau. « S'il te plaît, dis-le-moi », fit-elle, à la fois enjôleuse et au bord de la mauvaise humeur.

Il fit un effort pour trouver les mots. Cela se passait il y a si longtemps, c'était le coup de tête d'un gosse ! « Jeune, je connaissais ce vieil arnaqueur, finit-il par raconter. Ce qu'on appelait un ''mécanicien'', c'est-à-dire un joueur malhonnête. Il m'avait montré un diamant cousu dans son bras par un médecin. » Pendant qu'il parlait, elle caressait l'endroit de ses doigts, un peu comme s'il avait une vertu érotique. Il soupira. « Alors, quand j'étais à Yokohama, j'ai acheté ce diamant et un médecin japonais a fait le travail. L'idée derrière tout ça, c'était que... peu importait s'ils t'en faisaient baver et si les choses tournaient mal, peu importait ce qui... tu gardais cette dernière chance. Tu avais toujours le diamant. »

Il se tut, troublé par trop de souvenirs, peut-être légèrement embarrassé. Elle pencha la tête et effleura ses lèvres. « Tu continues à penser ça ? lui demanda-t-elle avec douceur.

— Hé, j'avais une vingtaine d'années », répondit-il, s'efforçant de secouer la pesanteur du passé. Puis il caressa la courbe exquise de son cou, qu'il sentit se raidir contre sa main, et il dit, presque malgré lui : « Ouais, je continue. »

Elle s'enfonça dans l'eau, son corps flottant dans un calme limpide, tandis que ses mots se faisaient très précis : « Parle-moi du bateau.

— De notre bateau ? » Elle hocha gentiment la tête, se balançant dans l'eau.

« Tout ce que tu as besoin de savoir à son sujet, c'est qu'il t'emmènera là où tu as envie d'aller. » Il appuya les coudes sur le bord de la baignoire, se pencha et lécha un de ses mamelons qui émergeait. Elle haleta légèrement. « Où as-tu envie d'aller ? As-tu envie d'aller en Californie ? »

Elle passa lentement la main dans ses cheveux. « Viendras-tu avec moi, Jack Weil ?

— Mais évidemment, ça fait bien longtemps que je n'y suis retourné. » Il lui sourit, tout d'un coup stimulé par de multiples possibilités. « Et où encore ? »

Elle avait le visage paisible d'une personne endormie et donnait l'impression de parler dans un rêve : « N'importe où ? »

Il hocha énergiquement la tête : « N'importe où dans le monde, Bobby », dit-il. Elle sortit les bras de l'eau, sirène à l'attitude engageante. Il se laissa aller à sa généreuse étreinte, s'égarant dans les brumes de la déesse de la mer. Il chercha sa bouche et ils s'abîmèrent à nouveau l'un dans l'autre, attirés, tels deux infatigables marins, par les confins de l'univers.

Ils étaient eux-mêmes l'île déserte.

C'était le matin, et il était occupé à se raser, se souriant à lui-même dans la glace, stupéfié par le spectacle de son propre bonheur. Il aspergea d'eau chaude son visage, puis chercha à tâtons la serviette, respirant son odeur tandis qu'il se séchait à petits coups. Il saisit une chemise blanche pendue à la poignée de la porte et l'enfila. En sortant, il adressa un clin d'œil au type qu'on voyait dans la glace.

Il pensait la trouver encore au lit dans la chambre à coucher, endormie comme il l'avait laissée, sa chevelure dorée déployée sur l'oreiller. Mais elle était debout à la fenêtre, enveloppée dans son peignoir et lui tournant le dos. « Salut ! » lança-t-il, plein d'entrain.

Elle ne se retourna pas. Il remarqua que ses épaules étaient affaissées sous le peignoir. Manifestement, quelque chose n'allait pas ; il s'efforça de ne pas dramatiser, ne voulant pas voir la situation se modifier. « Il est près de midi, fit-il avec une désinvolture préméditée. Il faut que j'y aille. Ne réponds pas au téléphone. Si j'appelle, je laisserai sonner une fois, je raccrocherai, et je referai le numéro. »

Il s'apprêta à sortir sans la toucher, craignant qu'elle ne bondisse comme un chat. Il avait déjà franchi le seuil de la porte quand elle se retourna. « Je ne peux pas... je ne peux pas faire ça », dit-elle d'un ton désespéré.

Il s'arrêta. Il attendit. Il n'osait pas la regarder dans les yeux. Elle appuya sa main contre son front et expliqua, en trébuchant sur les mots : « J'ai l'impression... je ne sais pas, j'ai l'impression d'avoir été droguée, ou endormie. » Elle se mit à rire, mais d'un rire sombre : le cœur n'y était pas. « En fait, pas du tout. Je suis restée couchée des heures, à fixer le plafond, les yeux grands ouverts. Alors je n'ai peut-être fait que rêver. On n'a pas besoin d'être endormi pour rêver, n'est-ce pas ?

— Tu es réveillée maintenant », répondit-il avec circonspection. On n'aurait deviné sa tension qu'à la crispation de ses mains.

Elle se laissa tomber lourdement sur le lit. « Je fais partie des partisans, dit-elle, avec une pointe de défi dans la voix. Je n'ai jamais été neutre, même quand mon pays l'était. Je ne voyais que les nazis à Stockholm, dans leur uniforme, quand mes amies allaient à des soirées dansantes au Summergarden. Nous les traitions comme des touristes. » Elle eut tout à coup une inflexion de mépris. « Et pourquoi ? Pour qu'ils n'agissent pas avec nous comme ils agissaient avec les habitants des autres pays d'Europe. C'était une sorte d'accord tacite entre gens bien élevés. Ce qui était bon pour nous était bon pour les nazis. Mais mauvais pour notre âme. » Elle avait les lèvres serrées, à la fois railleuse et dégoûtée.

« Que veux-tu faire, Bobby ? » Il n'y avait pas l'ombre d'une menace dans son intonation, et l'on n'y devinait pas non plus qu'il était blessé.

« Deux choses à la fois », répondit-elle, piteuse et ironique tout ensemble. Elle respira à fond. « Tu as dit que la plupart du temps, il ne se passait rien. Les jours se contentent de se succéder, et les gens de vivre à la petite semaine. Eh bien, dans ce cas, je crois que je vis pour les autres périodes. Quand les choses ont de l'importance. Quand elles sont difficiles. » Elle se leva à nouveau, plus forte à présent. Elle secoua sa chevelure. « Être neutre, ce n'est qu'une excuse pour ne rien faire. Ou pour ne rien éprouver.

— Mais alors, ce qui s'est passé à Santa Clara, Bobby ? » Toujours cette objectivité à donner froid dans le dos, comme s'il ne se trouvait là que pour consigner des faits. Mais ses mains étaient toujours crispées sur ses hanches.

Elle s'avança vers l'encadrement de la porte et prit ses mains dans les siennes. Elle les serra fort, tout en le regardant bien en face. « Tu m'avais émue, dit-elle avec chaleur. Tu avais fait tout ce chemin... au milieu des combats. Tu ne t'étais pas préoccupé de savoir si ça pouvait être vraiment dangereux. J'ai été très émue par ça. Tu ne sauras jamais à quel point. » Elle détourna ses yeux embués de larmes. Elle avala sa salive avec difficulté, puis le regarda à nouveau, prenant une voix d'une insupportable douceur. « Mais... qui es-tu, Jack Weil ? Tu es un type que j'ai rencontré sur un bateau. Tu t'es occupé de moi quand je me suis sentie à deux doigts de mourir, mais que ferions-nous ensemble ? Que *pourrions-nous* faire ensemble ? Que pouvons-nous espérer de mieux ? »

Il eut un pâle sourire teinté de mélancolie. « Et pourquoi pas du bon temps ? » demanda-t-il avec flegme. Puis il haussa les épaules et fit un clin d'œil, comme celui qu'il avait adressé à son reflet dans la glace. « Tu sais qu'on peut prendre du bon temps, n'est-ce pas ? » Il avait dit cela sur un ton à la fois tendre et moqueur, mais il devint plus sérieux en lui pressant les mains en retour. « Écoute, je ne suis pas du genre à laisser tomber qui que ce soit. Il m'arrive parfois de bluffer, mais je ne triche pas. » Il paraissait prêt à livrer tous ses secrets afin de la convaincre.

Il se retourna et la conduisit dans le séjour, jetant tout d'un coup un regard critique sur ce meublé minable. « Nous pourrions vivre sur un grand pied quand je serais en veine, et pas si mal que ça le reste du temps. Ce serait un bon changement pour toi, Bobby. Foin du sérieux pour une fois ! Tu as dit un jour que la politique, c'est une sorte d'espoir... »

Elle l'interrompit sans brusquerie : « C'est Arturo qui disait ça. »

Il blêmit de confusion. « Ouais, répondit-il gauchement. Eh bien, je n'ai jamais rencontré un joueur de cartes qui n'était pas plein d'espoir. Il le faut, vois-tu, parce qu'il est toujours à attendre que les cartes lui soient favorables.

Et puis, pour relancer... hé, il faut vraiment avoir de l'espoir, ou je ne m'y connais pas ! » En lui souriant maintenant, il avait quelque chose d'enfantin, une sorte d'innocence qu'elle ne lui avait jamais vue auparavant. « C'est ce que je suis en train de faire maintenant, dit-il. Je suis en train de relancer. »

Il détourna le regard car il s'était une fois de plus trop livré, mais il souhaitait conserver le même ton. Il poursuivit lentement, cherchant des points d'appui. « Peut-être que je pourrais apprendre à penser... comme tu penses. En tout cas, j'essaierai. » Il serrait sa main si fort à présent que cela devait lui faire mal, mais elle ne protesta pas. « Vivons au jour le jour, Bobby, dit-il, ne craignant plus de prendre un ton implorant. Nous pouvons tenter de vivre au jour le jour. Tu n'es pas obligée de dire oui. Ne dis pas non, tout simplement. »

Il scrutait son visage. Il effleura à nouveau ses lèvres de ses doigts, comme il l'avait fait au paroxysme de leur passion, mais bien plus timidement cette fois. Il n'osa pas l'embrasser, comme pour éviter de lui arracher une réponse qu'elle n'était pas prête à donner. Il lâcha sa main, se dirigea d'un pas lourd vers la porte, puis se retourna, la main sur la poignée, n'ayant pas le courage de s'en aller sans lui adresser un signe.

Elle croisa les bras et pencha la tête de côté. « N'importe où dans le monde ? » demanda-t-elle, répétant en écho les paroles du rêve.

Il sembla prêt à pleurer de joie. Les mots lui vinrent difficilement, il cherchait à dire les choses sans apprêt : « Tu es... je ne sais pas, quelque chose comme mon foutu bras droit ! Comment j'ai pu en arriver là ? » L'étonnement faisait briller ses yeux. Les mots qu'il prononça ensuite sonnèrent comme ceux d'un pacte écrit avec du sang. « N'importe où dans le monde, répéta-t-il. Le billet de voyage, c'est nous. Tu n'as qu'à fixer ton choix. »

Puis il sortit en hâte, refermant vite la porte derrière lui, comme si tout ce qu'il aurait pu ajouter risquait de ressembler à une exigence de sa part. Elle l'entendit descendre à grand fracas l'escalier et elle alla jusqu'à la fenêtre pour le regarder, entre deux lamelles des volets, qui montait dans la Cadillac et démarrait en trombe. Elle bâilla alors voluptueusement et s'approcha de la radio posée sur la table, à côté du canapé. Elle l'alluma d'une chiquenaude et chercha une station. La voix embrumée de Jo Stafford vint chatoyer dans la pièce : « *You belong to me.* »

« *See the pyramids along the Nile* », chantait le crooner tandis que Bobby allait prendre son sac sur la table centrale. Elle y plongea la main et en sortit une brosse à cheveux. Elle entreprit de brosser de façon rythmique sa crinière cuivrée, y passant les doigts pour démêler les mèches. « *See the market place in Old Algiers*, continuait de chanter Jo Stafford. *Send me photographs and souvenirs.* »

Elle revint vers la radio et chercha une autre station, promenant l'aiguille dans les deux sens le long du cadran jusqu'à l'arrêter en un point, guidée par une sorte d'instinct. Une émission de la Radio des Rebelles bravait les parasites : une voix débita d'une traite, et de façon agressive, une suite de revendications. Bobby revint vers la table centrale et s'assit, écoutant avec attention tout en se brossant les cheveux.

Elle remarqua alors quelque chose dans la coupe en céramique ébréchée qui se trouvait sur la table : l'ombrelle en papier rapportée du Lido. Elle la prit, l'ouvrit et la fit tournoyer entre deux doigts. Puis elle la posa devant elle et se mit à la contempler pendant qu'elle se brossait les cheveux et écoutait la voix de la révolution.

Il régnait une fébrile animation dans la marina. Tous les rafiots qui avaient été affrétés étaient bondés, et les gens faisaient la queue à l'extérieur, tout le monde cherchant à prendre la fuite. Il ne s'agissait pas encore de panique à proprement parler, mais la tension était très forte. La Cadillac verte était garée au bout du débarcadère, et des familles entières, avec enfants et bagages, se pressaient autour d'elle, version bourgeoise des candidats à l'exil après les paysans sur la route de Santa Clara.

Jack Weil sortit d'un bureau à toit de tôle ondulée qui se trouvait à mi-parcours de la jetée et serra la main de Willy dont les cheveux grisonnaient. Les deux hommes secouèrent la tête, n'en revenant pas devant le nombre de gens qui attendaient de monter à bord des bateaux de pêche et des voiliers marchands. L'exode paraissait s'intensifier d'heure en heure. Les mouettes faisaient des piqués et tournoyaient autour de la foule des partants, manifestant par des cris perçants leur déception de ne pas trouver de poissons à récupérer.

Comme Jack s'apprêtait à monter dans sa voiture, une Rolls couleur crème s'arrêta juste devant lui. Les portières arrière s'ouvrirent, laissant sortir un homme et une femme d'âge mûr, en tenue de plaisanciers. Ils foncèrent le long de la jetée pour rejoindre des gens qui s'apprêtaient à embarquer sur un bateau de plus de vingt mètres de long, suivis par leur chauffeur qui traînait une montagne de bagages Vuitton. Tandis qu'ils tentaient de se placer au premier rang de la file d'attente, une bagarre éclata : tout le monde se mit à se pousser et à se bousculer en criant aussi fort que les mouettes.

Jack fit faire demi-tour à la Cad, s'engageant dans la première rue étroite pour échapper à la mêlée de la marina. Il fit mille tours et détours entre les entrepôts qui tombaient en ruine, et déboucha sur un boulevard étrangement désert. Il mit alors le cap à l'ouest pour retourner au quartier colonial. Il n'y avait pratiquement pas d'autre voiture. Tout à coup, son regard fut accroché par l'alignement de tours abritant des casinos sur le Malecon, à quelques centaines de mètres à peine de lui. Il se surprit à tourner à gauche et à se diriger vers elles, comme s'il connaissait un raccourci secret alors qu'en fait cela l'éloignait de son but.

Il passa entre une haie de palmiers royaux et aborda

le périmètre des quartiers chic. L'âge d'or de La Havane semblait n'avoir été en rien affecté : taxis et limousines déversaient au même rythme leurs élégants passagers, toujours prêts à tenter leur chance aux tables de jeu. Allant à faible allure, Jack observait l'allure insouciante de ces gens qui ne vivaient que pour voir tourner une nouvelle fois la roulette. Il eut un sourire lugubre devant un aussi flagrant témoignage d'espoir.

Puis il prit une décision : une lueur dorée vint moucheter ses yeux tandis qu'il passait à la hauteur du Lido. D'un coup de volant, il fit pénétrer la Cad dans le portique, l'immobilisant devant le portier en livrée qui ouvrit sa portière et l'accueillit avec le large sourire qu'il lui réservait toujours. Le joueur entra d'un pas nonchalant dans le hall, mains dans les poches, regardant autour de lui avec détachement, comme s'il ne parvenait pas à croire que tout cela tenait encore debout.

Au rez-de-chaussée du casino, il régnait un calme inquiétant. Sur leur estrade, les musiciens du petit orchestre, en smoking argenté, jouaient une samba entraînante. Il n'y avait que quelques personnes aux machines à sous, leurs bagages à leurs pieds, comme si elles se trouvaient dans un terminal d'aéroport, ce qui était le cas d'une certaine façon. Comme Jack passait devant la roulette centrale, une femme élancée vêtue d'une robe de lamé enleva calmement une bague dont le cabochon avait la taille d'un œuf de merle et la posa sur le numéro 12. Jack n'attendit pas de voir si elle avait gagné.

Dans l'antichambre du bureau de Joe Volpi, des gens allaient et venaient, occupés à emballer des dossiers. Ils ne prêtèrent aucune attention au joueur quand il traversa la pièce pour pénétrer dans le saint des saints. Joe était assis à son bureau, en train de fourrer des papiers dans une serviette. Il était flanqué de chaque côté de deux corbeilles à papiers qui débordaient.

« Alors, c'est le départ ? demanda Jack d'un ton sec.

— Mais non, grogna Volpi. Depuis 1933, j'ai le projet de mettre de l'ordre.

— Tu m'a appelé hier ?

— Oui, et avant-hier aussi. » Le gérant du casino lui lança un regard noir. « Où étais-tu ?

— Hors de la ville, répondit le joueur avec un haussement d'épaules, tout en allumant une Pall Mall. Alors, c'est pour quand cette partie ? »

Volpi arrêta de ranger les papiers. Voilà qui était plus important. « Forbes et ses acolytes sont arrivés, dit-il, ce sera pour demain. »

Jack plissa les yeux en expulsant la fumée. « A quelle heure demain ? »

Volpi se mit à ricaner. « Tu as un problème d'emploi du temps, Jack ? Qu'est-ce qui te prend ? »

Le joueur partit d'un éclat de rire. « Je ne vois pas de quoi tu parles. Je suis ici, non ? »

Les yeux de Joe Volpi se rétrécirent jusqu'à n'être plus que deux fentes. « Alors, c'est une nana qui est responsable de tout ça ? demanda-t-il, glacial et soupçonneux. C'est *la* nana à laquelle je pense ? »

Le visage de Jack se ferma. « C'est d'une partie de cartes que nous parlons, Joe. » Il signifiait par là sans équivoque possible qu'il était inutile de chercher à discuter d'autre chose.

Volpi haussa les épaules et hocha la tête. « Quatorze heures trente, demain. Dans la suite de Meyer. » Puis, comme si d'avoir mentionné le roi lui-même lui avait donné un supplément de pugnacité, il ajouta, avec une précision mordante : « Ces gens-là sont toujours à l'heure, Jack. »

Le joueur opina de la tête avec brusquerie et se dirigea vers la sortie sans mot dire. Il ne paraissait pas vraiment enchanté en retraversant le casino où le jeu entrait dans sa phase finale. Il semblait même presque irrité à la perspective de cette partie qu'il attendait pourtant depuis si longtemps. Il prit sa voiture et s'éloigna vers le quartier colonial, le visage immobile comme un masque, avec seulement un tic nerveux au coin d'un de ses yeux. Un croyant y aurait vu le visage de la culpabilité : comme si le joueur venait de faire une rapide incursion en enfer.

Il se gara au coin de la rue où se trouvait son immeuble, ne faisant pas tout à fait confiance à son emplacement habituel. Mais il aurait été bien en peine de dire pourquoi. Il ferma la voiture et entreprit de parcourir le trottoir désert. Les garnements et les bruits de la rue lui manquaient. En arrivant au coin, il aperçut quelque chose qui bougeait à sa gauche. Et tout d'un coup ils furent sur lui, le plaquant contre le mur.

Coups et coups de poing en pagaille, accompagnés d'un flot de paroles venimeuses en espagnol. Ils n'étaient que deux, mais ils étaient très jeunes, en colère, et se battaient comme cinq. « Hé, minute ! » s'écria Jack en se défendant comme un beau diable. D'un coup de pied, il envoya l'un d'eux au sol mais, l'instant d'après, le second le coinça contre le mur, lui comprimant d'un bras la trachée artère. Ils respiraient l'un et l'autre bruyamment, la colère leur faisant émettre des chuintements.

« Mais qu'est-ce que c'est que tout ça ? grommela le joueur d'une voix rauque.

— Vous êtes avec sa femme ! glapit l'assaillant avec un fort accent.

— Hein ? » Jack cessa de se débattre, cherchant plutôt à comprendre. « Arturo Duran est mort ! Il est... » Il vit alors une lueur s'allumer dans les yeux du jeune homme, et leur empoignade prit aussitôt fin. Jack sentit sa gorge s'obstruer, mais cette fois, ce n'était pas en raison d'une pression extérieure. « Comment ? demanda-t-il, comme si le jeune rebelle avait parlé. Qu'est-ce que vous voulez dire par là ? »

Mais le rebelle le relâcha sans un mot et tourna les talons. Lui et son copain détalèrent, se faufilant entre des voitures garées, puis ils disparurent dans une ruelle, laissant Jack essayer de retrouver son souffle et masser son épaule endolorie. Il continuait de fixer avec une expression qui ressemblait à de l'horreur l'endroit où venaient de disparaître les deux brutes, et il avait enfin l'air d'un homme qui avait payé son tribut à la guerre.

11

Quand Jack entra dans l'appartement, Bobby somnolait sur le canapé, écoutant du jazz à la radio. Elle sursauta et se mit aussitôt sur son séant. Puis elle pâlit en voyant sa chemise déchirée et les contusions qu'il avait sur la mâchoire et la pommette. Elle bondit et se précipita vers lui, le cœur battant d'anxiété. « Que s'est-il passé ? » demanda-t-elle dans un souffle.

Il eut un petit rire caustique. « Tu n'imagines pas, ma belle, comme les gens peuvent se montrer agressifs en se disputant un petit bateau... »

Elle regardait de près les traces de coups qu'il avait au visage. Il passa un bras autour de sa taille, éprouvant le besoin de s'arrimer à elle. « Dis-moi ce qui s'est passé », demanda-t-elle à nouveau, d'une voix où perçait sa volonté de rendre les coups.

« Je t'assure, répondit le joueur d'un ton calme, cherchant à dédramatiser. Ils essaient tous de prendre le large. C'est un incroyable cirque.

— Tu as un antiseptique ?

— Du savon fera l'affaire », dit-il avec brusquerie, passant à côté d'elle pour aller à la fenêtre et regarder à travers les volets. Un silence de mort s'était emparé de la rue. Cédant à son insistance, il la suivit dans la salle de bain. Pendant qu'il faisait couler de l'eau chaude dans le lavabo, il broda encore à partir de ses premières explications : « J'ai essayé de resquiller, dit-il. Mais les gens ont vraiment les nerfs à vif. J'ai bien cru que cette dame allait me fusiller... »

Elle tamponnait son menton avec une serviette de toilette fumante, l'application lui faisant froncer les sourcils. « Tu as dû te battre pour trouver un bateau ?

— Ouais, c'est ça, un bateau de vingt mètres. Mais c'est arrangé. Nous partons avec Willy. Demain, nous verrons à quelle heure. »

Troublée, elle eut un mouvement de recul, comme si les choses allaient trop vite. « Toutes mes affaires... à la maison... »

Il la coupa sans ménagements : « Non. Tu ne peux pas y aller !

— Je sais », répondit-elle avec douceur, se remettant à lui nettoyer le visage, une occupation concrète qui la rivait au présent.

« Je dois régler Willy aujourd'hui, dit-il, s'efforçant d'agencer progressivement son histoire. J'ai un ami, Joe Volpi, qui a une somme en espèces pour moi. Au Lido. Il faut que je passe le voir. » Ses yeux cillaient nerveusement, comme s'il était en proie à un choix déchirant. « Il se peut que ça prenne du temps, ajouta-t-il d'une voix hésitante. Tu ne vois pas d'inconvénient à rester ici ?

— Évidemment pas, dit-elle avec un sourire qui se voulait rassurant, tout en finissant de tamponner les contusions. Je me sens très bien ici. »

Il se retourna et se regarda dans la glace. Il avait le visage net. « Tu as fait là de l'excellent travail », dit-il, teintant son compliment d'une ironie désabusée, tandis qu'elle s'approchait pour déboutonner la chemise déchirée.

« J'aime effacer les blessures, dit-elle de sa voix lointaine et voilée.

— Tu devrais peut-être te mettre en ménage avec un boxeur professionnel », dit-il en riant, sortant une chemise propre du tiroir de la commode. Il la laissa faire glisser l'autre de ses épaules puis, en jetant un coup d'œil dans la glace, il s'aperçut que son visage s'était rembruni, comme si elle se trouvait à nouveau enfermée dans une cellule. Il la saisit par les épaules : « Dis-moi ce qu'il y a », fit-il.

Elle hocha la tête, sentant qu'il valait mieux parler. « Un jour Arturo a ramené à la maison… » Un frisson qu'elle ne put réprimer lui parcourut le dos et elle vacilla en évoquant ce souvenir, mais elle fit malgré tout l'effort de poursuivre : « … Un jeune homme si gravement blessé… que j'ai à peine eu le courage de le regarder. Mais après, je me suis sentie tellement heureuse quand j'ai pu… »

Elle s'arrêta net au milieu de sa phrase, jeta les bras autour de son cou et appuya sa tête contre lui. Il attendit, observant son propre visage blême dans la glace. « Je me sens tellement mal, chuchota-t-elle, refoulant ses larmes, face à quelque chose d'aussi insensé ! »

Il lui prit la tête entre les mains afin de pouvoir la regarder dans les yeux. « Face à quoi ? demanda-t-il, essayant de lui arracher une réponse à force de cajoleries.

— Face à l'idée… d'être heureuse. » Elle baissa la tête, comme si elle était incapable de soutenir la tendresse de son regard. « C'est parce que… je ne serais pas ici avec toi si Arturo… »

Il posa une main sur sa bouche. « N'y pense pas, dit-il. N'y pense pas. N'y pense pas. » Il enleva sa main et la serra encore plus fort. Chacun d'eux entendait le cœur de l'autre battre, un bruit cadencé, comme celui qu'offre à l'oreille une conque. « Je t'en prie, Bobby… évite cet état d'esprit. »

212

Elle hocha la tête qu'elle avait toujours blottie contre son cou, plus sereine à présent. Puis elle recula et sourit pour montrer qu'elle avait surmonté ce moment de cafard, et parce qu'elle savait qu'il devait s'en aller. Elle l'aida à passer sa chemise et la lui boutonna. Ce fut alors à son tour de se montrer mal assuré en disant : « Je reviendrai aussitôt que possible. N'oublie pas pour le téléphone.

— Oui, patron, répondit-elle avec un simulacre de salut militaire. Une sonnerie seulement, et si ça recommence à sonner, c'est toi. »

Elle s'appuya contre lui pour poser un baiser léger sur sa bouche, s'autorisant un instant de ce bonheur qu'elle redoutait, un peu comme s'il lui fallait s'immuniser à petites doses. Alors qu'il l'étreignait une dernière fois avant de sortir, il entrevit dans le miroir son propre reflet que, fort heureusement, elle n'était pas en mesure de voir : parce qu'il paraissait traqué, hagard et perdu, et n'avait aucunement l'air d'un homme qui croyait au bonheur.

Jack parcourait d'un pas alerte le trottoir du quartier des affaires où des hommes continuaient à déambuler côte à côte en costume de ville léger, contribuant à garder au secteur son animation habituelle. Le joueur tourna à l'entrée du *Havana News*, attendant la fin d'un défilé d'employés qui sortaient de la porte à tambour chargés de caisses remplies de dossiers. Ramos sortit à leur suite, portant une machine à écrire sur laquelle était posé en équilibre instable un dictaphone.

« Hé, Ramos, s'écria le joueur, où en est ton article aujourd'hui ? »

Le journaliste le regarda d'un œil torve tout en se dirigeant vers une Volkswagen garée en bordure du trottoir. Ses collègues de bureau étaient déjà en train de ranger les caisses de dossiers sur le siège arrière, et Ramos posa la machine à écrire sur le toit de la voiture, avec un grognement laissant subodorer une douleur herniaire. Il se tourna vers Jack et essuya d'une manche son front couvert de sueur.

« Mais que se passe-t-il donc, bon Dieu ? demanda le joueur.

— Le gouvernement vient de fermer le journal, répondit Ramos d'un ton amer. Le rédacteur en chef est en prison. Il n'y a plus de presse. » Il revint vers la voiture et mit la machine à écrire ainsi que le dictaphone sur le siège avant, côté passager. Puis il se dépêcha de prendre place derrière le volant : il n'y avait pas une minute à perdre. Il semblait même oublier que Jack était là.

« Hé, vieux ! pas si vite ! braila le joueur, appuyé sur le toit de la voiture. Où vas-tu comme ça ? »

Ramos avait l'air à la fois épuisé et tendu, évoquant un drogué en cure de désintoxication. « Je pensais aller à Oriente rejoindre Fidel, dit-il. Puis j'ai entendu dire qu'on devait apporter là-bas son propre pistolet, et ce n'était pas vraiment ce à quoi je m'étais engagé. Je vais donc à Miami Beach. »

Il se glissa dans la voiture et Jack dut jouer des pieds et des mains pour l'arrêter avant qu'il ne démarre. Le joueur agrippa sa chemise en passant la main par la fenêtre. « Hé, Ramos… est-ce qu'Arturo Duran pourrait être vivant ? »

Le journaliste lui rit au nez. « *Si, amigo,* fit-il d'un ton narquois. Tout comme Hitler et Amelia Earhart sont vivants ! Mais tu n'as pas encore compris, mon ami, qu'il n'y a plus que des rumeurs en ce moment ? La réalité est morte. »

Jack lui secoua les épaules avec impatience. « Je veux que tu m'aides, dit-il dans un chuintement, les dents serrées.

— Que je t'aide à quoi ?

— A le retrouver. A savoir s'il est vivant ! » C'était plus fort que tout. C'était comme une mission sacrée. « Est-ce qu'il serait aux mains de Menocal ? Et *où* ?

« — Ma parole, mais tu es fou ! ricana le journaliste, malgré son état d'abattement. Je suis peut-être chômeur, mais pas si chômeur que ça ! »

Le visage du joueur laissa transparaître son étonnement. « Mais je croyais que tu aimais cet homme ! Je croyais que tu serais capable de n'importe quoi pour lui ! »

Ramos eut un sourire de masque mortuaire. La tension et l'épuisement n'étaient que l'affleurement de la pathétique réalité intérieure d'un homme qui, d'une certaine façon, s'était trompé de valeurs. « Ah, mon ami, répondit-il, mais tu ne comprends pas, c'est toute la tragédie de la bourgeoisie cubaine ! Nous sommes paralysés par l'intellectualisme et par le fait que nous doutons de nous-mêmes. »

Jack lui donna une petite tape sur la tête, geste qui n'était pas dépourvu d'affection. « Arrête tes conneries, Ramos, d'accord ? Donne-moi un coup de main. Je ne sais même pas où commencer mes recherches. »

Le journaliste lui lança un regard douloureux et comme très lointain, donnant l'impression de mesurer le gouffre béant de sa propre lâcheté. Il avala sa salive et prit une voix différente. « Je peux te certifier ceci, Jack, dit-il. S'il *est* vivant, il n'est sûrement pas dans une prison publique.

— Où serait-il, dans ce cas ? demanda le joueur, presque implorant. Allons, tu es censé avoir des *sources* ! »

Ramos poussa un profond soupir et mit en marche un moteur particulièrement bruyant. Il regarda la machine à écrire posée sur le siège, à côté de lui. Puis il fixa les yeux sur Jack et lui dit, en détachant nettement les syllabes : « Tu sais combien d'Edsel il y a à La Havane ? Il n'y en a qu'une seule. »

Et, sur ce, il passa la première et s'éloigna du trottoir au milieu d'un nuage de vapeur noire, mettant le cap sur une existence qui n'avait aucun sens. L'article de Ramos était bel et bien fini.

215

L'Edsel bordeaux et anthracite était garée dans une rue en pente du quartier des jardins, roues avant vers le bord du trottoir. Les élégants immeubles d'habitation avaient des façades de pierre Art déco avec ornements de cuivre et jardinières plantées de fleurs aux couleurs vives. On ne voyait pas le moindre détritus, et pas davantage la foule bigarrée des promeneurs habituels. Un silence inquiétant régnait dans le secteur, comme si les résidants huppés de la rue Frontera faisaient tous en même temps la sieste.

Marion Chigwell sortit d'un immeuble dont la façade était revêtue d'un damier noir et blanc. Le correspondant de presse américain portait sa plus belle veste en crépon de coton de chez Brooks Brothers, légèrement froissée sur les bords comme toujours, mais incontestablement dans le vent. Une serviette raffinée à la main, il descendit les marches conduisant jusqu'au trottoir où l'Edsel était garée.

Il ouvrit la portière de la voiture et y pénétra, prenant place avec un gémissement sur le cuir du siège chauffé par le soleil. Il était en train de tapoter les poches de sa veste, à la recherche de ses clés, quand Jack Weil bondit de la banquette arrière et lui enserra le cou de son bras. Le dandy gourmet eut beau se tortiller et pousser des cris rauques, le joueur le tenait d'une poigne d'acier. Chigwell découvrit avec un regard stupéfait dans le rétroviseur qui l'assaillait ainsi.

« Arrête, Jack, fit d'une voix sourde le correspondant de presse. Je peux te faire mal. Te casser la figure. » La menace n'avait pas l'air très convaincante.

Jack répondit par un gloussement. « Voyons, est-ce ainsi que s'expriment les anciens de Yale ? » dit-il sur un ton taquin. Puis il prit une voix plus grave. « Est-ce qu'Arturo Duran est vivant ?

— Qu'est-ce que ça peut te faire ? fulmina Chigwell, agitant les bras sans succès, son visage patricien devenant aussi bleu que son sang. Tu t'envoies sa femme, non ?

— Il est donc vivant », dit le joueur dans un souffle,

s'efforçant de dissimuler l'émotion qui lui nouait la gorge. Il relâcha son étreinte, afin de laisser respirer Chigwell, informateur qu'il ne s'agissait pas de tuer.

« Attends un jour, dit Chigwell, parvenant à peine à parler. Tu l'auras tout entière pour toi !

— Où est-il ?

— Comment veux-tu que je le sache ? » répondit l'Américain d'un ton traînant, sans dissimuler son mépris. Il repoussa avec colère le bras de Jack et se pencha pour arranger le nœud de sa cravate en reps dans la glace.

« Comment *tu* le saurais, Marion ? repartit sèchement le joueur. Mais parce que tu es un espion, voilà pourquoi. C'est la rumeur qui court en ville ! »

Les yeux de Chigwell se rétrécirent dans la glace, tandis qu'il fixait son persécuteur. Il leva les mains et se mit à applaudir d'un air déprimé. « Bravo ! tu as mis dans le mille ! dit-il d'une voix blanche. Et permets-moi de te dire, Jack, que tu as réussi là une brillante opération. Parce que tu dois vraiment être une sorte de génie pour déconner comme ça ! » L'horreur de soi le rendait hystérique : il avait passé sa vie à ravaler sa colère sans ouvrir le bec. « Tu as entendu ça ? L'ambassadeur pense que Castro est communiste. Tu crois qu'il est communiste, Jack ? Moi pas... »

Jack le coupa : « Où est Duran ?

— ... Mais je crois que si nous continuons à déconner, il le *deviendra*. Rien que cet après-midi, nous avons réussi à nous mettre à dos toutes les factions à Cuba. Les gens de droite, ceux de gauche et ceux du centre. » Il était affaissé contre la portière, débitant sa harangue pleine d'aigreur comme s'il faisait campagne pour décrocher un poste. Il n'avait pas bu une goutte d'alcool et donnait l'impression d'être ivre mort. « Qu'est-ce que ça peut bien foutre après tout ? Ils nous détestent, de toute façon !

— Bon Dieu de bon Dieu, où est-il ? glapit le joueur, saisissant le joli petit nœud Windsor de la cravate de Chigwell.

217

— Toutes les choses que tu voudrais savoir, répondit l'informateur habillé avec recherche, je m'en tape ! Elles comptent pour du beurre, aujourd'hui. Tu n'as pas lu *Pogo* dernièrement ? L'ennemi, c'est nous ! »

Jack tira violemment sur le nœud, et le ton persifleur se mua un un juron étouffé. Chigwell agitait les bras, suppliant d'être libéré, et il se mit à haleter quand la pression se relâcha : « Menocal a une maison... à El Lagito.

— Très bien. Et que faudra-t-il pour qu'il accepte de relâcher Duran ? Des dollars ? »

Chigwell redressa la tête. « *Beaucoup* de dollars. Il voudra aussi bénéficier de l'asile. »

Le joueur fronça les sourcils, retirant sa main du cou de Chigwell. « Quelle sorte d'asile ? demanda-t-il avec impatience, agacé de s'apercevoir qu'il n'était pas dans le coup.

— Tu n'auras qu'à lui dire que tu travailles pour l'Agence.

— Quelle agence ? »

Chigwell se mit à rire avec délectation, comme s'il n'avait pas entendu de plaisanterie plus drôle depuis des années. « Ma parole, Jack, répondit-il avec entrain, donnant une bourrade au joueur avec la familiarité dont il aurait fait preuve à l'égard d'un vieil ami, membre du même club fermé que lui. « Tu *es* vraiment candide, quelquefois ! Contente-toi de répéter ce que je t'ai dit. *Il* saura de quelle agence tu parles. »

Jack le regarda du coin de l'œil, se demandant qui détenait les as, en l'occurrence. « Est-ce qu'il me croira ? »

Chigwell hocha la tête affirmativement, voulant plaire et complaire par tous les moyens. « Dis que Wilson a prévu pour lui un endroit sûr, précisa l'Américain flagorneur. Pour lui et pour toute sa famille. En Virginie.

— Est-ce qu'il avalera ça ? demanda le joueur, peu convaincu.

— Pourquoi pas ? fit Chigwell avec un petit rire. C'est d'ailleurs probablement vrai. Nous avons écumé tout ce

218

qu'il y avait comme ordures de par le monde pour les amener au Pays des Hommes Libres. Nous sommes en train de devenir une foutue communauté de retraités extortionnaires. Mon Dieu, il lui suffira de prendre quelques leçons, et il pourra jouer au golf avec Ike lui-même... »

Jack ouvrit brusquement la portière arrière et sortit de l'Edsel. Il en avait plein le dos de l'amère haine de soi de Chigwell. En retournant vers la Cad, il lui semblait entendre encore son rire creux et aigu, tel celui d'un perroquet rendu à la liberté en pleine jungle et qui aurait envie de réintégrer sa cage.

Le crépuscule tombait quand la Cadillac verte aborda les faubourgs nord de la ville. Le passé colonial n'avait laissé là aucune trace : ni villas en stuc ni manoirs aux profondes vérandas. Les champs de canne à sucre avaient été passés au bulldozer et toutes les constructions dataient de l'après-guerre, si bien qu'on aurait pu se croire à Miami. Ce Cuba-là avait l'air plus américain que nature avec ses solides maisons rustiques à deux niveaux et leurs garages à trois emplacements.

Les jardins avaient la taille de ceux qu'on peut voir au Texas : assez grands pour accueillir des chevaux et entourés de barrières à chaînons électrifiés qu'il ne faisait pas bon effleurer avec un doigt humide. Jack conduisait lentement, regardant les numéros sur les portails et les comparant à ceux inscrits sur un bout de papier posé sur le siège à côté de lui. En arrivant devant la propriété du colonel, il parut surpris de trouver son portail grand ouvert et non gardé. Il tourna pour s'engager dans l'allée couverte de gravier et roula le papier en boule entre ses doigts. Il n'avait toujours pas arrêté de décision sur la marche à suivre.

Règle d'or du poker : si vous ne savez pas improviser, vous avez intérêt à vous trouver un autre jeu.

En arrivant au bout d'une haie géante de lauriers-roses, il vit la grande maison rustique en retrait d'une pelouse dont le gazon semblait coupé au rasoir. La puissance de feu manquait peut-être à l'entrée, mais ici, on s'était plus que rattrapé. Une demi-douzaine d'hommes de main vêtus de costumes de mauvaise coupe patrouillaient dans le jardin avec des mitraillettes, donnant l'impression d'avoir été lâchés dans un pâturage. La Cad continua d'avancer sans bruit, et Jack la gara à côté d'une Oldsmobile 88 gris-vert, sur la portière de laquelle avait été inscrite au pochoir la mention *Servicio de Inteligencia Militar*.

Alors que Jack sortait de sa voiture — doucement, sans mouvements brusques —, deux des sbires s'approchèrent à pas lourds, l'arme pointée sur le cœur du joueur. Jack ne céda pas à la tentation de lever les mains en l'air, et il dit avec impatience : «Jack Weil. J'ai des renseignements à communiquer au colonel Menocal. »

Aucune réaction ne transparut sur le visage des sbires qui s'écartèrent, indiquant d'un signe à Jack de marcher entre eux. L'un des gardes du corps débiles qui accompagnaient le colonel le soir de la partie de cartes dans l'appartement du dernier étage du Lido ouvrit la porte de la maison. Il ne portait sur lui aucune arme, mais paraissait capable de briser des os de son seul auriculaire.

Il fit traverser à Jack le séjour et la salle à manger de la maison rustique, d'une banalité et d'une hideur telles qu'on aurait pu les prendre pour un hall de Holiday Inn. Le garde du corps poussa une porte battante, et Jack pénétra dans une cuisine fortement éclairée, équipée d'appareils ménagers dernier cri. Menocal était assis seul à une table de formica criard et, en pur paysan, mangeait ce qui paraissait être un plat de riz aux haricots. Il portait une casquette de joueur de base-ball américain, un polo bleu ciel et un bermuda vert pistache, en tout point prêt pour un twilight double-header*. Derrière lui, d'innombrables caisses de soda étaient entassées contre le mur, comme s'il avait constitué des stocks en vue d'une longue hibernation.

Le colonel sourit au joueur. « Vous avez quelque chose à me signaler, Jack ? demanda-t-il avec amabilité. A propos de l'épouse de Duran, peut-être ?

— Non, répondit Jack d'un ton cassant. Je n'ai rien à signaler. »

Sans se départir de son sourire, le colonel se leva et alla jusqu'au réfrigérateur d'où il sortit une bouteille de soda au jus d'orange. Il saisit un ouvre-bouteilles sur le plan de travail et fit sauter la capsule. Puis il tendit à Jack la boisson avec autant d'assurance que s'il venait de préparer une carafe de martini. « Alors, pourquoi êtes-vous venu ? » demanda-t-il, sans manifester beaucoup d'intérêt.

Tout d'un coup, un cri à glacer le sang dans les veines se fit entendre dans l'office, et une créature petite et grotesque se précipita dans la pièce. Le joueur recula de saisissement, et le colonel éclata de rire. Cette créature insensée était un singe, balourd, crasseux et vicieux. Il fit le tour de la cuisine en bondissant sur les meubles de rangement, puis s'immobilisa, s'accroupit et fit ses besoins au beau milieu du plancher. Menocal continuait d'observer d'un air amusé l'agacement du joueur, tandis que le singe fonçait en direction de la porte battante et déguerpissait.

« Pourquoi êtes-vous venu ? » répéta le colonel, contournant les crottes laissées par le singe et reprenant sa place à table. Les sbires se chargeraient de nettoyer le plancher.

« Je travaille pour le compte de certaines personnes, répondit le joueur avec circonspection, tout en s'asseyant sur le bord d'une chaise, en face du colonel.

— De quel genre de personnes s'agit-il ?

---

* Deux parties de base-ball jouées consécutivement au cours d'une même soirée (NdT).

— Disons que vous avez déjà fait affaire avec elles »,
dit Jack. Voilà qui tournait à coup sûr à la partie de poker,
rien ne manquant que le paquet de cartes.

Menocal s'esclaffa. « C'est une blague ou quoi ? Je travaille pour El Presidente. Ce sont les seules ''affaires''
que je fais, mon ami. » Il se remit à manger son riz aux
haricots avec autant de morgue que s'il se fût agi de caviar.

Jack ne prêta pas attention aux dénégations de son interlocuteur. « Ils veulent Arturo Duran, précisa-t-il. Vivant.
En bonne santé. Le règlement se fera à la réception.

— *Que lástima !* fit le colonel avec un haussement
d'épaules censé exprimer son affliction. Il est mort. Je suis
un bon catholique, *señor*, mais je ne peux pas ramener les
morts à la vie.

— Allons, allons », fit le joueur dans un chuintement,
se penchant en avant et s'appuyant sur ses coudes, si bien
que son visage était à trente centimètres à peine de celui
du colonel. « Ne déconnons pas, d'accord ? Personne ne
va s'intéresser aux détails. Ils veulent ce qu'ils veulent,
et rien d'autre. Alors, vous seriez bien inspiré de faire
un petit miracle.

— Hem », répondit le colonel avec indifférence, buvant
un grand coup à même sa bouteille de soda. Puis il passa
la langue sur ses lèvres et sourit à Jack d'un air badin.
« Et ''ils'' savent que la femme de Duran est dans votre
appartement ? En ce moment même ? »

Jack n'avait même pas entendu s'ouvrir la porte battante, mais il vit que les deux gardes du corps étaient venus
se poster devant le réfrigérateur, l'un d'eux portant sa
mitraillette entre ses bras à la façon d'un bébé. Jack leur
jeta un rapide coup d'œil avant de poser à nouveau son
regard sur le colonel. « Évidemment, dit-il avec assurance.
S'ils m'ont envoyé à Santa Clara, c'était bien pour que
je la ramène de là-bas. »

Menocal le fixa un long moment, imperturbable. Jack
pensa à tous les gens qu'il avait torturés et qui avaient
dû supporter ce regard impitoyable, impassible. Meno-

cal prit une chemise qui se trouvait à côté de son assiette, et en sortit une photo. « Vous vous demandez peut-être comment je le sais ? » dit-il avec malice. Et il posa la photo sur la table, entre lui et le joueur, comme s'il était en train d'étaler un as.

Celle-ci avait du grain et avait été prise au téléobjectif. Elle était néanmoins assez nette et montrait Jack et Bobby en train de s'embrasser près de la fenêtre, dans l'appartement. L'image n'était pas spécialement érotique, mais le sentiment que son intimité avait été violée suffit à perturber le joueur. Froidement, Menocal observait son ·visage qui refléta brièvement un sentiment de peine mêlé à la colère.

Le colonel poussa un soupir. « Vous avez raison, ça ne lui rend pas vraiment justice », dit-il, s'attardant sur ce dernier mot comme s'il en appréciait le caractère ironique. « Ça ne rend justice à *aucun* de vous deux, ajouta-t-il avec un sourire, avant de secouer la tête et d'émettre un petit gloussement. C'est terrible, n'est-ce pas ? Juste le genre de chose qui arrive quand un pays se désagrège... en particulier un petit pays. Votre pauvre logeuse avait peur. Elle avait peur que les événements de Budapest ne se reproduisent ici. »

Il tapota pensivement la photo du doigt, y laissant ses empreintes. « C'était une bonne idée, poursuivit-il, fronçant les sourcils de façon méditative. Malheureusement, elle n'a rien donné.

— Qu'est-ce qu'elle était censée vous procurer ? demanda le joueur, avec un ricanement de mépris.

— Ah, qui sait quel genre d'*información* un homme comme Duran peut détenir ? On espère toujours avoir le jackpot. Vous voyez ce que je veux dire ? Comme quand tout se met à cliqueter dans les machines à sous et que l'argent se déverse comme l'eau d'un robinet. » Menocal eut un petit sourire satisfait devant cette image bien venue, puis fronça les sourcils en regardant la photo de Bobby et de Jack. « Mais il crache dessus. Vous voyez un peu ça ? Il crache dessus. » Et il donna du doigt un petit coup sur le coin de l'instantané, aussi précis qu'un expert en médecine légale.

Jack ne dit rien. Son expression était celle d'un homme qui joue une partie risquée. Il concentrait son regard sur le colonel.

Avec un petit haussement d'épaules qui écartait la possibilité contraire, Menocal affirma : « Vous ne travaillez pas pour eux. »

Jack répliqua du tac au tac : « Écoutez, colonel, laissons-là ces foutaises, le temps presse. Chigwell m'a tout dit. »

Les sourcils de Menocal se soulevèrent d'un millimètre. « Je peux l'appeler, *amigo*.

— Appelez-le donc », glapit le joueur. Ultime bluff sur l'ultime carte.

Le colonel s'emporta tout d'un coup et frappa du poing contre la table. « Mais qu'est-ce qui se passe, enfin ? beugla-t-il. Vous, les Américains, vous me payez pour maintenir les communistes sous contrôle. Et puis vous venez me demander de relâcher celui-là, parce que vous avez besoin de lui ! Pour quoi faire ? » Il se mit à grogner et lâcha un flot d'injures en espagnol, enlevant sa casquette de joueur de base-ball et la jetant par terre. Elle atterrit à deux doigts de la crotte du singe. « Vous êtes insensés, rugit-il à l'adresse du joueur yankee. Vous, les Américains, vous êtes comme... je ne sais pas... les femmes enceintes ! Rien que des caprices !

— Je me contente de faire ce qu'on me demande, dit Jack, parfaitement placide.

— Et moi dans tout ça ? » s'écria d'une voix aiguë le colonel, les veines de ses tempes battant sous l'effet de l'indignation. « Je suis chargé de ramasser les ordures pour votre compte à Cuba, et quand je vais demander un visa à l'ambassade, vous me traitez comme un valet ! »

Jack hocha la tête, comme pour lui manifester sa sympathie. Il balança sa carte suivante. « Vous bénéficierez de l'asile, dit-il, sans inflexion aucune. Wilson est prêt à vous offrir l'asile.

— L'asile pour fuir quoi ? » dit le colonel en se levant, la rage le disputant en lui au mépris. Ses deux sbires firent un pas de côté pour le laisser donner libre cours à sa fureur. « Vous n'écoutez pas la radio, Jack ? Nous sommes en train de mater les guérilleros ! Ils ne prendront jamais La Havane ! » Il se tenait près du réfrigérateur, le bras levé, agitant le poing comme une épée : le mélodrame macho dans toute sa splendeur.

« Dans ce cas, dit Jack avec un sourire indolent, vous n'avez pas à vous en faire, n'est-ce pas, colonel ? » Le silence qui suivit fut de courte durée, mais parut particulièrement pesant. Le joueur finit par ajouter, presque comme s'il s'agissait d'une pensée après coup : « Où est-il ?

— Et de quoi est-ce que je vivrais ? » brailla le colonel pour toute réponse, semblant ignorer pour l'instant la partie de l'arrangement qui concernait l'otage. Comme tous les hommes investis d'un pouvoir qu'ils ne maîtrisent pas vraiment, il versait toujours dans la jérémiade, prenant la voix maussade d'un adolescent à qui on ne témoignerait jamais assez de considération.

« Vingt-cinq mille, dit Jack. Et un emploi.

— Non, mais sans blague ! » Menocal revint en deux enjambées à la table, dominant le joueur de sa haute taille. « Vous voyez de quelle façon je vis, señor. J'ai une famille à ma charge. Et un singe.

— Oui, bien sûr », fit Jack, se ravisant et passant les doigts sur son avant-bras. « Je voulais parler de cinquante mille. En espèces. En dollars américains. »

Menocal se pencha et souleva le couvercle de l'humidor posé sur la table. Il en sortit un cigare de vingt centimètres de long et referma la boîte, sans même songer à en offrir un à Jack. C'étaient ces petites vexations pleines de mesquinerie qui donnaient au colonel son allant. Il se retourna et émit une sorte de sifflement à l'adresse de ses gardes du corps, les congédiant comme des chiens. Puis il traversa d'un pas nonchalant la cuisine pour se diriger vers la porte de derrière et, bien qu'il n'eût pas été invité à le faire, Jack le suivit.

Quand ils sortirent dans le crépuscule, l'air était rafraîchi par une brise qui venait des montagnes et chargé d'une puissante odeur de fleur d'oranger. Le vaste jardin de derrière s'étendait sur plus d'un arpent, presque entièrement planté d'arbres fruitiers. Menocal précédait légèrement le joueur, marchant avec une raideur qui évoquait presque le pas de l'oie. Soudain, dans le silence du verger, Jack ne parvenait plus à discerner la tournure que prenait la partie de poker, comme s'il faisait trop sombre pour voir les cartes.

« Où est-il ? demanda le joueur avec rudesse.

— Je n'ai encore dit ni oui ni non », fit le colonel, bouffi d'arrogance.

Jack s'arrêta net dans l'allée couverte de gravier. « Ah bon ? Et qu'est-ce qui garantit que vous êtes en mesure de livrer la marchandise ? »

Menocal se tourna pour lui faire face, mains sur les hanches. Ils étaient semblables à deux duellistes, dans la nuit qui tombait. « Je vous montrerai des photos », proposa le colonel.

Jack secoua la tête. « Il faut pouvoir le toucher, répondit-il sans ménagements. Sentir sa présence. Lui parler. »

L'expression sarcastique de Menocal aurait été décelable même par nuit noire. « Ils veulent lui offrir un portefeuille dans le nouveau gouvernement, n'est-ce pas ? » demanda-t-il, donnant l'impression d'être encore plus amer que Ramos et Chigwell réunis. Après quoi, il partit d'un rire jaune, tout en frottant une allumette et en allumant son cigare. Son visage avait quelque chose de démoniaque, ainsi éclairé par la brusque flambée de lumière sulfureuse. « Dieu ! Ce qu'ils peuvent être imbéciles ! Vous êtes tous des imbéciles ! »

Jack attendit que le colonel eût tiré une première bouffée sur le cigare à l'extrémité rougeoyante. « Ils vont peut-être tout simplement le supprimer, lança-t-il d'un ton calme.

— Ha ! *Moi*, je peux le supprimer ! » répliqua le colonel avec arrogance.

Le joueur haussa les épaules. « Eh bien, vous n'êtes pas allé jusque-là, la dernière fois. »

Blessé dans sa fierté, Menocal se hérissa : « Pourquoi je ne leur donnerais pas son cadavre ? Vous ne diriez pas qu'il a été "supprimé" dans ce cas ?

— Ils le veulent vivant ! » s'exclama le joueur, trop vite, avec trop d'impatience. Il se força aussitôt à adopter un ton neutre. « Ils veulent parler avec lui. »

Menocal hocha lentement la tête, comme s'il comprenait mieux que quiconque l'utilité de faire parler un prisonnier. Il ne vivait en réalité que pour cela. Il souffla la fumée de son cigare en direction des arbres, au-dessus de sa tête, couvrant de cendres les fleurs des orangers. Puis il partit d'un rire sans complexes, comme on fait quand on est entre hommes : « C'est un vrai Cubano, celui-là », dit-il avec une ironie désabusée. « *Cojones* ! On ne tire pas un mot de lui !

— Alors, pourquoi voulez-vous le garder ? » demanda Jack, réellement fasciné par la mécanique du raisonnement du colonel.

— Comme garantie, répondit celui-ci avec un haussement d'épaules. Pour le cas où les choses prendraient un tour différent. Si les rebelles sont victorieux… eh bien, au moins je disposerai de quelque chose pour marchander.

— La garantie, c'est *nous*, mon colonel », répondit Jack d'un ton qui ne laissait pas place au doute, jouant là sa dernière carte dans l'obscurité.

Menocal hocha la tête avec philosophie, puis se retourna et s'engagea au milieu des arbres, montrant cette fois encore le chemin. Au bout d'un parcours d'une cinquantaine de mètres, ils se retrouvèrent hors du verger, à ciel ouvert. Sur l'herbe qui baignait dans la lumière crépusculaire se dressait une cabane au toit de tôle ondulée. Devant elle, deux gardes-chiourme en civil étaient assis sur des chaises frêles, mitraillette posée sur les genoux. Sitôt qu'ils aperçurent le colonel, ils bondirent sur leurs pieds et firent le salut militaire.

« Laissez-le entrer », dit Menocal aux gardes, montrant Jack avec son cigare. Après quoi il fit brusquement volte-face et repartit entre les arbres, ne prenant même pas la peine de jeter un regard sur le prisonnier.

Jack sentait la sueur perler à son front tandis qu'il s'avançait en direction de la cabane. Une espèce de terreur lui serrait la gorge, comme s'il était sur le point de subir un interrogatoire. Un des gardiens retira le cadenas et ouvrit grande la porte. Jack respira à fond avant d'entrer, encore plein d'appréhension et d'hésitation. Car il savait que la porte allait se refermer, et qu'il ne ressortirait jamais.

12

La cabane était petite, de la taille d'un cachot, et l'on y suffoquait de chaleur. La porte se referma en claquant derrière le joueur, faisant vaciller la flamme de l'unique bougie qui brûlait dans une niche ménagée dans le mur. Le stuc avait été passé au lait de chaux, l'endroit n'était donc pas tout à fait obscur, mais il n'y avait pas de fenêtre, et donc aucun moyen de savoir s'il faisait jour ou nuit. Une cuvette de w.-c. portable et dépourvue de siège était posée sous la niche qui logeait la bougie, évoquant une sorte d'autel dérisoire, et dégageant l'odeur fétide qu'on respire dans une grange.

L'homme donnait l'impression d'être très petit, presque rabougri, recroquevillé comme il l'était sur le lit de camp, genoux relevés, visage tourné vers le mur. Une table et un tabouret encombraient l'espace à côté du lit, réservés à l'interrogateur. Jack fit un pas timide en avant, ouvrit la bouche et essaya de parler, mais il avait la gorge nouée par l'émotion. Il avança encore et s'accroupit à côté du lit de camp, voulant toucher l'homme, mais craignant de lui faire mal. Il éprouva tout d'un coup de la honte, comme s'il était d'une certaine façon responsable de la détention d'Arturo Duran.

« Arturo ? » fit-il à mi-voix, se penchant tout près de la forme ramassée sur elle-même.

Duran se laissa retomber sur le dos et leva les yeux vers Jack. Des traînées de sueur maculaient son visage qui ne présentait toutefois pas de traces de sévices. Tout l'art d'un maître de la trempe de Menocal consistait à laisser les visages intacts, sans contusions et sans cicatrices. Mais quelque chose de pire que les violences physiques était visible sur celui du fier aristocrate. Des violences supportées par son esprit et par son âme, et qui avaient quelque chose de plus pathétique que des cris. Les yeux du chef rebelle étaient vitreux, et l'on y entrevoyait le chagrin de voir son univers anéanti et toutes ses idées mises au secret. Le regard inexpressif d'Arturo Duran apportait la preuve que l'espoir pouvait mourir.

Quand il le posa sur Jack, il parut d'abord perplexe, reconnaissant vaguement le personnage, mais ne parvenant pas à le replacer. Tout ce qui, dans sa vie, était antérieur aux deux jours qui venaient de s'écouler se trouvait à des années-lumière de lui. Son confinement dans ce petit espace avait occulté le paysage extérieur, la douceur de vivre sous les tropiques, le peuple de Cuba qu'il aimait tant. Ses yeux troublés semblaient se demander qui était ce Yankee blond.

Quand il le reconnut vraiment, ce fut pour lui un choc, et la fureur ajouta une nuance de dureté à son regard perdu. Ses lèvres découvrirent des dents cassées et couvertes de sang, et laissèrent échapper un sifflement de serpent. Sa voix fêlée et rauque était à peine un chuchotement, mais une inflexion venimeuse la faisait vibrer. « Salaud ! fulmina-t-il. Allez-vous-en d'ici ! Comment osez-vous venir jusqu'à moi ? » Puis, de toutes ses forces, il martela le mur de son poing. « Faites-le sortir d'ici ! »

La porte s'ouvrit aussitôt, et l'un des gardiens s'apprêta à pénétrer dans la cabane. Jack lui adressa un geste de la main, l'assurant que tout allait bien. Le gardien se glissa à nouveau dehors, cependant qu'Arturo Duran se soulevait avec effort sur un coude, respirant avec peine tant la douleur le tenaillait. La rage donnait plus de vigueur à sa voix. « Que faites-vous encore à Cuba, espèce d'ordure ? demanda-t-il. Ne me regardez pas en me disant qu'elle est encore ici. Surtout pas ! » Ces derniers mots furent prononcés sur un ton implorant, comme si Jack était sur le point de le déposséder de ce qui lui restait de dignité.

Jack se mit à bégayer : « Écoutez... je... je vais vous sortir...

— Vous croyez que je peux en supporter davantage ? » dit en s'étranglant l'homme vaincu. « Si on la fait prisonnière encore une fois, c'en est fini de moi aussi ! Seriez-vous complètement idiot ! Non, vous êtes un monstre ! » Et il laissa retomber sa tête sur le lit de camp avec un gémissement de désespoir. Il se tourna à nouveau vers le mur, prolongeant sa plainte en lui donnant un accent funèbre.

Jack se pencha et le saisit par l'épaule, le forçant à l'écouter. Arturo essaya de lui cracher au visage, mais il avait la bouche trop sèche. Le désespoir qui l'étreignait lui faisait chercher sa respiration. « Où est-elle ? demanda-t-il d'un ton suppliant. En ce moment même, où est-elle ? »

Jack répondit avec calme et assurance : « Elle est en train de prendre le thé à l'ambassade des États-Unis. »

Arturo le regarda comme pour le jauger froidement, malgré la douleur. Il fronça les sourcils d'un air soupçonneux, mais son œil s'était allumé, et l'on y voyait pétiller son ironie de toujours. Quelque chose, en lui, avait décidé de faire confiance au joueur. Il se mit à tousser, pour couvrir le caractère d'urgence de ce qu'il avait à dire. « Plus près, fit-il, entre deux quintes de toux. Écoutez-moi. Vous ne pouvez pas le faire.

— Mais oui que je peux, répondit Jack à mi-voix. Il croit que je travaille pour la CIA. Une bonne référence par les temps qui courent ! »

Arturo Duran se mit à rire malgré sa toux sèche, donnant l'impression qu'il allait vomir ses entrailles : « Imbécile ! » fit-il d'une voix haletante, raillant le joueur de la façon dont le colonel l'avait fait. « Ils n'ont pas cessé de rouler la CIA depuis des années ! Pourquoi faut-il que vous soyez si ignorant ? »

Il fit à nouveau un effort pour s'asseoir, gardant son regard fixé sur la porte. Les deux gardiens ne relâchaient pas leur surveillance, faisant de leur mieux pour entendre. « Vite, chuchota Arturo, faites semblant d'examiner mes contusions. ouvrez ma chemise. Regardez à l'intérieur de ma bouche. Dépêchez-vous ! »

Le joueur s'exécuta en tremblant, et déboutonna la chemise trempée de sueur. Il fut sur le point de défaillir et ne voulut pas regarder : la poitrine d'Arturo Duran présentait partout des traces de coups violettes, et ses mamelons étaient couverts de croûtes. Ces blessures le plongèrent dans l'horreur, et il sembla mesurer enfin la profondeur de la grotte où il était entré.

« Il cherche le moyen de vous baiser, murmura Arturo, pressé de dire ce qu'il avait à dire. Il n'a rien d'autre à l'esprit, je vous le promets. » Puis il ouvrit toute grande sa bouche, montrant l'emplacement des dents qu'on lui avait arrachées. Jack ferma les yeux, et l'aristocrate poursuivit : « Mais je voudrais vous remercier d'avoir séduit ma femme. »

Les yeux du joueur cillèrent, et il rentra la tête entre les épaules. Tout d'un coup, il donnait l'impression d'être quelque peu torturé lui-même. Duran le saisit par la chemise et se mit à parler avec la sincérité de la passion : « Je dis là le fond de ma pensée, fit-il. C'est comme l'eau... ou le plus noir des cafés. Toute cette rancœur m'a fait tenir le coup. Parfois, quand les choses allaient vraiment mal... » Il retomba en arrière sur le lit de camp, exténué, cherchant sa respiration, et pourtant, un sourire éclairait son visage, incroyablement froid et vindicatif. « … Le seul moyen d'éviter de sombrer dans la folie, c'était de réfléchir à la façon de vous tuer ! »

Jack Weil fixait Arturo Duran, résigné à l'implacable mépris que lui portait l'homme qu'il avait involontairement blessé. Et il décela dans les yeux de Duran quelque chose qui transcendait le rebelle brisé, l'aristocrate torturé que seul rattachait encore à la vie le dernier sursaut de son orgueil. Aux abois comme il l'était, sans possibilité de sortir de la zone des combats, tout se passait comme si Arturo conjurait le joueur d'attiser un feu sur le point de s'éteindre.

Jack eut le sourire d'un joueur de poker détenant trois rois et deux valets. « Oui, dit-il d'un ton placide, elle couche plutôt facilement. » Bien entendu, ils savaient l'un et l'autre qu'il s'agissait là d'un jeu — humiliant pour l'homme brisé allongé sur le lit de camp, pénible pour son interlocuteur —, mais celui-ci n'en était pas moins nécessaire. Là où chaque carte est affaire de vie ou de mort, le gagnant ramasse tout. « Et puis, vous savez quoi, *amigo* ? J'espère que vous ne vous en sortirez pas. Parce que dans ce cas, elle sera à moi, libre et sans problèmes. *Comprende ?* »

La haine fit étinceler les yeux de Duran. De l'écume apparut aux commissures de ses lèvres : le crachat avorté quelques instants plus tôt. Mais, au lieu de cracher, il demanda d'une voix étouffée : « Est-ce qu'elle… est-ce qu'elle sait que je suis vivant ? »

Jack eut un rire bref, qui marquait sa nette supériorité. « Elle vous a bel et bien enterré, vieux ! » répondit-il, se retournant pour éviter de voir Duran tressaillir sous l'effet de la douleur.

Il sortit de la cabane à grandes enjambées, ne jeta même pas un regard du côté des gardiens et traversa rapidement dans l'autre sens le verger du colonel. Les dernières tonalités gris perle du crépuscule mouchetaient encore le ciel où commençaient à scintiller des étoiles, semblables à des lampions dans un arbre de Noël. En sortant d'entre les arbres, le joueur aperçut la grande silhouette élégante du colonel, qui attendait dans le jardin attenant à la cuisine.

La lumière jaune provenant de la cuisine mettait en évidence la tenue qu'il venait d'endosser. Il était pimpant dans son uniforme, avec une série de décorations qui en mettaient plein les yeux. Il se mit à parler sitôt qu'il vit s'approcher le joueur. « Accélérez les choses, Jack, dit-il avec vivacité. Il est comme de la viande en train de se décomposer. Il ne durera pas longtemps. »

Jack hocha la tête sèchement. « Arrangez-vous pour l'envoyer chez lui, mon colonel. Et qu'il soit propre et bien mis. » Il leva le poignet et fit mine de regarder l'heure. « A minuit, disons ? Soyez sans inquiétude, l'argent vous attendra là-bas. Mais j'ai besoin de cette marge de temps pour boucler l'affaire. »

Le colonel paraissait particulièrement pressé. « Et le visa ? demanda-t-il avec impatience.

— Vous irez demain matin à l'ambassade des États-Unis, répondit le joueur d'un ton qui ne souffrait pas la réplique. Demandez simplement Chigwell. Il aura tout préparé. »

Et il s'éloigna du colonel sans un signe de tête pour prendre congé, faisant des vœux pour que celui-ci ne se soit pas aperçu qu'il n'avait d'autre carte en main que le joker, plus imprévisible que jamais.

Au palais présidentiel, c'était toujours une ambiance de Noël. Limousines et voitures européennes se succédaient en un flot continu sur l'avenue circulaire, avançant au pas en direction du portique illuminé où des valets de pied attendaient les invités pour les conduire à l'intérieur. L'arbre de Noël resplendissait sur la pelouse ovale, devant le palais. Les invités descendaient de leurs voitures, les femmes en robes longues, noires ou blanches le plus souvent, la couleur élue s'accordant aux bijoux qui avaient eu leur faveur pour cette soirée. Émeraudes et rubis étaient d'un bon calibre en période de vacances, et les diamants ne constituaient jamais un mauvais choix à La Havane. Il n'y avait d'ailleurs pas d'endroit plus sûr pour les porter, la moitié des soldats de Batista étant postés alentour.

Beaucoup parmi les Cubains qui accompagnaient ces dames avaient revêtu des uniformes de cérémonie de l'armée et de la marine, toutes leurs décorations et leurs médailles bien en vue, leur poitrine ceinte d'une écharpe rouge. Ces militaires qui se pavanaient d'un air important semblaient mettre un point d'honneur à ne pas regarder du côté des terrasses du palais, toutes garnies de sacs de sable. Ils s'interdisaient de lever les yeux vers les balustrades où les soldats, dont on ne distinguait que la vague silhouette, étaient tapis dans l'ombre, prêts à tirer. Ils laissaient leurs limousines et leurs Rolls aux mains de leurs chauffeurs, ne prêtant pas la moindre attention aux camions blindés stationnés devant les grilles du palais.

Une soirée, c'était une soirée, après tout. La nouvelle année se pointait avec du bon champagne et du caviar et, ici à tout le moins, les hommes qui détenaient le pouvoir à Cuba pouvaient s'autoriser l'agréable illusion que la fête se prolongerait à jamais.

Les fêtards étaient en réalité partout, comme si la ville entière s'était trop longtemps dissimulée derrière des volets clos. Bobby Duran les entendait dans la rue, sous l'appartement de Jack, en train de parader dans des voitures décapotables à travers le quartier colonial, de chanter et de se passer des bouteilles. Assise sur le canapé, elle était tendue, dans l'expectative, trop distraite pour écouter la radio. Tout d'un coup, le téléphone sonna, et elle bondit, le fixant à la fin de la première sonnerie, priant le ciel qu'il n'y en eût pas une deuxième.

Mais il sonna à nouveau, et il continua de sonner, la narguant, jusqu'à ce qu'elle eût envie de crier. Et quand la sonnerie s'arrêta, elle enfouit la tête dans ses mains et se mit à pleurer tant elle se sentait frustrée. Le vacarme du nouvel an dans la rue n'était en rien divertissant. Il n'y avait plus de possibilité de fête pour elle, à Cuba. Elle était là, à faire tapisserie, comme si personne n'allait plus jamais l'inviter à danser.

Sur l'embarcadère de la marina, l'homme qui répondait au nom de Willy regardait sa montre et comptait les minutes qui restaient avant le coup de minuit. Un jeune homme en tenue blanche de marin se tenait à ses côtés, silencieux et attentif. Un voilier à moteur de vingt mètres aux lignes pures et dont les machines tournaient au ralenti se trouvait en contrebas. Toutes lumières scintillantes, il oscillait sur l'eau comme une lanterne fantomatique, et l'on avait du mal à se faire une idée précise sur le genre de soirée qui s'y déroulait. Des silhouettes indistinctes s'affairaient tout autour avec des bagages, cherchant à embarquer pour une traversée nocturne.

Chacun avait sa façon propre de marquer la fin d'une époque. Certains klaxonnaient, d'autres se soûlaient. Il n'y avait pas de règle. La dernière nuit sous les tropiques était riche de possibilités. Certains avaient des revolvers dans leur poche, et d'autres avaient un revolver dans la bouche. La seule chose qu'il s'agissait de déterminer, c'était comment faire sa sortie avec fracas. A minuit, les cloches des églises allaient, comme à leur habitude, sonner à toute volée, une fois pour l'année finissante, et une autre pour celle qui commençait. Un homme devait encore faire la paix pour son propre compte.

Il n'était pas simple de deviner pourquoi Jack se trouvait dans le quartier chinois, constitué de quelques petites rues aux néons criards où des cerfs-volants de papier représentant des dragons formaient une voûte au-dessus des croisements... On jouait là à toutes sortes de jeux complexes, mais pas au poker. Et pourtant, la Cadillac verte était garée en bordure du trottoir, avec un Jack Weil pensif au volant, occupé à regarder les danseurs des rues faire des gambades, comme autant de transfuges de l'Opéra de Pékin.

Malgré le concert d'avertisseurs du réveillon, il parvenait à entendre le grondement lointain d'explosions, qui relevaient d'une tout autre sorte de festivités. Il ouvrit la boîte à gants et en sortit un canif à poignée de nacre. Il le lança en l'air et le rattrapa, puis le glissa dans sa poche et sortit de la voiture. Il remonta la rue d'un pas alerte, se frayant un chemin à travers la cohue des Asiatiques, pas plus dépaysé dans ce ghetto que dans tout autre port étranger de La Havane. En tant que joueur, il s'était toujours voulu apatride.

Au coin de la rue qu'illuminaient des lanternes de papier, un vieux Chinois souriait à la nuit, les mains rentrées dans les manches, comme un sage d'autrefois. Pour lui, cette nuit de festivités marquait le début de l'année du Chien ; il semblait transporté de joie et avoir le cœur aussi pur que celui d'un moine ne vivant que d'eau et de céréales. Quand il vit approcher Jack, il s'inclina avec un profond respect, ce qui ne manqua pas de surprendre ce dernier qui répondit par un signe de tête.

Le vieil homme lui adressa son sourire le plus authentiquement bouddhiste et dit : « Vous aimer très jeune fille, Charlie ? Pour soirée enchanteresse ? Pour vous, très bon marché, et elle reste toute la nuit. »

Jack secoua la tête et poursuivit sa route avec un sourire sombre, faisant une prière silencieuse pour tous les sages et tous les philosophes de La Havane. Il était à la recherche de quelque chose de très particulier, bien qu'il fût incapable de différencier les idéogrammes chinois qui formaient un gribouillis de néon. Il jetait un regard aux vitrines de cafés sales, de diseurs de bonne aventure et de magasins qui regorgeaient de camelote. Il savait néanmoins qu'il reconnaîtrait l'endroit en passant devant, parce qu'il y était déjà venu une fois. Ce serait un peu comme débarquer sur une autre planète.

Il était une heure du matin quand la Cad s'approcha en douceur du bord du trottoir, devant l'immeuble où se trouvait l'appartement. En sortant de la voiture, Jack paraissait un peu lent dans ses mouvements, presque sonné. Il parcourut d'un pas lourd le trottoir et franchit le porche pour pénétrer dans la cour intérieure. En se dirigeant vers l'escalier qui conduisait chez lui, il aperçut la Polaca occupée à faire rouler une boîte à ordures toute cabossée le long de la cour pavée, afin de la sortir dans la ruelle. Il se serait bien volontiers passé de lui parler mais, tout d'un coup, elle le vit qui passait.

Elle s'arrêta, rendue muette par le saisissement, et laissa la boîte à ordures se renverser. Il aurait été difficile de dire ce qui l'emportait en elle, de la terreur ou de la honte. Elle leva les bras dans un geste d'impuissance, puis sembla vouloir se faire toute petite, comme par crainte de recevoir des coups, quand Jack s'approcha d'elle. Elle couvrit son visage de ses mains et se mit à gémir.

Jack la saisit par ses épaules agitées de tremblements, lui enjoignant d'un signe de tête de ne pas faire de bruit, tandis qu'elle hoquetait, retenant ses sanglots. « Allons, allons », fit-il à mi-voix, comme un fils qui aurait cherché à réconforter sa mère éplorée, sans porter le moindre jugement sur sa trahison. Ils étaient tous en train de faire de leur mieux, et ne pouvaient rien sur le cours pris par les événements. La logeuse se mordit la lèvre et refoula ses larmes, puis elle repoussa Jack, car elle savait à quel point son temps était précieux.

Il monta les marches quatre à quatre, s'appuyant d'une main contre le mur pour garder son équilibre. Au petit bruit sec que fit la clé quand il l'introduisit dans la serrure pour ouvrir la porte, il eut l'impression que répondait un petit bruit sec dans son cœur, mais là, une porte était en train de se refermer.

A peine avait-il franchi le seuil que Bobby se jetait dans ses bras, le serrant très fort contre elle. Elle avait du mal à respirer tant son soulagement était grand et, cherchant sa bouche, elle se mit à l'embrasser éperdument, tout en s'efforçant de parler entre deux baisers : « Que s'est-il donc passé ? J'étais si inquiète ! Le téléphone n'a pas arrêté de sonner et je...

— Tout va bien, dit-il dans un souffle, avalant sa salive et cherchant à remettre de l'ordre dans ses pensées.

— C'est arrangé du côté du bateau ? demanda-t-elle, scrutant avec anxiété son visage.

— Oui... pas de problème. » Il essaya de sourire, mais sa mâchoire était engourdie et caoutchouteuse, comme s'il sortait tout juste de chez le dentiste. « Tout va pour le mieux. »

S'étant éloignée de lui, elle se mit à rire nerveusement et lui montra son corsage, celui-là même, en soie blanche, qu'elle portait le soir où ils s'étaient rencontrés sur le bateau. « Je l'ai lavé et je l'ai fait sécher dans le four ! » précisa-t-elle, se moquant d'elle-même. Elle n'en pouvait plus d'être restée seule aussi longtemps. « Enfin, disons qu'il est *presque* sec, corrigea-t-elle. Mais tu n'as pas de fer à repasser, ou je me trompe ? » Elle s'appuya contre lui et l'embrassa à nouveau, avec la fougue d'une écolière. « Il est si chiffonné ! »

— Il est... parfait », répondit-il d'un ton posé, ne parvenant pas à épouser son humeur enjouée. « Non, je n'ai pas de fer à repasser, dit-il en secouant la tête. Je... n'ai jamais eu de fer à repasser.

— Peu importe, dit-elle en riant, je m'achèterai de nouvelles choses à Miami. » Il hocha la tête, apercevant au même instant l'ombrelle de papier sur la table. « Quand partons-nous ? » demanda-t-elle, ne supportant plus d'être dans l'incertitude.

« Euh... il reste encore une chose à faire.

— Alors, fais-la, supplia-t-elle, remplie d'impatience. Fais-la. »

Il la regarda dans les yeux pour la première fois. « Je vais la faire », dit-il d'un ton tendre et blessé tout ensemble, comme si quelque chose n'avait pas encore tout à fait cicatrisé.

Elle le devina à son expression, sans vouloir se l'avouer. « C'est un grand bateau ? demanda-t-elle gaiement. Un bateau de *haute mer* ?

— Euh... non, je ne pense pas. Ce n'est pas à proprement parler un bateau de haute mer. » Et, pour masquer le trouble qui altérait sa voix, sa gêne et la maladresse de ses mains, il passa celles-ci autour de la taille de Bobby et s'efforça de lui rendre ses baisers avec un empressement qui égalait le sien.

Mais elle voulait à présent en savoir davantage. Elle éloigna sa bouche de la sienne, sourcils froncés. « Mais il pourra au moins nous conduire jusqu'à Miami, n'est-ce pas ? Et ensuite !

— Écoute, Bobby...

— Cela n'a pas d'importance, dit-elle avec un rire, donnant l'impression que son cœur battait aussi vite que celui d'un oiseau-mouche. A Miami, nous pourrons prendre le train. » Il ne savait pas comment arrêter les phrases qui se bousculaient, dictées par son chagrin, et disant son désir de quelque chose qui était déjà hors de sa portée. Et il ne savait pas non plus comment lui dire la vérité. « Oui... un long voyage en train, poursuivit-elle sans reprendre son souffle. Dans un compartiment très, très intime. Et nous ne nous préoccuperons même pas de savoir quand nous en descendrons. » Elle rit à nouveau. « Peut-être jamais ?

— J'aimais bien les trains, autrefois », dit-il avec douceur, mais sa prévenance ne parvenait pas à donner le change : il y avait toujours dans sa voix cette inflexion qui glaçait le sang de Bobby, comme le cri solitaire du destin. Il s'y reprit encore, la saisissant par les épaules : « Écoute, petiote... »

Elle enfouit son visage dans sa poitrine, obstinée comme une enfant. « Mais voyons, personne ne parle plus comme ça ! dit-elle avec une moue.

— Tu vas m'écouter, enfin ?

— On ne parle plus comme ça depuis longtemps... Je n'avais encore jamais entendu quelqu'un employer ce mot ! » Elle était en train de pleurer, et ne savait pas pourquoi. Il l'attira brutalement contre lui, comme s'il voulait à tout prix la réduire au silence. Elle s'en doutait bien, mais cela ne l'empêcha tout de même pas de dire, se raccrochant à ce qui pouvait être sa planche de salut : « On va au lit ?

— Non. »

Elle finit par capituler. « C'est vrai... tu as quelque chose à faire. J'imagine qu'il vaut mieux que tu ailles le faire. Le temps est court... » Elle ne put rien dire de plus. Le silence qui s'étendait entre eux, tel un désert, ne pouvait plus laisser place à présent qu'à la vérité.

« Tu sais, dit-il tendrement, en lui caressant les cheveux, si je ne t'avais jamais rencontrée, j'aurais vécu ma vie... » Et il haussa les épaules, incapable de donner forme à sa réflexion, qui resta inachevée. Serrant alors les dents, il prononça sa propre condamnation, aussi implacable qu'un peloton d'exécution : « Il est vivant. »

Elle s'éloigna, le regarda sans aucune expression, avec le même air qu'elle avait le matin où elle était sortie de prison, quand la torture avait pris fin.

« Arturo est vivant », répéta le joueur. Et, comme elle ne disait rien, il poursuivit : « Je viens de le voir. Il y a dix minutes. Chez vous, à la maison. Ils venaient tout juste de le conduire là-bas. »

Elle posa une main sur son front, comme prise de vertige. Seul le bras de Jack qui lui enserrait la taille la maintenait debout ; celui-ci ne le retira pas, mais l'enlacement était dépourvu de passion, à présent.

Tout d'un coup, la main qu'elle avait portée à son front vint lui cingler violemment le visage. Une seconde gifle suivit, si violente que les doigts de Bobby laissèrent leur empreinte sur la peau de Jack. Comme elle s'apprêtait à le frapper une troisième fois, il lui saisit la main d'un geste vif et l'immobilisa, la rapprochant de lui en une véritable étreinte car la distance délibérément mise entre eux avait été inopérante.

« Il n'y a rien à dire, Bobby. » Il avait la voix faible de quelqu'un qui se trouve enfermé dans une grotte et à qui l'air commence à manquer.

Elle se redressa et s'éloigna de lui, s'appuyant d'une main contre le mur pour se retenir de tomber. « Pendant un moment, dit-elle sans détour, regardant par la fenêtre, pendant un... moment, je me suis sentie perdue. Dans un endroit charmant... mais perdue. » Elle chercha à sourire, mais ses muscles étaient récalcitrants. « Merci », ajouta-t-elle avec brusquerie, tout en détournant le regard, puis elle se dirigea précautionneusement vers la porte.

« Attends », dit-il dans un souffle. Elle s'arrêta, mais n'osa pas se retourner pour le regarder. « Je vais t'emmener là-bas. »

Cette fois, elle le regarda et secoua lentement la tête. « Non. » Il y eut un autre silence pesant, et elle répéta : « Non. Tu ne m'emmèneras nulle part. »

Le bateau était amarré, la traversée n'était plus qu'un souvenir. Prêts à redevenir étrangers l'un pour l'autre, ils se regardèrent tandis que la passerelle de débarquement se mettait en place. Le joueur sourit, et ce fut la seule réaction élégante qui lui vint à l'esprit. « Adieu, petite », dit-il.

Elle se retourna soudain, les jambes encore mal assurées, comme si elle ne parvenait pas à s'habituer à la terre ferme, trop solide sous ses pas. Elle ouvrit la porte et se glissa dehors, la refermant aussi doucement qu'elle le put, pour ne pas réveiller les morts.

Jack Weil se retrouva seul. Instinctivement, comme s'il s'agissait d'un tic nerveux, il s'approcha de la table pour prendre les cartes et entamer une nouvelle partie. Et ses doigts effleurèrent l'ombrelle de papier, fragile comme une aile de papillon. Il la regarda qui se balançait doucement, hypnotisé par cette brève oscillation. Il la regarda jusqu'à ce qu'elle se fût arrêtée de bouger.

Et il ne toucha pas aux cartes.

13

La salle de bal du palais était éclairée par mille bougies et, pour ajouter à l'éblouissement, des myriades de paillettes scintillaient au-dessus des longues tables de banquet. Sur l'avant-scène, une farandole géante de conga serpentait comme un dragon de mer. Les invités de choix du président commençaient à crier : « Bonne année ! » Les musiciens en queue-de-pie blanche de l'orchestre emprunté au Lido attaquèrent *Auld Lang Syne* sur un rythme de samba.

Un capitaine en tenue de soirée bleue entra comme une flèche, venant du hall d'entrée, et se fraya un chemin entre les tables sans se joindre au chant repris en chœur. Quand il arriva devant le colonel Menocal, le patron des services de répression était en train de lever son verre de champagne, pour accueillir comme il se devait l'aube de la nouvelle année. Il jeta un regard irrité sur le capitaine affolé, prêt à torturer ses propres hommes s'ils commettaient la moindre erreur.

« Il a pris la fuite ! lança le capitaine. Batista a pris la fuite ! » Des têtes se tournèrent aux tables voisines. Beaucoup parmi les invités avaient cessé de chanter. « Le président est parti ! » s'écria le capitaine, ne se souciant plus d'être entendu de tous.

Menocal avait toujours son verre levé : l'ahurissement le plus total se lisait sur son visage. Les invités commençaient déjà à quitter en masse les tables et à se diriger en hâte vers les sorties. L'orchestre continuait à jouer parce qu'il était payé pour le faire, mais il allait suffire de quelques instants pour que toute l'assistance se rassemble en un troupeau saisi par la panique, comme si quelqu'un venait de crier : « Au feu ! »

Les invités étaient sortis en masse sur le perron du palais, terrifiés, sans recours, dans leurs robes de bal et leurs smokings. Ils réclamaient à grands cris leurs voitures, mais il n'y avait apparemment plus personne pour accéder à leurs exigences. Tous les valets de pied s'étaient volatilisés. Un propriétaire de plantation à cheveux blancs et sa très jeune épouse traversèrent en courant la pelouse ovale, le temps de voir le chauffeur de leur Mercedes noire leur claquer la portière à la figure et démarrer en trombe. Un autre millionnaire, qui possédait suffisamment de terres dans l'ouest de l'île pour considérer que la région était à sa dévotion, trouva sa Rolls remplie d'étrangers. Il se mit à hurler d'indignation, mais en pure perte ; son garde du corps n'était pas visible dans les environs. La Rolls s'éloigna brusquement dans la nuit.

C'était partout le chaos, comme si la fuite du président était le dernier semblant d'espoir à s'évanouir. Des foules se bousculaient dans les rues, l'année écoulée étant déjà morte et la nouvelle commençant comme un cauchemar. Il n'y avait plus de transports publics, plus de taxis. Des gens en tenue de soirée en côtoyaient d'autres en tenue de révolutionnaires ; nul ne paraissait savoir où aller, ou comment parvenir là où il voulait aller.

Bobby avançait comme elle pouvait à travers les rues

livrées à la folie, toujours hébétée après sa dernière rencontre avec Jack, et d'une certaine façon réconfortée par l'agitation qui l'entourait. Elle s'arrêta à un coin de rue et se blottit contre un réverbère tandis que la foule poursuivait sa course autour d'elle, et elle regarda un groupe de jeunes gens et de jeunes femmes qui mettaient à sac un petit casino, juste en face. L'une après l'autre, ils sortirent toutes les machines à sous et les précipitèrent dans le caniveau. Bobby essaya de se remettre en mémoire les objectifs de la révolution, et où celle-ci se proposait de les conduire. Mais le vacarme gênait la réflexion.

A quelques rues de là, Jack Weil se dirigeait vers le Lido, se frayant un chemin en sens inverse d'une autre marée humaine. Le joueur était totalement seul, mais d'une certaine manière, il maîtrisait la situation. La foule ne lui faisait nullement peur et ne le détournait pas de son but. Des camions passaient dans un rugissement de moteurs, avec des banderoles peintes à la main et proclamant une victoire à laquelle personne ne comprenait encore rien. Des haut-parleurs lançaient en espagnol des appels au calme, mais nul n'y prêtait attention.

Comme il traversait un grand carrefour conduisant au boulevard sur lequel s'alignaient les hôtels, Jack vit des étudiants en train de régler le trafic, mais avec espièglerie, à la façon de clowns. Le long du trottoir, il vit la foule arracher les parcmètres bétonnés et les briser en les jetant par terre, répandant leur contenu de pièces de monnaie. Les fêtards se précipitaient pour les ramasser, comme autant de gamins des rues.

De grosses voitures roulaient à toute allure le long du boulevard, bondées d'importants et de moins importants Batistianos, toujours en tenue de réveillon. La nouvelle de la fuite du président s'était répandue comme une traînée de poudre. Tous les bureaucrates et les fonctionnaires avaient quitté en hâte les soirées auxquelles ils participaient pour foncer chez eux et emporter leurs coffres-forts portatifs, leurs valises déjà bouclées ainsi que leurs fourrures et leurs statues religieuses. Ils se dirigeaient à présent vers la marina, klaxonnant et hurlant pour que la foule s'écarte sur leur passage.

Aux yeux de Jack, qui remontait le trottoir en direction du Lido, les Batistianos dans leurs voitures luxueuses étaient en tout point semblables aux paysans en fuite de Santa Clara, avec leurs possessions entassées sur des ânes. Ici et là, c'était le même désir désespéré de limiter les pertes. Le joueur imaginait sans peine le charivari dont la marina devait être le théâtre : trop de gros richards, et trop peu de bateaux. Il jeta un regard à sa montre et se dit que Willy n'attendrait pas plus longtemps. Les derniers bateaux devaient déjà être en train de larguer les amarres, et le yacht allait bientôt s'ébranler en douceur. Il fallait dire adieu à ce rêve.

Le portier du Lido n'était plus là. Le hall d'entrée était pratiquement vide : on n'y voyait qu'un couple à moitié ivre et en pleine scène de ménage, près de la cage du perroquet. C'était un peu tard pour discuter des responsabilités incombant à chacun, mais ça leur faisait sans doute du bien de crier. Il n'y avait personne à la réception, et dans la cabine vitrée située au-delà, Jack voyait le standard du téléphone privé d'opérateur et qui clignotait comme un arbre de Noël des appels qui n'aboutissaient nulle part.

Au moment où il pénétra dans le casino, les surveillants et les donneurs de cartes cherchaient fiévreusement à emporter les machines à sous et les roulettes. Quelques joueurs traînaient encore, se demandant s'il n'y avait pas moyen de perdre un peu d'argent, mais le casino ne fonctionnait plus. Jack observa un moment l'affairement des surveillants qui emballaient le matériel. Puis il leva les yeux vers le palier, en haut de la double volée de marches.

Joe Volpi était là à tout surveiller comme d'habitude, tel un capitaine sur le pont du navire. Terne à souhait avec son costume de comptable du Middle West et ses lunettes à monture noire. Jack alla d'un pas nonchalant jusqu'au pied de l'escalier et, levant les yeux vers le gérant du casino, il lui adressa un salut narquois.

« Je t'ai appelé, dit Joe, sans trace d'irritation ou de rancune dans la voix. Tu me croiras si tu veux, mais ces gens sont en train de jouer. Maintenant. » Il pointa le doigt vers le plafond, voulant parler de l'appartement du dernier étage. « J'imagine donc qu'il n'est pas trop tard.

— Mais si, il est trop tard, dit le joueur d'un ton traînant, tout en gravissant les marches qui conduisaient vers Volpi. Nous sommes en 1959, Joe. Il ne peut pas être plus tard. »

Volpi hocha lentement la tête. « Où est la dame ? »

Jack eut un haussement d'épaules. « Avec son mari. Où veux-tu qu'elle soit ?

— Ah ! la noblesse ! J'ai toujours dit que tu étais quelqu'un de noble, Jack. Un vrai prince ! » Volpi glissa ses doigts sous ses lunettes et se frotta les yeux. Jack pensa que Volpi n'avait jamais dormi de sa vie. « Nous ne sommes que des mâles, pas vrai, Jack ? Des mâles qui essaient de tirer parti de leur intelligence. C'est ce que nous disaient les bonnes sœurs. »

Tout à coup, il y eut en bas un fracas épouvantable. Ils se retournèrent pour regarder, juste à temps pour être témoins de l'irruption de la foule à travers les baies vitrées du casino. C'était une vague déferlante de gens décidés à tout détruire. Ils arrachaient les appliques des murs, sautaient pour faire tomber les lustres. Les surveillants avaient réussi à sortir à peu près le tiers des tables et du matériel, mais ce qui restait fut livré à la frénésie des révolutionnaires. Ils brisèrent l'estrade de l'orchestre et firent basculer le bar, se passant les bouteilles à la ronde.

Volpi affichait une curieuse expression, comme s'il était loin de tout ce saccage. Il l'observait à la manière d'un savant, attentif derrière ses lunettes, puis il se tourna vers Jack avec son habituel sourire aigre. « C'est assez drôle », dit-il sèchement, avant de faire mine d'enlever un invisible chapeau. « Il est temps de partir, Jack ».

Mais ils ne bougèrent ni l'un ni l'autre pendant un moment, fascinés par le spectacle. Il y avait là à la fois des étudiants et des ouvriers. Ils faisaient tout sortir par les trous des baies vitrées, fracassant les machines à sous sur le boulevard. La chaussée était jonchée de jetons et de pièces, un vrai pactole. Pour la première fois depuis des années, quelqu'un avait fait sauter la banque du Lido.

Jack Weil et Joe Volpi se regardèrent une dernière fois, clignant de l'œil comme deux complices dans une pièce de boulevard. Il était vraiment temps de partir. Volpi tourna les talons et se dirigea vers son bureau afin d'y rassembler les documents les plus compromettants avant de disparaître. Le joueur descendit en hâte les marches et rasa les murs du casino, cherchant à sortir par le hall.

Aucun des deux hommes n'avait besoin d'emporter un souvenir ni même de jeter un dernier regard. Car ce lieu n'avait jamais figuré l'essentiel. Partout où ils iraient maintenant — que la prison ou l'exil, l'opulence ou la famine marquât leur prochaine étape —, les cartes referaient surface, et tout recommencerait à partir de zéro. Ils le savaient l'un et l'autre, ainsi d'ailleurs que tous les membres de l'espèce à laquelle ils appartenaient. La Havane et le Lido n'avaient jamais été que des quartiers provisoires. Ce qui comptait, c'était le jeu, et on pouvait toujours aller ailleurs pour le pratiquer.

Dans la lumière dorée du matin du jour de l'an, il régnait un calme étrange sur l'aire de service qui longeait la digue de Malecon, comme si tous les fêtards de la veille avaient la gueule de bois et étaient encore dans leur lit. Les cafés-bars en bordure de la mer étaient ouverts, mais pour la plupart déserts. La Cadillac verte était pratiquement la seule voiture dans les environs.

Quand Jack s'approcha des tables en plein air, le serveur était en train de laver le trottoir avec un balai. Il sourit au joueur parce qu'il le reconnut, ou peut-être tout simplement parce qu'il était content d'avoir un client. Il houspilla et chassa un chat qui dormait sur l'une des tables, puis fit signe à Jack d'y prendre place. C'était celle-là même où il s'était assis avec Bobby, le matin où il l'avait sortie de prison. Peut-être ne s'agissait-il que d'une autre coïncidence, le serveur ayant choisi au hasard. Jack ne lui posa pas la question. Il s'assit tranquillement et se mit à regarder l'immensité indifférente de cette mer splendide qui finissait en une frange d'écume sur la côte tropicale.

Un camion militaire libéré parcourait à vive allure l'aire de service, ses bancs entièrement occupés par des enfants qui agitaient comme des fous une banderole confectionnée de leurs mains. Un haut-parleur installé sur le toit du camion appelait à la grève. Sardonique, Jack se dit qu'il n'avait jamais connu Cuba autrement que dans une situation de grève générale. Il eut un sourire quand le serveur posa devant lui un bol de café au lait. Puis il remarqua l'homme qui prenait un verre à une table à l'autre bout du café : Chigwell.

Le correspondant de presse extra-lucide était plongé dans la lecture d'un livre et sirotait en même temps une petite boisson pour faire passer sa gueule de bois. Il portait son blazer habituel et une chemise de bon ton, prêt à se rendre à un déjeuner au club, — n'importe quel club aurait pu faire l'affaire. Jack ne fit pas semblant de ne pas l'avoir vu, et ne fit pas non plus un geste pour se signaler à son attention, car ils allaient, de toute façon, être amenés à se parler. Le joueur but son café et, quelques instants plus tard, Marion vint se poster à côté de sa table, écartant une mèche de cheveux qui lui tombait sur les yeux et souriant de façon hésitante.

« Tout s'est bien passé, Jack ?

— Oh, oui, parfaitement bien », répondit le joueur, plissant les yeux car Chigwell avait le soleil juste derrière lui. « Et puis toi, vieux ? Tu gagnes ou tu perds ? »

Chigwell eut un petit rire sec. « Rien n'est jamais joué définitivement. On ne perd donc jamais.

— On ne gagne pas non plus, dans ce cas.

— C'est comme au poker, j'imagine », railla le correspondant de presse, et c'était la première fois que Jack l'entendait prendre un ton supérieur ou, en tout cas, autre que flagorneur.

« Oh, soit dit en passant, enchaîna Jack d'un ton léger, Menocal est sans doute en ce moment même à ta recherche à l'ambassade. Où penses-tu aller ? »

Chigwell afficha un sourire plein d'optimisme. « En Extrême-Orient, répondit-il, enthousiaste comme un écolier faisant tourner une mappemonde. Je vais commencer un nouveau livre. *La cuisine en Indochine.* »

Jack fronça les sourcils. « Mais où est-ce, l'Indochine ? Enfin, je sais où c'est, mais je ne sais pas...

— C'est très loin d'ici, assura Chigwell, faisant un geste vague en direction du bleu étincelant de la mer. J'aurai peut-être l'occasion de te retrouver là-bas un de ces jours. Au revoir, Jack.

— Salut, Marion », fit Jack avec un signe de tête, tandis que l'autre s'éloignait d'un pas nonchalant. Puis il sortit un paquet de cartes de la poche de sa veste et les étala sur la table face dessous, comme s'il s'apprêtait à faire un tour. Une ombre se profila sur la table, et, sans regarder, le joueur dit d'un ton enjoué, se moquant de lui-même : « Choisissez une carte. »

Puis il leva les yeux vers l'éclat doré du soleil, et vers Bobby qui se tenait à contre-jour. Il fut ébloui, par l'un ou l'autre, mais il ne cilla pas et ne détourna pas non plus les yeux. Il y eut simplement un petit passage à vide, et le temps donna l'impression de rester suspendu, comme toujours avec eux. « Comment se fait-il que tu ne sois pas en train de fêter l'événement ? » finit-elle par demander.

Il haussa les épaules. « Ce n'était pas mon combat. » Le soleil était si éblouissant derrière elle qu'il ne parvenait pas à voir sa beauté dans ses insoutenables détails. Cela n'était d'ailleurs pas sans l'arranger. « Où est-il ? » demanda-t-il, mine de rien.

Elle fit un pas en avant, changeant de position par rapport au soleil, et ses traits gagnèrent aussitôt en précision et en acuité. Elle jeta un regard au-delà de l'aire de service, sur les hauteurs, du côté du cœur palpitant de la ville. « Avec eux », se contenta-t-elle de répondre. Elle portait le même corsage de soie blanche, qui avait été entretemps repassé.

« Comment se fait-il que *tu* ne sois pas avec eux ? » Il fut incapable de prononcer ces mots sans y mettre une pointe de défi.

« Oh, je les rejoindrai plus tard », dit-elle, puis un souvenir lui assombrit le regard. « Mais je... savais que tu serais là. »

Il se mit à rire, de son petit rire bref. « C'est curieux, *je* ne le savais pas moi-même il y a seulement vingt minutes ! »

Elle regarda le bol de café à moitié bu. Elle sourit. « Tu m'attendais ?

— Je t'ai attendue toute ma vie », répondit-il avec douceur.

Le silence qui suivit ne constitua en rien un refuge. Il fallait apparemment que l'un ou l'autre s'en aille, mettant cette dernière rencontre sur le compte d'une erreur du destin. Elle prit son sac et remua les pieds. Jack leva la main comme pour lui caresser les cheveux, puis il fit claquer ses doigts près de son oreille et ouvrit sa paume sous ses yeux, découvrant une pièce de monnaie.

« C'est un vieux truc », dit-elle avec une moue qui mêlait ironie et dédain. Elle refusait de se laisser impressionner.

« Eh non, eh non ! répondit-il en secouant la tête. On le fait d'habitude avec une pièce de vingt-cinq cents. Ça c'est un demi-dollar. » Il lança en l'air la pièce de cinquante cents, l'attrapa et la plaqua contre le dos de son autre main. Il lui fit un signe de tête, l'engageant à deviner de quel côté était retombée la pièce.

Elle détourna les yeux, comme si ses petits jeux n'avaient pour effet que de rendre les choses plus difficiles. « Où vas-tu aller, Jack ?

— Je ne sais pas », dit-il avec un haussement d'épaules, retirant sa main pour regarder la pièce. C'était pile. « En Californie, peut-être. »

Elle hocha la tête de façon distante, fixant l'éclat de diamant de la lumière sur la mer. Elle semblait habitée d'une sorte d'indicible tristesse, comme si un bateau avait disparu au-delà de l'horizon pendant qu'elle ne regardait pas. « Comment as-tu persuadé Menocal de le laisser partir ?

— J'ai bluffé », répondit-il, laconique, caressant du bout de ses doigts les cartes déployées en éventail sur la table. Il savait qu'elle avait envie d'avoir tous les détails, et qu'ensuite elle le remercierait. La gratitude aurait été pire que tout : un peu comme de souhaiter bonne chance à un joueur. Sa phrase suivante fut comme le fruit du hasard matérialisé par un coup de dés : « Viens avec moi, tout de suite, dit-il.

— Je ne peux pas. » La réponse fut instantanée, à croire qu'elle l'avait sur les lèvres et n'attendait pour la faire que cette invitation tenant de la mise au défi. Ses yeux ne quittaient pas l'horizon, qu'elle rejetait tout autant que lui. « Je ne peux pas », répéta-t-elle et, cette fois, elle paraissait beaucoup moins assurée, ou peut-être était-elle en train de répondre à une question qu'elle se posait elle-même.

Mais, dans son geste suivant, elle manifesta beaucoup plus d'esprit de décision. Elle cessa de regarder l'océan et fixa les yeux sur le bras de Jack, posé sur la table. Puis elle saisit d'une main son poignet et releva sa manche de l'autre. L'avant-bras était entouré d'une gaze blanche, à l'endroit précis où se trouvait le diamant. N'ayant pas cessé d'observer son visage, il ne lui échappa pas qu'elle n'avait pas été particulièrement surprise. Elle passa avec légèreté les doigts le long du bandage, comme une femme qui avait appris à se battre en pansant des plaies.

« Tu ne crois pas vraiment ce que tu sais, dit-elle avec la plus tendre des ironies. N'est-ce pas, Jack Weil ? »

Pour être teinté de résignation et de regret, son sourire n'en était pas moins un vrai sourire. « Mais si, bien sûr que j'y crois », répondit-il de façon emphatique, sans l'ombre d'une esquive ou d'un bluff. « Je t'aime, Bobby. Et je sais aussi qu'un papillon peut battre des ailes au-dessus d'une fleur en Chine... et provoquer un ouragan dans les Caraïbes. Je *crois* à ça, Bobby. Je joue à ce jeu depuis trop longtemps pour ne pas savoir qu'on peut calculer jusqu'aux chances elles-mêmes. » Il la regardait droit dans les yeux, et ils ne cillaient ni l'un ni l'autre. « Ce n'est tout simplement pas vraisemblable », poursuivit-il avec douceur. Il était manifeste qu'il souffrait, et des larmes n'en auraient pas témoigné avec plus d'éloquence que ses yeux bleus secs, à l'expression douloureuse. « Et ça prend tellement de temps. »

Elle continuait de lui tenir le bras, et la main posée sur son poignet semblait prendre son pouls. Il se leva, souriant tout d'un coup et secouant sa rêverie mélancolique. Il paraissait résolu à entourer leur adieu d'une indéfinissable désinvolture, et même d'un certain enjouement. « Hé, tu sauras comment me retrouver, n'est-ce pas ? »

Bobby hocha la tête, son pâle sourire malicieux étant un peu la réplique du sien. « Entre dans n'importe quel casino, dit-il, précis comme s'il récitait une leçon. Cherche un joueur de poker à une table où on mise gros, et demande-lui : Où est Weil ?

— C'est ça. »

Il cligna de l'œil, l'étreignit brièvement et la relâcha, tout cela si vite qu'elle eut à peine le temps de s'en rendre compte. Il traversait déjà à grandes foulées le boulevard en direction de la Cadillac verte garée en bordure de la digue. Elle sentait qu'il avait glissé quelque chose dans sa main, mais elle ne chercha pas tout de suite à savoir ce que c'était. Elle le regarda monter dans la décapotable, faire demi-tour et mettre le cap sur l'embarcadère. Il lui adressa un salut sans cérémonie, et elle le lui rendit, d'un air dégagé qui n'avait rien à envier au sien.

Elle baissa alors les yeux et ouvrit sa main, où il avait glissé une seule carte : le valet de cœur. Elle dirigea à nouveau son regard vers l'eau, donnant plus que jamais l'impression d'être une silhouette solitaire sur un quai, en train de regarder le dernier de ses rêves prendre la mer. Puis elle secoua sa chevelure et prit le chemin de la ville, gravissant la colline d'un pas résolu, pour franchir en sens inverse la frontière qui lui ferait aborder ce monde nouveau, ce pays d'espoir si difficile à cerner.

Les machines du *Suzi* tournaient à un bon rythme et le ferry, agité de vibrations, paraissait impatient de quitter sa cale. Les voitures qui formaient sur l'embarcadère une longue file irrégulière pénétraient dans le pont-garage. La Cadillac verte était la dernière. L'équipe des douaniers, réduite à sa plus simple expression, ne retenait personne. Au moment où les amarres se déroulèrent pour se détacher des piles, tout le monde, sans qu'il fût besoin de le dire, savait qu'il s'agissait là de la dernière traversée sur l'itinéraire maritime menant de La Havane à Key West. Le dernier départ programmé, car tous les plans étaient aujourd'hui soumis à révision.

Tandis que le ferry faisait retentir ses deux coups de sirène, le salon accueillait la dernière vague des candidats à l'exil. Il y avait là des officiers cubains en civil qui avaient troqué les économies de toute une vie contre le billet à douze dollars. Il y avait aussi plusieurs hommes d'affaires américains qui avaient cet air maussade des gens qui ont été floués et broyaient du noir à côté de leurs mallettes. Et puis aussi quelques touristes, qui avaient été assez bêtes pour ne pas s'en aller une semaine plus tôt parce que leur note d'hôtel avait été payée d'avance.

Les amateurs de boissons matinales allèrent droit vers le bar en forme de boomerang et commandèrent leurs premiers rhum-fizz et vodka-tonic. Quelques autres furent comme aimantés par la table ronde proche de la timonerie, flairant une possibilité de poker. Il ne fallut pas longtemps pour que quatre d'entre eux s'y installent et se tiennent prêts à commencer une partie : un négociant aigrefin, un chanteur qui se produisait dans un des grands hôtels de La Havane, un marin américain et un touriste au bronzage particulièrement corsé.

Jack entra par les doubles portes, venant du pont principal, et le touriste accrocha son regard. « Ça vous dirait de faire une petite partie ? demanda-t-il au joueur, manifestant un peu trop d'empressement.

— Je ne sais pas, répondit Jack avec un sourire vague, indifférent. A quoi jouez-vous ? »

La réponse, dans un style Bronx qui aurait fait un détour par Miami, fut un rien suffisante : « A un petit jeu d'amateurs, à la va-comme-j'te-pousse. »

Les sourcils de Jack se soulevèrent un peu : « Et quelle est la première mise ?

— Vingt-cinq cents, répondit le marin d'un ton cassant, laissant tomber sur la table une poignée de monnaie.

— C'est beaucoup, ça », dit le joueur avec un large sourire, tout en empoignant une chaise. S'il était en train de rire de quelque chose, c'était bien de lui-même.

« Écoutez, vieux, dit le négociant d'un ton traînant. Nous avons tous déjà une sacrée chance de nous être tirés de ce merdier... »

Il y eut une secousse, et le *Suzi* quitta le quai. Puis les vibrations commencèrent à s'atténuer, tandis qu'il prenait le large. Un paquet de cartes Bicycle* à dos bleu fit son apparition sur la table, et les partenaires coupèrent pour savoir qui allait donner. Jack coupa l'as de pique. Il se mit alors à battre les cartes, ses mains gagnant en agilité, comme si le sang les irriguait à nouveau. La sirène du bateau retentit une dernière fois sous forme de mélancolique au revoir au chaos scintillant de La Havane, et le joueur entreprit de distribuer.

---

* Vieux jeux de cartes encore en usage, portant au dos le dessin d'une bicyclette *(NdT)*.

ÉPILOGUE : 1963

La plage, tout au bout de Key West, était paisible à la tombée du crépuscule. Même les derniers romantiques étaient rentrés chez eux, une fois terminé le spectacle du coucher de soleil. Le lieu n'était d'ailleurs pas à proprement parler digne de figurer sur une carte postale illustrée, avec les poutres pourrissantes qui affleuraient au milieu des remous de la marée et le sable parsemé de détritus, de pneus, de pare-chocs et de treuils rouillés. Trois ans plus tôt, c'était une cale pour ferries, et le point de départ de la traversée d'un peu plus d'un kilomètre menant à La Havane. La guerre avait fait là aussi ses ravages, et il était dangereux de se baigner ou de marcher pieds nus dans le coin.

Les phares avant d'une voiture se profilèrent au loin : elle traversait à vive allure le paysage de dunes descendant vers la route effondrée. Le sable et les oyats avaient plus ou moins recouvert l'emplacement de l'ancienne aire de stationnement, mais la voiture, qui avait ralenti, paraissait savoir où elle allait. Une T-Bird noir et blanc, modèle 1963, tout en dynamisme et en assurance. Elle s'arrêta tout au bord du trottoir, et ses phares s'éteignirent. Jack Weil en sortit, aussi fringant dans son complet de lin blanc que sa voiture du moment. Il alla jusqu'au fantôme de la cale du ferry avec autant de précautions qu'un archéologue, traversant la bande de sable comme s'il longeait une jetée.

Je fais ça de temps à autre... je viens ici en voiture, depuis Miami. Ce n'est pas vraiment que je l'attende. Le ferry ne fait plus le voyage depuis des années. Depuis la révolution...

Le joueur regarda vers le sud, au-delà des derniers miroitements couleur d'étain de la mer, en direction de La Havane. Soudain, sa tête pivota d'un quart de tour, car il venait d'apercevoir les lumières d'un bateau, à des kilomètres au large, au sud-sud-est. Son visage s'épanouit en un large sourire, comme s'il venait de tirer une paire de reines.

Mais ça arrive quelquefois. Je vois un bateau au large, et quelque chose... s'accélère en moi. L'espoir, j'imagine. Et je me demande alors si elle me garde pour elle toute seule, au fond de son cœur.

La brise du soir se mit brusquement à souffler depuis le golfe, faisant voler ses cheveux blonds. Il releva son col d'une chiquenaude et fourra les mains dans ses poches, chevauchant le vent arrière de la mémoire.

Quelqu'un est arrivé de La Havane... et m'a raconté que Baby Hernandez avait été le grand gagnant ce soir-là. Il vit dans le New Jersey, maintenant. Et j'ai reçu une carte postale de Volpi. Elle représentait la chapelle Sixtine, mais elle portait le cachet de la poste de Saint-Domingue. Alors, je me dis qu'il est toujours sur la brèche... qu'il fait des choses pour le compte de Meyer. On ne sait jamais vraiment qui va survivre...

Les lumières du bateau vacillèrent et disparurent, plongeant au-delà de l'horizon. Ce bateau s'en allait, il n'arrivait pas. Le joueur redressa les épaules et plissa les yeux pour mieux voir la première étoile apparue dans le ciel et dont il ne savait pas le nom. Il avait vraiment l'air d'un survivant, mais du genre solitaire. Il fit volte-face et revint vers la T-Bird, mû par une horloge biologique qui lui précisait que les parties de cartes de la soirée étaient sur le point de commencer.

Je me débrouille vraiment bien ces jours-ci... ma situation est solide. Mais sapristi, pourquoi pas ? C'est une nouvelle décennie qui commence. Nous avons notre propre révolution qui se déroule par ici. Et je m'assieds toujours le dos au mur, pour pouvoir surveiller les gens qui arrivent. On ne sait jamais ce qui peut se passer d'un jour à l'autre. Quelqu'un à la recherche d'un petit peu de chance... quelqu'un de déstabilisé...

Il monta dans la T-Bird et l'engagea dans un large virage, pour faire demi-tour sur l'asphalte recouvert de sable. Au bout de quelques instants, ses phares arrière clignotaient et s'estompaient dans la pénombre qui s'épaississait. Il rentrait chez lui, à Miami.

On ne connaît pas ses chances tant qu'on n'a pas commencé à jouer. Tout peut arriver. Après tout, c'est un pays à ouragans.

Cet ouvrage a été réalisé par la
SOCIÉTÉ NOUVELLE FIRMIN-DIDOT
Mesnil-sur-l'Estrée
pour le compte des Presses de la Renaissance
en janvier 1991

Photocomposition : Charente-photogravure

Imprimé en France
Dépôt légal : février 1991
N° d'impression : 17107